KB163420

목수,
화가에게 말 걸다

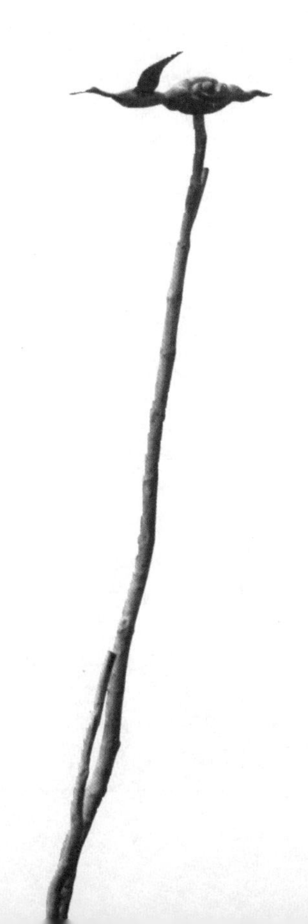

국립중앙도서관 출판시도서목록(CIP)

목수, 화가에게 말 걸다 / 최병수 말 ; 김진송 글.
-- 서울 : 현실문화연구, 2006
p. ; cm

ISBN 89-87057-49-6 03800 : \12800

650.4-KDC4
750.2-DDC21 CIP2006000625

목수, 화가에게 말 걸다

최병수 말하고 김진송 글을 짓다

현문서가

● 차례

첫째 날

- 나 어렸을 때
- 돈벌이에 나서다
- 지워진 벽화
- 화가가 되다

강화도의 최병수 집 앞마당에 누워 있는 조개솟대

그를 만나러 가는 날은 마침 5 · 18 광주항쟁 25주년이 되는 날이었다. 밤새 늦은 봄비가 제법 드세게 흩뿌리더니 아직 내리지 않은 비가 더 남아 있는 듯 날은 잔뜩 흐렸다. 양화대교를 건너자 서쪽부터 개기 시작한 하늘의 푸른빛이 빠끔히 모습을 드러냈다. 늘 그랬듯이 그를 만나는 일은 일상의 한 귀퉁이를 지나듯 담담했다. 그를 처음 만났을 때부터 이제까지 같은 장소에서 만난 적이 거의 없다. 그는 역마살에 낀 듯 늘 이곳저곳 돌아다녔고 한자리에서 오래 머물지 않았다. 그의 일이 그랬고 그의 품성이 그랬다. 그러나 적어도 얼마 동안은 그가 꼼짝없이 어디 한군데 처박혀 있으리라고 생각했다. 하지만 나의 예상은 빗나갔다. 나는 강화로 거처를 옮긴 그를 만나러 가고 있었다.

그는 걸걸하고 호탕한 웃음으로 나를 맞을 것이다. 그를 생각할 때마다 스치는 안쓰러움이나 걱정스러움을 그는 늘 시원한 목소리로 단번에 날려 버리곤 했다. 지난가을, 얼마 전까지 머물렀던 가평에 갈 때도 그랬다. 그는 투병 중이었다. 북한강을 거슬러 오르며 호반을 지날 때에도 곱게 든 단풍이 눈에 들어오지 않았다. 잔뜩 마음을 졸이고 찾아간 나의 예상을 그는 또 보기 좋게 무너뜨렸다. 한참을 기다려 그가 언덕에서 나타났다. 누가 개고기를 사준다고 줄레줄레 따라갔다 돌아오는 길이었다. 나는 그에 대해 잔뜩 졸였던 마음이 배신을 당하자 부아가 치미는 말부터 내뱉었다. "이런! 죽겠다고 누워 자빠져 있는 줄 알았지." "문을 닫았대. 할 수 없이 매운탕을 먹었어." 허탕을 치고 돌아오는 그의 발걸음에는 아쉬움이 묻어 있었다. "그렇게 몸에 좋은 걸 골라 먹더니 잘한다."

그런 식이다. 그에 대한 근심을 나는 그렇게 마음에도 없는 거친 말투로 내뱉어야 직성이 풀리곤 했다. 더군다나 그는 위암이었다. 그는 나의 모진 말에도 웃음으로 대답했다. 그는 피골이 상접한 환자의 모습이 아니었다. 불과 한 달 전에 위의 절반 이상을 잘라냈다고는 믿기지 않을 만큼 혈색 좋은 얼굴로 나를 맞았다. 그런 그가 어느새 강화로 자리를 옮겨 나를 찾았다.

강화 가는 길은 멀다. 끝없이 확장되는 도시의 끝자락을 좇아 하염없이 지루한 풍경을 지나고 나서야 섬은 모습을 보인다. 전등사로 향하는 구불구불한 길을 따라 달려 작은 마을을 지나자 그림 같은 들판을 앞에 둔 그의 집이 나타났다.

작은 숲과 넓은 논 사이에 자리 잡은 농가는 그가 머물기에 손색이 없는 곳으로 보였다. 황토로 지은 집은 옛 모습을 그대로 지니고 있다. 그가 주로 머무는 사랑채 밖으로 넓은 들판이 한눈에 들어왔다. 비가 그치기 시작한 하늘에 해오라기가 낮게 날았다.

그는 집에 관한 한 놀라운 재주를 부렸다. 겉보기에 그는 늘 손쉽게 머물 공간을 찾아냈고 그것은 늘 더없이 훌륭했다. 하지만 그가 단 한 번도 그 자신의 공간을 제대로 가져본 적이 없다는 것을 나는 안다. 아니 그는 그럴 생각을 품어본 적도 없을 것이다. 그가 일을 하는 곳이 그가 머물 장소였으며 그가 몸을 눕는 곳이 그의 집이었다.

연장들이 마당 여기저기 널려 있다. 그가 머물고 있는 곳이라는 것을 알게 해주는 작품들이 비를 고스란히 맞은 채 이리저리 굴러다닌다. 마당에는 망둥어와 한반도가 매달려 있는 솟대가 세워져 있고 잡초가 아무렇게나 자라 있는 풀숲에는 파도를 내뿜는 조개

솟대가 누워 있다. 톱, 망치, 부러진 삽날, 호미, 낫, 괭이, 녹슨 못들 그리고 그의 작품들이 마당이며 마루에 버려진 듯 널려 있다. 한편에 전기톱이며 용접기며 그라인더가 쌓여 있다. 연장들은 그의 살림살이였으며 그는 어디든 그걸 끌고 다녔다. 집안은 발 디딜 틈이 없이 이것저것 잡동사니로 가득하다. 그곳에 온 지 달포가 지났건만 이제 막 이사를 한 집처럼 도무지 어디 하나 정리된 곳이라고는 찾을 수 없다. 달포가 더 지나도 마찬가지일 것이다.

방 안은 이불과 빨래가 뒤엉켜 있고 부엌에는 그릇들이 흩어져 있다. 부엌바닥에는 물이 흥건하다. 하수구가 있었지만 물이 흙바닥에서 스며 나오는 듯했고 거기에 설거지물이 고여 말이 아니다. 집 안팎으로 풀들이 무성해 주위 것들이 파묻힐 지경이다. 사는 모습이 엉망이다. 멀쩡한 사람이라도 병이 나게 생겼다. 화가 치민다. 여기저기 둘러보면서 툴툴거리는 나의 말에도 그는 아랑곳하지 않았다.

그에게 집이란 무엇일까? 그에게는 집이 없는 것이 아니라 집이라는 개념이 없다. 한때 그가 보일러공이자 목수였다는 사실조차 의심스럽다. 하긴 목수가 집을 지어주는 사람이지 집에 사는 사람을 말하는 것은 아닐 것이다. 그는 머물 집이 있어도 가꾸기는커녕 정리와 청소조차 하지 않았다. 평생 노숙자 신세를 면치 못할 팔자라는 말이 튀어나오려는 것을 간신히 참았다. 꼭 이렇게 살아야 돼? 나는 낫을 찾아 앞마당에 있는 풀들을 쳐내며 공연히 혀를 끌끌 찼다.

책을 먼저 만들겠다고 나선 것은 그였다. 나는 그가 왜 책을 만들어야 하는지 알 수 없었다. 그에게 오는 내내 혹시 그가 큰 병을 얻고 난 뒤라 신변을 정리하려는 게 아닌가 하는 생각으로 마음을 졸였다. 하지만 그건 내가 아는 최병수가 아니다. 그는 자신을 느긋하게 바라보며 우아하게 다듬어내는 품성을 지니지 못했다. 그동안 그에 대해 여러 사람들이 책을 만들어보겠다고 달려들었다. 누구든 그의 이야기를 듣다보면 쉽게 빨려드는 자신을 발견하게 될 것이다. 그는 이야기꾼이다. 걸걸하고 카랑카랑하게 쏟아내는 그의 목소리는 늘 힘이 있고 거침이 없다. 그리고 그의 살아온 이야기는 재미있다. 파란만장이란 말은 여기에 쓰면 꼭 알맞다. 하지만 누구든 최병수의 이야기를 듣다보면 그의 이야기가 그저 한 화가의 인생 역정을 말하는 흥밋거리에 머물 수 없다는 것을 모르지 않을 것이다. 단지 그것뿐이었다면 그에 대한 이야기는 벌써 몇 권의 책으로 엮였을지도 모르겠다.

최병수의 이야기를 듣는 것과 그에 대해 말하는 것은 다르다. 그에게는 쉽게 말할 수 없는, 아니 도무지 어떻게도 풀 수 없을 것 같은 곤혹스러운 문제들이 여럿 담겨 있다. 아마 그 자신도 그렇게 된 이유를 잘 알지 못할 것이다. 그렇다고 내가 최병수를 말할 수 있다고, 그에 대한 이야기를 풀어낼 수 있으리라고 생각하는 건 아니다. 한 개인에 대한 삶의 궤적을 말하는 것이라면 기가 질리도록 파란만장한 삶이야 어디든 널려 있을 터다. 그에 앞서 그의 삶은 그리고 그의 작품과 그가 해왔던 많은 일들은 '사회적인 문제들'과 밀접하게 얽혀 있다. 그가 늘 이 사회와 정면으로 맞닥뜨려 왔다는 것 그리고 그것은 항상 그의 방식대로였다는 것 그리고 그가 이 사회와 마주하는 과정조차 사회적이라는 것을 말하지 않으면 그에 대한 이야기는 불가능할 것이다. 한 개인의 출신과 배경 그리고 품성이 최병수처럼 그대로 사회적 관계 속에 복잡하게 엮여 있는 경우는 매우 드물다. 아마 그에 대한 당혹스러움은 거기서 시작될 것이다. 그가 철저하게 그런 삶을 자청하고 나섰으며 도무지 거기서 벗어날 수 없는 현실에 그가 갇혀 있다는 것 그리고 그것은 그의 문제가 아니라 우리 모두의 문제였다는 것을 발견하게 되면 최병수의 이야기를 듣는 것이 그리 간단한 게 아니다. 그걸 누구나 알고 있을 거였다.

최병수는 화가다. 그림을 그리고 조각을 한다. 거기에 아무도 이의를 달 수 없다. 하지만 그는 화가의 모든 것에서 벗어나 있다. 그의 어떤 조건도 예술가로서 상투적인 기준을 만족시키지 못한다. 그가 미대를 나오지 않았다는 것, 게다가 국졸출신이라는 것, 마지막 직업이 목수였다는 것을 말하는 게 아니다. 그의 작업의 내용과 방법에서도 그는 상투적인 화가의 조건에서 벗어나 있다. 그의 출신과 배경을 말하는 것은 신파의 감상을 불러일으킬 수 있어도 그가 화가라는 걸 이해하는 데 아무런 도움이 되지 못한다. 그러나 한편으로 그가 가난한 집안에서 태어나 전수학교 2년 중퇴의 짧은 학력에 노동을 전전하며 살아왔다는 것을 말하지 않고는 그가 어떤 화가인지를 말할 수 없다. 그리고 결정적으로 지금은 역사의 저편으로 사라진 것처럼 보이는(그러나 그에게는 여전히 진행 중인) 한 시대, 바로 80년대를 말하지 않고는 그를 말할 수 없다.

민중의 함성이 들리는 곳에서 그는 자신의 자리를 찾았다. 신문의 정치면과 사회면을 장식할 사건이 있는 곳이면 그가 있었다. 분노와 격정의 시간을 그는 광장과 거리에서 보냈다. 그는 80년대 뜨거운 거리의 한복판을 지나, 90년대의 황량한 벌판을 가로질렀다. 그리고 지금 여전히 바람 부는 들판에서 질주하고 있다.

격정의 시간이 저만큼 흐르고 모두가 또 다른 좌절과 침묵의 시간을 보낼 때도 여전히 그의 핏줄은 곤두서 있었으며 모두들 과거의 후광 속에서 현재를 만끽하고 있을 때도 그는 여전히 목말라 했다. 다른 편에서 자신을 옭아매고 있는 끈을 풀어버리려 안달하는 사람들 속에서 그는 여전히 어리석게도 자신을 더 단단한 끈으로 동여매고 있었다.

그는 달라진 것이 없었다. 그런 그를 생각하면 내 머리가 복잡해지곤 했다. 그는 늘 단호하고 투명하고 거침없이 말하고, 민첩하고 정확하게 행동했지만, 내가 보기에, 그를 둘러싸고 있는 세상은 늘 미심쩍고 모호하고 불안했다. 그는 거칠고 고집스럽고 직선적으로 말하고 안하무인에다 우격다짐으로 행동했지만, 내가 보기에, 세상은 그가 감당할 수 있는 것보다 조금 더 절묘하고 신중하고 합리적으로 돌아갔다. 때로는 그가 매우 어리석고 무지한 운동가처럼 보였으며 때로는 그가 매우 현명하고 영악스럽게 자신의 의지를 실현해 가는 투사처럼 보였다.

화가라는 직업과 그의 출신에서 느끼는 거리감 혹은 그의 작업이 던져주는 메시지와 그에게 던지는 상투적인 호기심 사이에서, 그는 이를 거부하거나 혹은 받아들일 수밖에 없는, 이율배반적인 존재로 살아왔다. 최병수가 새삼스럽게 자신의 책을 만들기로 한 것은 아마 이 때문이었을 것이다. 그는 자신을 둘러싸고 있는 개인적인 조건들이 자신의 상처이자 힘의 원천이며 자신에게 주어진 덤이자 혹이라는 걸 모르지 않는다. 그는 때로 그걸 앞세워 내보이기도 하고 때로 거부하기도 했다. 그리고 언제부터인가 자신에게 던져지는 왜곡된 시선의 폭력이 버거운 듯 보였다. 사람들은 그의 칼끝이 향하는 곳을 보기보다는 칼을 쥔 손에 대해 말하고 싶어했다. 사람들은 끊임없이 그의 경력을 물어오고 그걸 그의 머리 위에 덧씌우려 했으며 자신들이 씌어놓은 수사학으로 그를 말하려 했다. 그건 그에게도 그리고 그를 보는 나에게도 답답한 일이었다. 그러니 이제부터 최병수를 만나거든 제발 어떻게 살았는지 어느 대학을 나왔는지 어떻게 화가가 되었는지를 물어보지 마라. 이제부터 그 이야기를 죄다 들려줄 것이다. 그리고 이다음부터는 제발 나 말고 내가 말하는 말을 들어보시라. 그는 그렇게 말하고 싶었을 것이다.

10여 년 전 그와 함께 여행을 한 적이 있었다. 그때 그는 몹시 지쳐 있었다. 마음이 피폐해져서 거의 몸도 가누지 못했다. 누구보다 강건하고 단단한 육체를 지닌 그였다. 함께 시작한 여행은 강원도 북단을 시작으로 전국을 한 바퀴 돌아서 끝이 났다. 달리는 차 안에서 우리는 산과 바다와 사람들에 대한 이야기를 나누었고 저녁이면 여관에 들어 그가 살아온 이야기를 들었다. 나는 그 이야기를 모두 녹음했었다. 그걸 바탕으로 그에 대한 이야기를 엮어낼 생각이었다. 그러나 여행에서 돌아와서 나는 그 계획을 포기해야 했다. 그의 이야기는 너무 많은 신화를 담고 있었고 나는 그걸 걸러낼 그릇을 미처 준비하지 못했다. 아니 나는 지쳐 있는 그의 길을 열어 보일 만한 힘이 없었고, 그에겐 가야할 길이 너무 많이 남아 있었다. 다만 그에게 한 가지 무책임한 약속을 했던 것만은 기억한다. 너를 보아주겠다고. 어디서든 그저 보고 있겠다고. 그것은 지금도 다르지 않다. 그 뒤로도 나는 늘 가깝지도 멀지도 않은 거리에서 그를 보았다.

그에 대한 말을 아끼는 것이 현명한 일일 것이다. 나는 지금 그에게 말을 걸고 있지만 그는 늘 그래왔듯이 스스로 자신에게 말을 하고 있을 뿐이다. 그의 이야기를 듣는다. 그 옛날 미처 다 듣지 못했던 그의 이야기들을 듣는다.

나 어렸을 때

최병수는 1960년에 태어나 서울에서 자랐다. 그 시절 가난하게 태어났다는 것은 별날 것도 없다. 모두는 아니었지만 대개는 가난했고 그게 흉이 될 리도 없었다. 그 역시 가난하게 태어났고 가난하게 자랐으며 가난에서 벗어나 본 적이 없었다. 그는 어린 시절을 매우 자세하게 기억하고 있다. 그가 두세 살 때의 기억을 가지고 있다는 것은 네다섯 살 이후의 기억만 가지고 있는 나로서는 놀라운 일이다. 두 집 살림을 차린 아버지와 먹고살기 위해 허덕이는 어머니 그리고 형제들 틈에 끼어 그는 그다지 주목을 받지 못했다. 그는 늘 말썽을 일으키는 존재였다. 허구한 날 누군가에게 두들겨 맞았고 누군가를 두들겨 팼다. 그는 번번이 학교를 빼먹었다. 짧은 학력의 내력은 거기서 비롯했다. 그의 기억은 자신의 결핍을 말하고 있었다. 가족은 그리고 세상은 그에게 부족한 것이 너무 많았다.

나는 팔남매 중에 여섯짼데, 상도동 밤골에 집이 있었지만 태어난 곳은 평택이었어. 큰누나하고 나만 평택이 고향인데 집이 살기 어려울 때면 어머니가 친정이 있는 이곳에서 아이를 낳았어. 부모님들이 일제 때 달랑 숟가락 두 개만 들고 서울로 올라왔다고 그러는데 고생고생해서 서울에 겨우 집을 장만했지. 상도동 장승백이에서 방앗간을 했는데, 그 당시 방앗간 운영할 정도면 그런대로 산 편이었어. 기억이 나. 명절이면 떡 하려고 불려온 쌀을 담은 양푼들이 우리 집 방앗간 앞에 좌악 늘어서 있었지. 거기서 나는 뒷짐 지고 돌아다니고 그랬어. 그런 날에는 형의 주머니에 돈이 두둑이 쌓여 있었지. 둘째 형하고는 12년 차이 나는데 형은 "야! 뭐 먹고 싶은 거 있냐?" 그러면서 돈을 집어주었지. 나는 돈을 받아서 이것저것 사먹고 그랬어.

방앗간을 했으니 잘사는 것 같기도 했지만 빚이 많았던 것 같아. 늘 빚쟁이가 집으로 오고 그랬지. 내가 태어날 때부터 집안이 기울었어. 그러니까 처음부터 나는 집안에 대한 좋은 기억이 없었어. 동네 유지에다가 방앗간을 하고 있어서 그럴듯해보였지만 아버지가 사업을 함께한 은행가한테 사기를 당해서 거덜이 났지. 아버지는 목수였는데 집을 짓는 일을 하면서 동업을 했던 것 같아. 아버지가 신문에 난 적도 있었지. 폭력배한테 멱살 잡혀서 당한 사진이 신문에 났었어. 큰 사건이었던 것 같아. 그때 신문에도 났었으니까. 그 뒤로 아버지는 시름시름 맥을 쓰지 못했어. 아버진 사기를 당한 이후로 목수일은 거의 못하셨어. 한번 꺾이시니까 완전히 꺾여 버리시더라고. 그래서 내 기억 속에는 무능한 아버지로 남아 있어, 생각하고 싶지도 않을 정도로. 아버지한테 대들었던 적도 있었지. 방앗간 운영은 어머니가 맡아서 했어. 게다가 아버지가 바람피웠는데 그 집에, 작은집이라고 그러지, 우리 엄마가 나하고 동생 둘하고 앞장세우고 가서는 아버지를 부르게 했던 기억이 나. 생각하고 싶지 않은 기억들이지. 난 우리 식구들을 보면 도저히 납득이 안 가. 우리가 8남맨데 제대로 학교 교육받은 사람이 없었어. 그럼에도 나 빼고 7형제들 모두 하는 일도 그렇고 생각하는 것도 그렇고, 가난에 찌들려서였는지 도무지 욕심이 없어. 그러니까 좋게 말하면 순둥이들이이지, 다 착해 진짜. 하지만 나는 형제들과 좀 달랐던 것 같아. 생각하고 느낀 것을 그대로 표현하는 성격이었지.

더 어릴 때도 생각이 나. 나는 논둑에 앉아서 포대기를 깔고 앉아 있었어. 그게 내가 기억하는 가장 어릴 때의 장면이지. 그때 상도동은 서울에서도 변두리였으니까 논도 있고 그랬지. 논둑에 포대기 깔고 앉아서 한쪽 손에 벼를 쥐고 있었는데 벼에는 메뚜기가 잔뜩 꿉혀 있었어. 그때 누가 논의 벼를 헤치고 나오는데 우리 누나였어, 큰누나, 열 살 차이지. 큰누나가 메뚜기를 잡아서 가져오는 거야. 그리곤 내 손에 쥐어주면서 "병수야! 이거 꼬옥 쥐고 있어." 그랬어. 그게 내 첫 기억이야. 그러니까 내 최초의 기억은 엄마가 아니라 누나였던 거지. 두 번째 생각나는 게 상여야. 굉장한 부자가 죽었는지 무진장 큰 상여였어. 그 상여가 얼마나 화려하고 강렬하게 보였던지, 내가 작았기 때문에 크게 보였을 수도 있지만 굉장히 컸어. 그 현란한 색깔에 홀려 어린 내가 쫓아간 거야. 상여 행렬을 따라가는데, 한 사람이 갑자기 상여를 세우라고 소리를 지르더라고. 그래서 상여가 멈춰 섰어. 그런데 소리를 지른 사람이 몸이 꺾여서 기어 나오는 거야. 옛날부터 그런 이야기가 있었잖아. 상여를 옮길 때 힘들다 힘들다 그러면 더 힘들어지고, 무겁다 무겁다 그러면 더 무거워진다고. 그런데 그 사람이 몸이 굳어져 꺾여 나오는 걸 보고는 그 말이 사실이라고 생각했지. 아주 어릴 때였지만 그 기억이 생생해. 그게 두 번째 기억이야. 그런데 나의 기억은 전부 다 바깥이지. 집 안이 아니었다고. 집도 절도 없이 떠돌아다니는 내 팔자를 말해 주는 것 같아.

어머니는 늘 일하느라고 바쁘셨지. 자식 여덟 명을 통솔하고 일은 큰누나한테 완전히 일임을 한 상태였지. 그래서 나는 엄마 품에 대한 기억이 없어. 엄마한테 모성을 느끼기보다도 외려 사촌이나 고모나 이모들한테 모성을 느꼈어. 고모는 까만 블라우스를 입고 와서 날 꼭 안아주곤 했지. 살갗이 몸에 닿으면 그 부드러운 느낌이 그렇게 좋았어. 그게 기억이 나. 나는 어릴 때는 사람들한테 귀여움을 받은 편이었지. 얘기 들어보니까. 내가 귀여웠대.
내가 어른들의 품에 안겨 본 건 몇 번에 불과했을 거야. 기억나는 걸로 치자면 한 서너 번? 그리고는 없었어. 그리고 먹을거리가 생각나. 집에서는 가마솥에다 뼈다귀하고 배추 우거지를 잔뜩 넣고 몇 시간이나 팍 고아서는 거기에 된장 풀어서 죽을 끓이곤 했어. 그게 얼마나 맛있었던지. 하지만 이틀이면 없어졌어. 가마솥에 하나 가득 끓였어도 열 식구가 이틀을 넘기지 못했지. 그리고 학교 다니면서는 육성회비 없어서 고생한 그런 기억만 남아 있어.
초등학교 3학년 때 누나들하고 엄마 계신데서 내가 뭐라고 그랬냐면 "나는 집하고 테레비하고 선풍기 없으면 장가 안 가!" 그렇게 말했어. 가난한 게 싫었던 거지. 어릴 때 빚쟁이들이 만날 집으로 찾아 와서 철문을 두들겨 댔지. 그 스트레스가 어린 나한테도 굉장히 심했어. 그래서 더 집 밖으로 나돌아 다녔는지도 모르겠어. 초등학교 들어가기 전 대여섯 살 때, 동네 형들이 나를 데리고 다녔지. 한강 백사장까지 간 적도 있었어. 거기서 똥 싸고 그런 기억이 있어. 어릴 때 상도동에서 한강까지 가는 게 그게 쉽지 않잖아? 거기까지 갔다가 혼자 돌아오고 그랬어. 먼 길을 그렇게 겁 없이 돌아다니면서도 두렵거나 그렇진 않았지.

초등학교 1학년은 강남국민학교를 다녔어. 장승백이에서 가까웠으니까. 1학년 첫날 입학식 때 운동장에서 줄을 섰는데 그 앞에 한 사람씩 담임들이 서 있었지. 그런데 담임이 마음에 들지 않았어. 눈에 아이섀도를 꺼멓게 칠하고 짙게 화장을 한 모습이 마음에 안 들었던 거지. 그때 둘째 누나하고 같이 갔는데, 우리 큰누나는 순둥이였지만 둘째 누나는 좀 깐깐했어. 내가 그랬지. "누나, 선생님이 맘에 안 드는데 담임을 바꿔주던가, 내가 줄을 바꾸던가 하면 안 될까?" 바로 꿀밤이 날아오더군. 그땐 그렇게 넘어갔는데 문제는 2학년 때 전학을 할 때였지. 그 동네 인구가 늘어서 새로 지은 학교로 전학을 해야 했지. 새 학교라는 게 황토바닥에다가 사과박스같이 생긴 콘크리트 건물 세 채 뿐이었어. 학교는 삭막하기 이를 데 없었지. 나무라고는 플라타너스 묘목을 대강 심어놓은 게 다였지. 다니던 학교와는 비교할 수 없을 정도로 황량했지. 그걸 보고 집에 와서는 "엄마, 전학 갈 학교는 학교가 아닌데요. 나 그냥 다니던 학교 다니는 게 좋을 것 같은데." 했더니, 엄마가 냅다 빨랫방망일 들더라고. 가뜩이나 먹여 살리느라 바쁘고 신경 쓰이는 게 많은데 어린 것이 별걸 다 가지고 투정을 부린다고 생각했을 거야.

학교는 정말 마음에 안 들었어. 먼저 다니던 국민학교는 목조건물에다가 아름드리나무들이 있었는데 새 학교는 정말 내가 봐도 말이 아니었거든. 그런 학교를 가야 한다는 게 억울했지. 같은 동네 살면서 새 학교로 가지 않은 아이들도 있었어. 그 아이들 아버지는 장성이나 관료 출신이었지. 그래서 더 화가 났어. 걔들은 나보다도 새로 생긴 학교에 더 가까이 살았는데도 전학을 하지 않아도 되는 걸 이해할 수 없었거든. 나는 그때 정말 그 학교에 가기 싫었어. 전학을 하던 날인가? 눈이 오는 날이었지. 나는 골목에 서서 "나 저 학교 안 가." 그러면서 서서 울었어. "너 이 새끼 학교에 안가!" 그러면서 엄마는 방망이 들고 쫓아왔고 나는 "안 가! 안 간단 말이야!" 그러면서 버텼지. 그때 너무 화가 났어.
그런 일들이 겹치면서 학교를 빼먹기 시작한 거야. 마음에 들지 않는 학교를 억지로 다니는 게 죽기보다 싫었거든. 늘 땡땡이를 쳤지. 내가 하도 학교를 빼먹으니까 내 동생들도 덩달아 땡땡일 쳤어. 그런데 녀석들은 바로 걸려버렸어. 이놈들이 땡땡이도 좀 알아서 안 보이는 데서 쳐야 하는데, 동네 사람들이 다 보는 데 가서 돌아다닌 거야. 그래서 결국 식구들한테 걸렸지. 그런데 동생들은 멀쩡히 놔두고 화살이 나한테 돌아오더군. 나한테 물들어서 그랬다는 거지. 그래서 나는 또 두드려 맞았어. 난 어렸을 때 무진장 맞았어. 둘째 형하고 엄마한테 그렇게 많이 맞았지. 나도 많이 두들겨 팼어, 주로 동네 아이들. 좀 얄미운 놈 있으면 그냥 패고 들어오는 거지.

어쩌다 학교에 가서도 제대로 생활을 하지 못했지. 교실 뒤에 학습판이 있잖아? 거기에 애들 그림이 잔뜩 붙어있는데 내 그림은 붙어본 적이 없었어. 물감이나 크레용이 없어서 그림을 그리지 못했던 거지. 크레용 살 돈이 없어서 누나 거 갖다가 살살 그려보기는 했지. 그러다가 어느 날 화가 나더라고. 그림을 제대로 그려보지 못했던 것이 화가 났던 거지. 그래서 그냥 나도 한 번, 크레용 맘 놓고 써보자 하고 북북 문지르며 그림을 그렸어. 학교에서 북한산이 보였는데, 차들이 있고 철길도 다 보이고 한강도 보였어. 그걸 그렸지. 그냥 마음껏 진하게 그렸어. 그랬더니 뒤에 붙더라고. 마음 놓고 그리니깐 한 번도 걸려본 적이 없는 내 그림이 학습판에 걸리더라고. 공책에다가 만화를 그리기도 했어. 수업시간에 산수공책에다 만화를 그리다가 선생님이 던진 분필에 이마를 맞기도 했지. 만화방에도 자주 갔어. 만화책 많이 봤지.
가끔가다 학교에서 분필로 장승을 깎기도 했어. 분필을 훔쳐다가 깎고 있으면 그게 마음에 들었는지 여자애들이 달라고 했지. 여자애들이 나를 좋아했던 건 분명 아니었지. 말썽이나 피우고 허구한 날 땡땡이를 치는 나를 누가 좋아하겠어. 나도 여자애들에 대한 관심은 없었어. 그런데 내가 눈썰미는 있었을 거야. 1학년 자연시간에 코일을 감아 모터 만드는 거 한다고 그러대. 그런데 우리 반에서 아이들이 만든 모터가 하나도 안 돌았어. 담임이 미리 만들어놓은 거만 돌더라고. 그런데 유일하게 내가 만든 모터만 움직였던 거야. 그래서 그때 담임선생님이 굉장히 날 좋아했어. 입학 때는 화장한 모습이 마음에 안 들었는데 화장을 지우니 그렇게 예쁘더라고. 전교에서 제일 예뻤지.

하지만 그 예쁜 담임선생도 나를 붙잡아둘 수는 없었지. 어차피 학년이 올라가면서 헤어져야 했으니까. 학교를 빼먹는 날이 점점 더 많아졌어. 교실 대신 주로 찾아갔던 곳은 숲속이었지. 상도동 뒷산이었는데 국수산이라고 그랬어. 옛날에 양녕대군 묘가 거기 있었지. 굉장히 큰 아름드리나무도 많았어. 하루의 한 삼분의 일은 산에 가서 잠자다가 냇가에 앉아서 밥 까먹고 그렇게 보내는 거야. 그러다가 가끔 영화관을 갔지, 강남극장. 극장의 표 받는 턱이 높아서 그 밑으로 몰래 들어가면 되었어. 그때 한국영화는 거의 다 봤어. '미워도 다시 한번' 이런 거. 외국영화도 많이 보았지. 그때 아마 내 시각이 높아졌던 것 같아. 나중엔 한국영화는 유치해서 못 보겠더라고. 어린 내가 봐도 '이건 너무 어설퍼.' 그런 생각이 들었지.

학교 가기 싫으면 무조건 안 갔어. 일주일은 학교에 가다가 일주일은 산에 가고. 그러면 분단장이 나를 부르러 찾아오곤 했지. 학교에 가면 또 두들겨 맞고 억지로 일주일 다니다가 또 학교를 빼먹고 그런 날들의 반복이었지. 그렇게 초등학교 6년을 보냈어. 졸업식이 가까워진 어느 날 담임선생이 부르더라고. 담임이 나보고 "너 졸업 못하겠다." 이러는 거야. 깜짝 놀라서 "이유가 뭡니까?" 하고 물었지. 선생은 내 출석통계를 내보니까 얼마나 많이 학교를 빼먹었는지 아예 반을 안 나왔다는 거야. 그러면서 1년 더 다니라는 거였지. 5학년 하고 같이 다니라는 거지. 그건 못하겠더군. 후배 놈들하고 어떻게 다녀. 그리고 솔직히 어떻게든 중학교 교복은 입고 싶었어. 그래서 사정을 했지. "선생님, 중학교 가는 방법 없습니까? 까만 제복을 입는 방법이 없겠습니까?" 그랬지. 담임이 팸플릿 하나를 보여 주더군. 서울역 근처 남산에 있는 한광산업 전수학교의 안내책자였어. "너는 집안 형편도 어렵고 하니까 그 학교를 나오면 빨리 취직할 수도 있을 거야." 그렇게 말했지. 나는 그 학교가 어떤 학교인지 알지 못했어. 아무래도 상관없었지. 하여튼 빨리 이 학교에서 탈출하고 싶은 생각밖에 없었어, 학교에 대한 기억이 좋은 게 하나도 없었으니까. 처음부터 학교건물도 마음에 들지 않았던 데다가 선생들한테 혼난 기억뿐이었고 매일처럼 산에 가 있느라 친한 애들도 없었으니까.

남산에 있는 그 전수학교에 갔지. 그 학교가 좀 유명했어, 문제학교로. 나중에 집을 나와 중국집에서 배달할 때 '언제나 마음은 태양(To Sir, With Love)'이라는 영화를 본 적이 있었어. 시드니 포이티어 나오는 거. 그 영화 보고 울었지. 영화 속의 그 학교는 내가 다니던 그 전수학교하고 정말 똑같았어. 난 오직 중학교 교복을 입기 위해 그 학교엘 간 거지. 입학할 때 우리 엄니가 교복을 3학년 때까지 입으라고 엄청 큰 걸 사줬지, 모자도 크고. 그때 나는 키가 굉장히 작았어. 친구들을 보려면 올려다봐야 했으니까. 어쨌든 교복을 입고 학교엘 갔지. 학교 교문을 들어서는데 운동장이 정말 손바닥만 한 거야. 팸플릿엔 분명 널찍했거든. 모인 아이들을 보니까 나보다 더 작은 애들도 있더라고. 뒤에는 나보다 한 자가 더 큰 아이들도 있고 들쭉날쭉이었지. 나중에 알고 보니까 나이 차이가 네 살, 심지어는

다섯 살 차이 나는 애도 있었어. 그러니까 정학당하고 퇴학당한 아이들, 이런저런 문제아들이 다 모여 있는 학교였지.

그런 건 아무래도 좋았어. 나를 화나게 한 건 바로 운동장이었지. 운동장이 어디 갔는지 그거부터 따져야 했지. 그 학교에서 규율부장을 하고 있는 고등학생한테 가서 "형, 운동장은 어딨어요?" 하고 물었지. 그랬더니 그 학생이 웃으면서 "짜식. 속아서 왔다." 그러더라고. "나도 속아서 왔지만 너도 속아서 온 거다." 무슨 소린가 했더니 남산 야외음악당에서 체조하는 걸 찍어서 팸플릿에 운동장이라고 쓴 거래. '이런 학교엘 또 다녀야 한단 말이지?' 이런 엉터리 학교엘 또 다녀야 한다고 생각하니까 한숨이 나왔지. 입학식을 마치고 바로 교무실로 갔지. 담임한테 가서 "안녕하세요. 선생님." 그랬더니 "누구냐? " 그러기에 "선생님 줄에 섰던 학생입니다." "그래? 왜?" "이 학교에서 옮기는 방법이 있습니까?" 그렇게 물었지. 그러니 이 양반이 얼마나 황당하겠어. 처음 나타난 학생이 학교를 옮기는 것부터 물어보니 말이야. 그런데 선생은 "열심히 해. 열심히 공부하면 내가 옮겨 줄게." 그러더군. 그래서 "예!" 하고 돌아왔어. 그 뒤로 나는 정말 열심히 공부했어. 첫 학기인 6개월 동안 매 한 대 맞지 않았으니까. 등록금 때문에 곤욕을 치루긴 했지만 그거야 초등학교 때부터 늘 그랬으니까 그러려니 하고 공부만 했지. 학교를 옮겨 준다는 말을 철석같이 믿었어. 공부만 잘하면 틀림없이 옮겨 준다 그랬으니까. 학교에서 그 악명 높은 수학선생한테도 한 번도 안 맞았지. 집에선 난리가 났어. 애가 이상해졌다고 그랬지. 동생들하고 놀지도 않고 말썽도 피우지 않고 공부만 하니까 아마 철이 들었다고 생각했을 거야.

그런데 그해 여름방학이 끝나고 학교에 가니까 선생 세 명이 바뀐 거야. 나한테 제일 중요했던 선생들, 아이들이 좋아했던 국어선생이나 영어선생이 1년도 채우지도 않고 바뀌어버렸어. 갑자기 배신감이 들더군. "니들 잘 있어라. 나 간다." 이런 말도 없이 가버린 거지. 그 학교에서 선생이 자주 바뀐다는 것은 알았지만 그럴 줄은 몰랐거든. 선생들은 그 학교를 그저 거쳐 가는 사람들이었어. 약간의 경력을 쌓고는 다른 학교로 가버리는 거였지. 등록금 때문에 스트레스를 받으면서도 열심히 공부를 했는데 그래서 애들이 잘 따르기도 했고, 친해지기도 했고, 그림도 그리고 그랬는데……. 아! 맥이 쭉 빠지더라고. 어느 것 하나라도 도와주면, 선생이라도 도와주었으며 내가 공부를 했을 거야. 허무하더라고. 그때부터 다시 삐딱해지기 시작한 거지.

어느 날 한 친구가 신문팔이를 하자더군. 신문보급소에 가방을 맡기면 신문 열 부를 주고 그중에서 두 부는 자기가 먹을 수 있고 그러면 20원 남는다는 거야. 신문팔이를 시작했지. 돈을 벌기 위해서 한 것은 아니었어. 서울역 근처에 있는 중국집에 20원짜리 자장면이 있었는데, 그게 그렇게 맛있었어. 군것질 할 돈도 없었으니까 돈을 벌어서 자장면 사 먹는 재미로 신문팔이를 시작한 거지. 신문을 파는 게 처음엔 긴장도 되긴 했지만 곧 익숙해졌어. 다방 같은 데 가서 팔았지. 서울역부터 시작해서 갈현동까지 돌아서 다방만 돌며 팔았는데 그게 쉽지는 않았어. 그런데 버스 정류장에서 팔면 잘 팔린다는 걸 알게 되었지. 하지만 정류장에는 터줏대감들이 있어서 거기서 신문을 팔 수 없었어. 그게 부아가 나서 어느 날은 무작정 정류장에 나가서 신문을 파는데 그냥 주먹이 날아오더라고. 그래서 눈이 밤탱이가 됐지. 나중엔 걔네들하고 좀 친해져서 같이 팔게 되긴 했어. 그러다가 돈맛을 알게 되고 그 친구들하고 서울역 근방에 있는 옥상집 같은 데서 같이 자고 그러면서 완전히 학교에서 멀어지게 되었지.

그런대로 지내고 있었는데 2학년 때 담임이 진짜 잔인한 사람이었어. 등록금 안 가져온다고 매일같이 몽둥이로 팼다고. 그러니까 도저히 못 배기겠어. 어디든 도망가고 싶었지. 세상의 모든 것이 싫었어. 싫은 게 엄청 많았지. 거의 불만 덩어리였어. 동네에서 마음에 안 들거나 날 약 올린다던가 이런 놈 있으면 그냥 두드려 팼지. 어느 날 더 이상은 견딜 수가 없더군. 누나한테 버스회수권 떨어졌다고 하고는 돈을 달라고 했어. 집에서는 셋째 누나가 집안 살림이며 통장을 관리하고 있었지. 그때 누나한테서 회수권 열 장 값 받아서는 그대로 집을 나와버렸지. 학교 안 다니겠다 그러면 집에서 가만 안 있을 거 같으니까 어쩔 수 없었어. 집과 학교 둘 다 포기하는 길은 가출밖에 없었지. 그날이 4월 15일이었으니까 아마 민방위날이었을 거야.

집을 나오니 서럽기도 했지만, 굉장히 자유로웠어, 홀가분하고. 우선 노량진 역전으로 갔지. 밤이 되면 역 대합실에서 잘 생각을 했던 거지. 그런데 그곳은 안심하고 있을 곳이 아니더라고. 소년원에서 탈출한 아이가 있었는데 그 녀석이 “너 여기서 자면 소년원으로 잡혀간다”고 말해서 알게 되었지. 그래서 시장통에 있는 쌀집으로 갔어. 쌀가게에 있는 가마니 창고였는데 그 옆에 개구멍이 나 있었어. 왕겨를 쌓아놓는 곳이었지. 거기에 쌀 담는 둥근 가마니 두 개가 있더라고. 그래서 하나를 깔고 하나는 덮고 그 안에서 잠을 잤지. 거기서 한 보름을 지냈어. 아침이면 무릎이 얼어붙었지. 기어 나와서는 만두집 연탄불 옆에 쪼그리고 앉아서 불을 쬐곤 했어. 먹을 건 시장에 가서 이것저것 훔쳐 먹었어. 그때는 이미 책도 다 팔아먹은 뒤라서, 두부도 훔쳐 먹고 어묵도 훔쳐 먹었지. 바늘 도둑이 점점 소도둑이 되어가고 있었던 거야.

보름 만이던가 아버지한테 걸렸어. 집에서 가출은 했지만 동네에서 멀리 벗어나지도 못했지. 상도동 삼거리 시장에서 아버지한테 손목을 딱 잡힌 거지. 아버지한테 끌려 버스를 타고 신림동까지 왔는데 그때 아버지는 내 가방 한쪽을 쥐고 있었어. 다른 쪽은 내가 잡고 있었고. 아버지는 가방을 잡고 있으면 내가 도망을 못갈 줄 알았나 봐. 차를 내려 아버지하고 가방끈을 나누어 잡고 걷다가 바로 줄행랑을 쳤지. 아버지는 이쪽으로 나는 저쪽으로, 거기서 바로 헤어졌어. 이제 가방도 빼앗기니까 더 막막해지더군. 그게 있으면 학생인데, 학생이 가방도 없으면 그렇잖아. 가방이라는 게 내 식량 창고이기도 했고 어쨌든 생활의 도구였잖아? 그 후로 내리 3일을 굶었어. 정말 눈에 보이는 것이 없더군. 이것저것 훔치기 시작했지. 도둑질도 다급해지니까 쉽더라고. 어느 날 돈을 훔치다 경비한테 걸렸는데 간신히 도망쳐 나왔지.
음식을 훔쳐 먹는 것도 힘든 일이었어. 더 이상 도둑질하는 것도 피곤하더라고. 어느 날 강남극장 앞에 누워 있었어. 배가 고파 기운이 없어서였지. 그때 나보다 한두 살 어려 보이는 중국집 애가 철가방을 들고 배달을 가고 있는 게 보였어. 김이 모락모락 나는 자장면이 눈에 선했지. 철가방 속에 든 음식이 정말 눈에 보이는 것 같았어. 그 아이가 내 앞으로 지날 때 말을 걸었지. "야, 니네 집에 취직할 수 없냐?" 그러니까 살이 통통 오른 그 아이는 "주인한테 물어볼게." 그러고는 가더라고. 한참 있다가 그 아이가 다시 돌아왔어. "우리 주인아줌마가 오래." 아이를 따라갔더니 조그마한 중국집이었어. 주인 아주머니가 이리저리 나를 훑어보더니, "배달이나 이런 거 해봤냐?" 그래서 안 해봤지만 신문팔이 정도는 해봤다고 그랬지. 아주머니는 집이 어디냐고 묻고는 "여기 자장면 곱빼기 하나 줘!" 이러더라고. 그때 먹었던 자장면이 얼마나 맛있었던지. 그 기억 때문인지 자장면은 지금도 그렇게 맛있어. 여기서 한 3개월 있었을 거야. 열심히 철가방 들고 돌아다녔지. 처음엔 철가방을 들고 다니면서 창피하기도 했어. 하지만 내가 책가방을 버렸던 게 꼭 내 탓만은 아니라고 생각했지. 그건 이 사회가 처한 교육문제였잖아? 나중에는 철가방을 들고 다니는 게 부끄럽지 않았지.

어느 날 배달 갔다 오니까 우리 누나가 다녀갔다고 하더군. 틀림없이 누가 나를 길에서 보고 집에 말해 준 거였지. 나는 수금하러 갔다가 늦게 오는 바람에 누나를 만나지는 못했어. 주인은 '그런 애 없다.' 이렇게 얘길 한 것 같아. 가출한 아이한테 일을 시켰다면 그 집에도 문제가 생기니까. 나중에 주인아주머니가 "너 누나가 왔다 갔는데 어떡할래?" 그래서 나는 집에 가기 싫다고 말했지. 난 그 생활이 싫지 않았어. 그때는 주방장 되려고 했어. 주방장이 프라이팬을 돌리는 게 멋있어 보였거든. 주방장을 할 생각이었지. 주인이 말했어. "그럼 식구들이 너를 찾아오기 전에 잠시 다른 곳에 가 있어라. 영등포 역전에 가면 거기 아는 집이 있으니까, 잠시 거기에 가 있어라." 어쨌든 여주인이 나를 챙긴 셈이지. 하긴 나도 게으름 피우진 않았어. 돈 계산도 잘 해오고 배달도 열심히 하니까 주인이 좋아했지. 거기 가서 한 보름 있었나? 다시 연락이 왔어. 그동안 누나가 몇 번 왔었는데, 이제 안 온다는 거야. 그래서 되돌아갔지. 그런데 문 열고 들어가니까 누나가 앉아 있더라고. 누나가 주인한테 동생을 찾게 해달라고 통사정을 한 거였지. 그래서 누나에게 이끌려 집으로 돌아가야 했지. 집에 가니 소동이 벌어졌지. 형제들은 "도대체 네가 밖에 나가서 어떻게 살았냐? 어떻게 할래? 학교에 다시 가라." 이런 저런 이야기가 오고갔지. 학교는 아예 정나미가 떨어져 절대 못 가겠다고 말했어. 나는 요리사 되겠다고 했지. 집에서도 다른 대안은 없었어.

돈벌이에 나서다

화가가 되기 전 그의 직업은 무려 열아홉 가지다. 중국집 배달원을 시작으로 전기공, 웨이터, 막노동꾼, 배관공, 목수 등등. 그가 그렇게 많은 직업을 전전했던 이유는 '탓'이 많았기 때문이다. 사장이 돈을 떼어먹거나 부당한 일을 시키거나 손님이 마음에 안 들거나 몸을 다치거나 하는 그런 탓이다. 그만큼 그가 먹고살기 위해 선택한 직업의 세계도 녹녹하지 않았다. 그러나 그는 한 번도 자신이 잘못했기 때문이라고는 생각하지 않았다. 그는 여전히 싸우고 대들고 말썽을 일으켰다. 그리고 그것은 그가 세상을 살아가는 방법이었다.

집안은 마땅한 돈벌이가 없으니까 여전히 어려웠지. 큰형은 트럭 운전을 했는데, 사고 내서 다 까먹고 누나들도 나가서 돈벌이를 했지만 그 많은 식구들이 먹고살 만큼은 되지 않았지. 어머니의 그때 얼굴이 내가 기억하는 제일 늙은 모습이었어. 그때 사진 보면 완전히 할머니였지. 어머니는 병이 들어 있었어. 병든 어머니가 그렇게 불쌍하더라고. 방앗간 꾸릴 때는 몽둥이 들고 쫓아오고, 빨랫방망이로 패고 그럴 때는 도망 다니기 바쁘고 그랬었는데. 어느 순간 그 부지런하시던 어머니도 꺾이시더라고. 중국집에 가서 다시 배달일을 했어. 중국집에 가서 일을 하면서 번 월급은 내가 쓸 용돈을 빼놓고 다 집으로 보냈어. 월급이 만 얼마 정도 되었을 거야. 그리고 나서도 스물한 살까지 내가 번 돈은 거의 집으로 들어갔어. 하지만 밑 빠진 독에 물 붓기였지 뭐.

그때 중국집에서 처음 술을 먹었어. 중국집에는 술과 안주가 많잖아. 주인 아주머니가 주는 배갈을 한두 잔씩 받아먹다가 어느새 술맛을 알아버렸지. 중국집에서 1년 정도 배달을 했어. 그러다가 집에서 배달 그만두고 기술을 배우라고 해서 들어간 곳이 도어재크를 만드는 공장이었어. 그때 나이가 열여섯쯤 되었을 거야. 거기서 일한 지 얼마 되지 않아 사고를 당했지. 밀링커터라는 선반이었는데 톱날이 두 개 달린 곳에 손목을 날린 거지. 뼈까지 다친 큰 사고였어. 병원에서 살에 박힌 쇳가루만 세 시간을 골라내야 했지. 병원에서는 두 달 진단이 나왔는데 처음에는 손목을 잘라야 한다고 그랬어. 우리 형이 손목을 자르는 걸 강하게 반대했지. 자르자, 안 된다, 잘라야 한다, 해보지도 않고 어떻게 그럴 수 있느냐, 이런 실랑이가 오갔지. 사실 나는 다른 꿈이 하나 있었어. 복싱이었지. 복싱을 해서 챔피언을 따면 2, 3천만 원을 벌 수 있다는 것을 알았으니까. 싸움이야 동네에서도 좀 해봤고 팔이 길고 그래서 복서가 될 꿈을 꾸었던 것인데 그 꿈이 날아간 거지. 또 그때 음악을 많이 좋아했어. 기타를 초등학교 때부터 쳤으니까. 그런데 손목을 다치면서 복싱도 날아가고 음악도 날아간다는 생각이 확 들더라고. 슬펐지. 다행이 손을 자르지는 않아도 됐지만 작은 꿈 두개가 소리 없이 사라졌지.
다시 중국집에 들어갔어. 처음 다니던 중국집을 1년 더 다녔지. 그러고 나서 매형의 소개로 전업사엘 들어가게 되었어. 거기서 한 4개월 일했는데 처음에 월급을 천 원을 주더라고. 중국집에선 오래 했다고 만 오천 원인가 받았는데 처음엔 천 원을 주더니 그다음 달에는 이천 원을 주더라고. 그럼 그다음 달에는 삼천 원을 줄 건가 했더니 그다음 달에도 계속 또 이천 원을 주는 거 있지. 하여튼 전업사 사장이 아주 지독한 사람이었어. 기술을 배우는 것이기 때문에 월급이 그렇다는 거야. 전업사에는 기공도 있었지만 기술을 가르쳐 주진 않았지. 어깨너머로 기공이 부품을 조립하거나 전기 배선 작업을 하는 걸 보고 기술을 배워야 했지. 하지만 나는 두 달 만에 돈벌이를 했지. 혼자 나가서 응접실에 있는 샹들리에 같은 걸 달아주기도 했으니까. 어려서부터 뜯어보고 그런 건 익숙했거든. 그래서 사장이 되게 좋아했어. 초짜인데 돈을 벌어다 주니까 좋아했던 거지. 그렇게 돈을 벌어줬는데도 월급은 이천 원에서 안 오르더라고.

그러다가 밥 사건이 있었어. 그 집에서 밥을 해주는 할머니가 갑자기 나가시는 바람에 주인 딸이 밥을 지었지. 어느 날 밥을 먹는데 찬밥이 씹히는 거야. 월급도 제대로 주지 않는데 밥마저 그런 식으로 해주니 화가 났지. 딸아이한테 "왜 찬밥을 섞어서 주냐?"고 화를 내고는 숟가락을 내던지고 곧바로 누나네 집으로 가버렸어. 사장집 딸애는 그때 아마 학교에서 정학을 당해 집에 있었을 거야. 딸은 밥하는 것도 서러워 죽겠는데 내가 숟가락도 던져버리고 나가버리니까 울고불고 난리를 쳤지. 다음 날 아침에 일을 하러 나갔지. 연장주머니를 허리에 차면서 "일 안해요?" 그렇게 말했는데 사장이 "야, 이 새끼야 그거 내려놔!" 그러면서 "너 어저께 밥을 차려줬는데 숟가락을 팽개치고 갔다며? 이 새끼가 주는 대로 처먹지." 이러는 거야. 그 소리 듣는 순간 꼭지가 확 열리더라고. 그래서 들고 있던 펜치를 바닥에 팽개치면서 "야! 이 개새끼야. 나 너하고 일 안해." 그러고는 전업사를 나와서 집으로 와버렸어. 그만둘 생각이었지. 그런데 조금 후에 사장이 집으로 오더니 나오라는 거야, 일을 하자는 거였지. 사장의 그 말이 진짜 무서웠어. 어떻게 그럴 수 있지? 자기보다 한참이나 어린 자식 같은 놈한테 상소릴 들었으면서 어떻게 저렇게 태연하게 다시 나보고 일하자고 할 수 있을까? 사장이 생각해 보니 손해 볼 게 없었던 거지. 기공한테는 월급을 줘야 되지만 나 같은 아이들한테는 계속 이천 원씩만 줘도 실컷 부려먹을 수 있는 거였거든. 사장은 정말 나쁜 사람이었지. 사장 부인도 밥을 잘 섞어서 눈치 못 채게 하지 그랬냐고 딸을 질책할 정도였으니까. 사장하고 일할 때도 그랬어. 건물주가 눈에 보일 때는 KS 제품을 설치하는 척하다가 건물주나 감독이 나가면 쓰고 남은 PVC 동가리들을 다 이어 붙여서 재빨리 설치하는 거야. 어차피 전기공사는 매립되기 때문에 눈에 보이지 않는다는 거였지. 같이 일을 하면서 그런 걸 볼 때마다 어찌나 불쾌한지 참을 수가 없었어. 결국은 전업사를 그만두었지.
그러고 나서 버스회사 배차실에서 잡일을 했어, 주로 청소하는 일. 그때는 버스 안내원이 있었는데 안내원들 생활은 말이 아니었어. 안내원들은 바빠서 제대로 뭘 챙길 수도 없었을 거야. 그거, 여자 기저귀, 그게 화장실에 쌓여 있기도 하고, 침상 마루 밑에 쌓여 있기도 했는데 그걸 청소하느라 곤욕을 치렀지. 거기서 조금 있다가 친구네 집에 가서 설렁탕 배달을 한 1년 했어. 그때가 77년쯤이었는데 안국동에 있는 만수옥이라고 초등학교 친구 집이었지. 설렁탕을 1년 동안 배달하면서 거기서 처음 연예인들을 보게 되었어. 근처에 지금은 없어진 TBC 운현궁 스튜디오가 있었거든. 배달하기 위해 방송국을 들락거리면서 연예인들이 텔레비전이나 스크린에서 본 것과 많이 다르다는 것을 알게 되었지. 그때 113수사본부라는 드라마를 할 때, 그때 싸움이 일어날 뻔했어. 야간녹화할 때는 새벽 세 시에 간식이 들어가는데 어느 날인가 설렁탕 사십 몇 개를 가져갔을 때야. 그때 처음 본 사람이, 아마 피디였던 듯싶은데, 나를 보고 다짜고짜 "야, 물 떠왔어?" 이러는 거야. 그래서 "배달은 물은 떠오지 않는데요." 그랬지. "야, 임마. 그런 게 어딨어? 가서 가져와." 그러는 거야. 그때가 새벽 세 신데 물 끓여놓은 게 없다고 그랬더니 그 사람이 욕을 자꾸 해. 그러면서 시비가 붙은 거지. 탤런트들하고 제작진들 사오십 명이 몰려나와 가지고 멱살을 잡고 실랑이가 벌어졌지. 그들과 우리, 함께 갔던 주방에 있던 다섯 명이 싸움을 시작하려는 차에 그때 탤런트였던 이낙훈 씨가 와서 수습했지. 아무튼 그때부터 연예인들에 대한 인상이 좋지 않았어. 연예인에 대한 환상이 십 대 때 그렇게 깨져버린 거지.

한 1년이 그렇게 지내고 나서 어머니하고 강남 반포에서 밥집을 열었어. 그때 아파트가 한창 지어질 때여서 공사장 인부들에게 음식을 만들어 판 거지. 제일 힘든 게 물 긷는 일이었어. 200명분의 물을 하루에도 여러 번 날라야 했으니까. 지금도 눈에 선한 건 물 길어 언덕을 올라가면 어머니가 노을을 등지고, 내가 올라가면 따라 주려고 콜라하고 컵하고 들고 서 있던 기억이야. 그 간이식당을 한 6개월 했나? 그리곤 공사장에서 잡역부로 일하게 되었어. 흙이며, 자갈, 모래, 시멘트를 날랐지. 그중에서 시멘트로 만들어진 아파트 유리창 받침대를 목도하는 건 굉장히 힘들었어. 아파트 창문에다가 일일이 날라야 하는 일인데, 내 짝 되는 사람이 키가 1미터 86인가 되는 사람이었어. 키가 워낙 크니까 이 사람하고 일하려는 사람이 없는 거야. 그래서 내가 걸린 거지. 나 역시 키가 작아서 함께 일하는 데 애를 먹었지. 그는 대학도 나왔고 결혼도 했는데 실직되었다고 그랬어. 그 사람하고 한 3개월 붙어서 일했나? 함께 일하면서 여러 가지 재미있는 이야기도 얻어듣게 되었어. 이 사람이 자기가 결혼을 한 얘기도 들려줬어. 둘이 엠티 갔다가 함께 자게 되었는데, 여자 친구를 건드리지도 않았대. 그러니까 이 여자는 한방에 자면서도 자길 지켜준 자기한테 반했다는 거지. 그런데 그 사람이 그러더군. 건드리고 싶었지만 자기가 임질에 걸려 있었다고. 재미있는 사람이었어. 그 사람이 직장을 구해 나와 헤어지고 나서 자기가 1년 동안 모은 미술잡지를 스크랩해 놓은 걸 나한테 주고 갔지.

우습게 들릴지 모르겠지만 밥 먹는 방법도 그 사람한테서 배웠어. 그 사람이 그러대. 밥은 천천히 먹어야 한다고. 나는 처음에 그 말이 무얼 의미하는지 몰랐어. 나도 그 사람을 따라서 밥을 천천히 먹게 됐는데 그렇게 먹어야 노동일을 하면서도 힘이 달리지 않는다는 걸 알게 된 거지. 또 하나 노동하는 사람들을 보면서 많은 생각을 하게 됐어. 나 역시 잡역부였으니까 공사장에서 일하던 잡부들에 대해서 여러 가지 생각해 보게 된 거였지. 잡역부들한테는 나이가 없어. 아니 나이는 있어도 차이는 없지. 나와 같은 십 대부터 시작해서, 이십 대, 삼십 대, 사십 대, 오십 대, 육십 대, 드물게 칠십 대가 있지만 그 잡역부들은 일당이 다 똑같아, 대우도 똑같고. 그러니 계급도 다 똑같다고 할 수 있지. 그게 잡역부의 신세지.

어느 날 문득 이런 생각이 들었어. 이런 일을 하면서 살아야 한다면 어떻게 살아야 할까? 이십 대에는 그들이 그렇듯이 객기로 술 퍼먹으면서 일할 거고, 나이 삼십 대 되면 여기저기 몸이 아파지고 약을 먹으면서 일하게 될 거고, 사십 대에는 술조차 마시지 못하게 되고 잔꾀를 부리면서 일을 하게 될 거고. 또 오십 대는 조금 일하는 척하다가 어디 가서 숨어버리는 정말 꾀쟁이가 될 거고. 그리고 육칠십 대가 되면 이런저런 눈치 보면서 대강 시간만 때우고 일당이나 받아가겠지. 막노동판 인생은 그런 거였어. 이런 인생이, 이런 삶의 모습이 갑자기 눈에 선하게 보였지. 그때 나는 아직 어린 십 대에 불과했지만 적어도 그렇게 일생을 보내야 한다면 몸을 잘 챙기지 않으면 안 된다는 생각을 하게 된 거야. 아마 몸에 좋은 음식을 잘 챙겨 먹는 버릇이 그때부터 시작되었을 거야. 나는 쫄쫄 굶으며, 라면으로 끼니를 때우며 일하고 싶은 생각은 없었어. 공장에 다닐 때도 사장한테 라면이 아니라 밥을 먹을 수 있게 월급을 올려달라고 했지. 사장이 그러더군. 제대로 안 먹고 안 쓰는 사람만이 자수성가할 수 있다고 말이야. 나는 그 말이 의심스러웠지. 그건 월급 올려주기 싫으니까 하는 말이었어. 말이 되는 이야기가 아니지. 나는 라면 먹으면서까지 월급 모으고 싶은 마음은 없었어. 먹을 것 못 먹고 입을 것 못 입으며 자수성가한 사장이 대한민국에 몇 명이나 나올까? 그건 환상에 불과해. 나는 사장들이 말하는 자수성가란 아주 나쁜 말이라고 생각했지.

참, 공사장에서 함께 일했던 그 사람이 떠나면서 나한테 남겨 준 스크랩에는 작품들이 많이 실려 있었어. 그림 도판이나 헨리무어 조각그림이나 그런 것들. 그때도 나는 조각이라고 말할 것도 없지만 손장난은 틈틈이 하고 있었어. 내가 처음 깎은 게 손이었는데, 끌하고 못하고, 두 개 가지고 만들었지. 손가락 사이를 못으로 뚫고는 연탄불로 지져서 만들었어. 설렁탕집에서 만든 거였지. 배낭에다가 항상 칼하고 작은 통나무나 판때기를 가지고 다녔어. 그래서 친구들이 그때 조각도를 하나 사줬어. 나무를 깎다보면 시간 가는 줄 몰랐지. 손만 대면 새벽 네 시가 되고 그러고 다음 날은 졸면서 일하다가 꾸지람을 듣기도 했지. 언젠가 음식 배달 갔던 빌딩의 화장실에서 껌 떼려고 둔 끌을 보았어. 이빨 다 나간 끌이었는데 그걸 보니까 훔치고 싶더라고. 그래서 그걸 배달하던 쟁반에다 얹어가지고 들고 왔지. 주방에 들어가 숫돌로 갈고는 밤에 식당 기둥에다가 인디언 조각 비슷한 걸 깎기 시작한 거야. 다음 날 식당 주인인 친구 어머니한테 혼날 줄 알았더니 "야, 너 도장 파라. 솜씨가 쓸 만한

데.” 그랬어. 하지만 꼴에 자존심은 있어서 그 말이 불쾌했지.

어릴 때 조각가가 되겠다고 생각해본 적은 있었어. 초등학교 때부터 미술을 하고 싶다는 마음은 가지고 있었지. 친구 둘이 있었는데 조동완과 김환영이었지. 셋이 모이면 허리케인 만화 베끼고 그러면서 ‘이담에 커서 우리 그림을 그리자.’ 그렇게 말하곤 했어. 둘은 나중에 정말 미대를 갔고 거기서 나만 빠졌지. 어릴 때도 뭘 만드는 건 자신이 있었어. 학교 안 가고 땡땡이칠 때 냇가에서 있다가 심심하면 빨래도 하고 나무에 줄을 매 널어놓았는데 한숨 자고 일어나 보면 빨래가 떨어지는 거야. 그래서 버드나무 가지로 집게를 만들었지. 항상 칼을 가지고 다녔는데, 버드나무 가지를 반쯤 잘라서 구부리니까 빨래집게가 된 거지. 그때 주변에 있는 사물을 이용해 스스로 문제를 해결하는 자신감이 생겼지. 빨래집게를 만들었던 건 단순한 일이었지만 그 기억이 아주 생생해.

공사 현장에서 잡역부로 일하다가 보일러 일을 하게 되었어. 자리 하나가 비었거든. 주로 아파트 현장에서 일했지. 보일러 설비 팀의 십장은 처음부터 내가 일하는 게 마음에 들었는지 그다음 공사에서도 나를 데리고 다녔어. 그래서 한국은행 증축공사 때도 일하게 되었지. 그때 한국은행의 보일러는 일제 때 설치해 놓은 것이었는데 지하에서 보일러 교체하면서 돈 실컷 구경했어. 일도 재미있었지. 커다란 파이프를 용접해서 구불구불하게 이어놓으면 마치 조각품 같아. 너무 멋있더라고. 나중에 이 파이프에 스팀이 돌아다니면서 건물 자체를 데운다고 생각하니까 기분이 삼삼했지. 그때 보일러공 일은 많았어. 몇 군데 옮겨 다니며 일하다 보니 바로 기공 대접을 받더라고. 기술자가 된 거지. 기공은 아파트나 건물의 도면을 보고 일을 할 수 있어야 했거든. 그 일을 7년 동안 했지. 스물다섯까지.

보일러 공으로 일을 꽤 많이 했어. 하지만 나중에는 큰 규모의 보일러공사가 자꾸 줄어들면서 가정집 보일러 일도 하게 되었어. 가정집의 보일러 일을 하려면 돌아다니면서 공사를 따와야 했지만 나는 일을 별로 따오지 못했지. 그때는 집집마다 연탄으로 때는 새마을 보일러를 주로 설치했어. 그런데 나는 일을 따오려 해도 사람들이 도무지 내말을 듣지 않는 거야. 새마을 보일러에는 쇠파이프가 달려 있는데 그걸 호스에 연결하게 되거든. 그런데 보일러공들은 연탄불 옆에 나온 그 꼭지를 짧게 붙여. 그러면 1년이면 삭거나 타버리니까 교체해야 하잖아? 보일러공들은 그걸 노리는 거지. 꼭지를 길게 이으면 부식이 안 되고 훨씬 더 오래 쓸 수 있었어. 그래서 보일러를 놓는 집에 그렇게 말했지. "아줌마, 2만 원만 더 주시면 파이프를 방까지 끌어들일 수 있고 그러면 보일러를 굉장히 오래 쓸 수 있거든요." 나는 그렇게 설득을 했지만 사람들은 "왜 딴 데는 3만 원인데 당신은 5만 원이냐." 이러기만 하는 거야. 나는 어떤 게 더 경제적인지 설명했지만 내 말을 믿으려 하지 않는 거였지. 아무튼 내가 일을 못 따오니까 사장이 좋아할 리가 없었지. "야 이놈아. 너도 그냥 3만 원 받고 1년짜리만 해. 뭘 자꾸 5만 원짜릴 하려고 해." 그러는 거였지. 그러다보니 사장과도 자꾸 불협화음이 생겼어. 그게 7년째 됐을 땐데. 그렇게 지내다보니 더 이상 보일러 일도 하고 싶지 않더라고.

보일러일을 그만두고 다시 아파트 현장에 나가 일을 하게 되었어.

공방이라는 데서 일을 하는 건데, 공방이 뭐냐 하면 그냥 현장의 해결사라고 생각하면 돼. 아파트공사가 번창하면서 새로 생긴 직종이었지. 어느 현장에 재료가 없어서 공정이 늦어지면 재빨리 가서 재료를 공급해 주는 역할이었지. 나도 노동으로 단련된 사람인데 못할까 싶었는데. 막상 일을 해보니 이건 완전히 사람 잡는 일인 거야. 보통 다른 사람들 두 배 이상의 일을 해야 했지. 모래가 산만큼 쌓여 있어서 한 이틀 날라야 하는 일이다 싶은데도 공방이 투입되면 반나절에 끝내더라고. 그러니 일당은 훨씬 셌지. 말 그대로 번개팀이지. 옛날에 번개빵치기라고도 했어. 이런 일을 하는 사람들은 대개 주민등록증 서너 개 가지고 다니는 놈들이야. 전과 몇 범이 수두룩했고 대개는 도망자들이었지. 막 가는 인생들이니까 그런 일 하는 거였어. 이들은 보통 검도니 유도니 복싱이니 하는 유단자들이었고 힘이 장사들이었지. 경찰들이 나타나면 그냥 튀거나 가짜 증명서 들이미는 그런 사람들이었지. 그런데서 일을 하게 되었어.

며칠 했을까? 어느 날 일이 다 끝나 파김치가 되어 있는데 팀장이 벽돌을 한 번 더 나르고 가자는 거야. 돈을 더 주겠다는 거지. 아파트 벽돌 나르는 일이었는데 벽돌 한 장 무게가 8킬로쯤 되었어. 그걸 나르고 있는데, 리어카에 걸쳐 있던 벽돌이 스르륵 떨어져 내 발등을 찍어버렸지. 그때 건설회사가 대우건설이었을 거야. 다른 현장에서 다치면 콧방귀도 안 뀌는데 공방에서 다쳤다니까(그들은 공방 애들이 수틀리면 뒤집어엎는다는 걸 알고 있었지) 실무자들이 바로 달려오더라고. 차에 실려 망우리까지 갔지. 발은 쑤셔 죽겠는데 도곡동 현장에서 망우리의 산재보험이 되는 병원까지 가야 했어. 병원엘 가보니 그곳은 완전히 전쟁터더라고. 흙투성이에 시멘트 범벅에 깨지고 절뚝거리고 피 흘리는 사람으로 아우성이었지. 그런데도 거기 의사들은 태평이었지. 의사는 친구하고 노니닥거리고 있다가 응급실에 어슬렁거리고 나타나서는 피가 철철 나는 내 발을 보고는 핀셋으로 상처를 뜯어버리더니 마취를 대충 하고 나선 그냥 꿰매더라고. 그때 너무 아팠어. 너무 아팠는데 이상하게 마음이 차분해지더라고. 사는 게 허무하고 너무 허무해서 차분해지는 그런 마음 있잖아? 입원을 해야 했는데 입원실이 없다는 거야. 병원에서는 통원치료를 하라는 거였지. 부천 큰형네 집에서 거기까지 왕래를 해야 했지. 아픈 발을 끌고 전철 타고 오고가려니 미치겠더군. 너무 고통스러웠고. 살아 있는 게 고통스러웠지. 어디든 멀리 떠나고 싶었지. 지긋지긋한 서울에서 무조건 멀리 떠나고 싶었어. 그때 산재비용이 15만 원인가 나왔어. 그래서 발이 웬 만큼 낫자 무작정 부산으로 내려갔지.

부산에 가서 하루 종일 여관 잡아놓고 계속 술만 퍼먹었지. 자갈치 시장에 가서 먹기도 하고. 그 좋아하는 해삼, 멍게가 너무 싸서 소주를 엄청 마셔댔어. 나는 술을 그렇게 마구 먹는 사람이 아니었지. 술이 좋아서 술을 오래 먹겠다고 한 사람인데 그때는 자제력을 잃었어. 한 일주일 그렇게 지내다 보니 돈이 떨어지더군. 어떻게 할까 하다가 길에 나붙은 포스터를 보게 되었어. '웨이터 구함' 웨이터를 하겠다고 남포동의 몇 군데 괜찮은 술집에 들어갔는데 퇴자를 맞았지. 나이가 많다고 안 된대. 그때 스물서넛밖에 안 먹었을 때인데 말이야. 그래서 조그만 카페를 찾아갔어. 술집 이름이 '추상' 이었을 거야. 거기서는 받아주더군. 넥타이 하나 사주면서 입고 있던 남방에다 매라고 하더라고. 작업복 차림으로 맥주 날랐어. 워낙 지저분한 집이어서 실내장식도 변변한 게 없었는데 몇 가지 조형물들을 만들어 주었지. 사장이 좋아하긴 하더라고. 여기서 한 4개월 있었나? 주인은 아주 의심이 많은 사람이었어. 매일 주방 옆에서 와인 하나를 놓고 마시는데 종업원들을 감시하느라고 술병이며 안주에다 표시를 해두곤 했지. 나보다 두 살 위에다 디제이 출신인데 평소에는 칸초네를 틀다가 부인하고 싸운 날이면 엘비스 프레슬리 음악 크게 틀어대며 우리들한테 술주정을 하곤 했지. 그런데 이 사장이란 놈이 하도 종업원들에 대한 의심이 많아서 다들 불편하기 짝이 없었는데 내가 화가 나서 애들을 좀 설득을 해봤어. 파업을 하자, 사장 좀 혼내 주자, 그랬지. 종업원이 경리까지 일곱인데 경리 빼고 다 설득했어. 주방장까지 다 동의를 했지. 파업을 해서 사장을 혼구멍을 내주려고 그랬지. 결국 파업을 하고 그만두었는데 기분은 매우 좋았어.

그게 파업은 아니더라도 비슷한 건 그전에 보일러 일할 때도 여러 번 시도를 했어. 노조? 그런 건 몰랐어. 혁명? 레닌? 그런 건 더더욱 알지 못했지. 그저 잘못된 것은 바로 공격을 해야 직성이 풀리는 성격이었으니까 그랬을 뿐이지. 보일러 일할 때 월급이 안 나온 적이 있었어. 사장은 분명히 수금을 했는데 우리한테는 월급을 주지 않은 거야. 알아보니까 그 돈으로 이자놀이 하고 있더라고. 한 사람 월급은 얼마 되지 않지만 합치면 목돈이 되니까 그 돈을 굴리는 거였지. 증거를 잡아서 함께 일하던 애들한테 애길 했어. 모두들 당연히 분개했지. "자, 내일 작업복 갈아입지 말고 출근해서 월급을 달라고 그러자." 그렇게 말하자 모두들 "그래! 그래! 맞아!" 이러더라고. 그래서 다음 날 아침에 작업복을 갈아입지 않은 채 나갔는데, 일하던 친구들이 하나둘씩 슬금슬금 꽁무니를 빼는 거야. "술이 안 깼나." 뭐 이러고. "어이구 몸이 왜 이렇게 아프지." 그러면서 전부 다 작업복 갈아입으러 가는 거야. 혼자 개밥에 도토리 신세가 된 거지. 그러니 어떡해. 혼자 사장한테 가서는 내 월급만 받을 생각으로 "내 일당 내놔요!" 그랬지. 사장이 나한테 욕을 하더군. 그래서 파이프 렌치를 들고 가서 죽여 버린다고 했더니 사장이 뭐라 그랬냐면, "야, 이 새끼야! 그거 내 연장 아냐!" 그러더라고. 그래서 벽돌을 가지고 다시 들어갔어. "네 연장 아니지? 그러니 일당 내놔!" 그랬어. 그런 식이었지. 그러니까 나는 일하면서 월급을 못 받은 적이 한 번도 없었어. 일당을 떼어 먹힌 적은 한 번도 없었지.

지워진 벽화

그가 마지막으로 가졌던 직업은 보일러공이자 비닐하우스를 지어주는 목수였다. 손을 움직이는 직업을 가졌고 틈틈이 나무를 깎아 조각 비슷한 걸 했던 게 미술을 가까이 할 수 있었던 이유였을 것이다. 그리고 그림을 그리는 대학생 친구들을 곁에 두면서 미술과의 인연을 갖게 되었다. 하지만 이런 조건들이 그를 화가가 만든 것은 아니었다.

그 무렵 군사독재는 여전히 사회에 짙은 그늘을 드리웠다. 80년대 초반부터 시작된 민중미술운동은 다른 사회운동과 더불어 문화운동의 지평을 넓혀 갔다. 많은 화가들과 미대생들이 미술운동에 참여하면서 기존의 미술과 날카로운 대립각을 세우고 있었다. 그때 그는 어쩌다 민중벽화를 그리는 팀에 섞여 사다리를 짜주는 일을 도왔다. 그러면서 갑자기 80년대 미술운동의 한복판으로 휘말려 들었다. 졸지에 소위 말하는 운동권이 되었고 예기치 않은 화가의 감투를 썼다. 하지만 그가 정말 화가가 될 수는 없는 일이었다.

카페에서 나와서 울산으로 가려고 했어. 누가 오라는 건 아니었지만 현대중공업 가서 배 만드는 근사한 일을 해보고 싶었어. 부산역에서 울산 가는 기차표를 끊으려는데 갑자기 서울행이라는 글씨가 보였지. 불현듯 친구들이 보고 싶어졌어. 그래서 그냥 서울로 올라왔지. 그게 83년쯤일 거야. 그리곤 합정동 근처에 차고를 얻었어. 홍대를 다니고 있던 친구하고 둘이서 방을 얻은 거지. 그 친구도 작업실이 필요했던 거고 나는 거기에 머물면서 보일러 일을 다시 하게 되었지. 시간이 나면 친구들하고 그 차고에 모여 술을 마시곤 했지. 어느 날 여러 친구들하고 술을 먹다가 객기가 발동했지. 새벽 한 시쯤이었는데 누군가 아산만에 가서 회를 먹자고 했어. 차가 한 대 있었고 오토바이가 하나 있었는데 난 오토바이 뒷자리에 올라탔지. 오토바이를 타고 아산만까지 신나게 달렸는데 갑자기 나타난 벽을 들이받았어. 그러니까 4차선에서 갑자기 2차선 도로로 바뀌면서 막아선 벽에 부딪힌 거지. 어딘가로 내동댕이쳐졌는데 절벽 같았어. 나는 죽는 줄 알았지. 다행이 논바닥에 떨어졌지만 발목이 그때 부러졌지. 아산병원에 갔더니 복사뼈 끝이 깨져서 수술을 할 수 없다고 하더군. 그때가 일요일 새벽이었어. 의사들이 다 골프 치러 가서 치료를 못하겠다는 거였지. 서울대병원으로 갔다가 다시 이대부속병원에 갔다가 어느 정형외과에서 치료를 받게 되었지. 젊은 날의 객기 때문에 황천으로 갈 뻔했는데 그때 우리들은 술 먹으러 아산만에 놀러가다 다친 게 아니고, 시내에서 뺑소니한테 당한 거다 그렇게 말을 맞추었어. 어른들한테 혼날까 봐. 그런데 한여름에 다쳤으니 살이 썩은 것 때문에 다 들통이 났지. 그때 같이 다친 친구 어머니는 이북 사람인데 보통 분이 아니었어. 나를 굉장히 미워했어. 학교도 안 다니고 자기 아들을 꼬드겨 술을 먹게 했다고 생각했으니까. 친구 어머님이 사고가 난 정황을 알게 되었지. 우리가 다친 게 뺑소니 때문이 아니라 술 처먹다 그렇게 되었다는 걸 알고는 "니들 청춘은 이제 끝났다." 이런 표정을 짓더라고. 그 어머니 말대로였지. 그때 음주운전하다가 떨어진 그 친구는 타박상 하나 없었지만 담증이 걸려 1년 동안 내내 고생했고 난 4개월 동안 아무것도 못하고 누워 있어야 했지. 그때 김환영이 스케치북을 잔뜩 가져다주었어. "역마살 낀 놈이 꼼짝 못하게 되었으니 그림이나 그려라." 그랬지.

다치기 전에 환영이가 줄리앙을 사준 적이 있었어. 하지만 그걸 그리지는 못했지. 줄리앙을 사준 지 6개월 만에 그걸 처음 그려보았을 거야. 보일러 일이 없을 때, 마당에서 폼 잡고 줄리앙을 놓고 데생이라는 걸 하려던 참인데 환영이 친구가 쥐포하고 소주를 들고 온 거지. 그게 끝이었어, 내가 데생이라고 해본 건. 줄리앙의 윤곽과 이목구비만 그려놓고 명암은 안 집어넣은 그림이 아마 제대로 그려본 처음이자 마지막 그림이었지. 환영이가 그때 와서 그린 거 보더니, "어? 드디어 그렸구나." 그런 말을 했는데 완성도 안하고 술만 퍼먹은 거지. 그러더니 병원에 누워 있을 때 연필하고 스케치북을 갖다 준 거야. 그때 누워서 있으니 할 일도 없고 그릴 것도 없고 그래서 신문 보다가 재밌는 얼굴 있으면 그리기도 하고 깁스한 발가락만 여러 장 그렸지. 4개월 동안 200장쯤 그렸을 거야. 어느 날 의사가 "너 그림 그리냐? 그럼 내 얼굴 좀 그려줘라!" 그러는 거야. 조각이라면 몰라도 그림은 자신이 없다고 그랬지. 그 의사가 재밌는 양반이었어. 자기한테 흑단이 있다고 얼굴을 조각해 달라는 거야. 하지만 어떻게 내가 그런 걸 할 수 있겠어. 그것 때문에 의사한테 고문만 당했지. 뼈에 박은 나사를 뽑으면서 의사가 "너 그거 어떻게 됐냐? 조각?" 그래서 "아이고 어떻게 그걸 해요? 못 만들어요." 그랬더니, "그러냐?" 그러면서 나사를 당기더라고. 무지하게 아팠지. 그러고 나서 바느질 고문이 시작되었지. 여섯 바늘 꿰매는 동안 계속 실을 잡아당기는 거야 그러면서 "안 해주냐?" 이러고. 나도 고집이 있는 사람이었지만 나중에는 도저히 못 참겠더라고. "헉! 만들어 볼게요." 그때부턴 안 아프게 꿰매더라고. 물론 끝내 만들어주지는 않았지만.

병원을 나와서 비닐하우스를 했던 친구 집에 좀 있었지. 그전 81년쯤에도 1년 동안 친구하고 구파발에서 비닐하우스를 한 적이 있었어. 그때 비닐하우스 짓던 경험이 있어서 그 일을 시작한 거지. 일을 시작하면서 통장을 보니 21만 원 있더라고. 10년을 넘게 일을 했는데, 스물한 살부터는 더 이상 집으로 돈도 보내지도 않았는데, 겨우 21만 원이라니. 그 돈으로 친구의 밭에 있던 비닐하우스를 헐고 다시 골조를 세워서 비닐을 씌우고 집을 지었어. 구파발에 있었던 바로 그 집이지. 거기서 8년을 넘게 살았어. 그때 마음을 먹었지. 어차피 고생해서 일을 해봤자 돈도 모아지지 않을 거 내가 좋아하는 술이나 먹자고. 한 달에 일주일만 일하고 나머지는 술을 마시기로 했지. 그 후로 2년 동안 술을 얼마나 먹었던지 아침부터 먹기 시작해서 점심도 술로 때우고 저녁이면 환영이 친구인 대학생들이 와서 함께 마시고, 아무튼 계속 마셔댔지. 그런데 그놈의 막걸리를 마시면 몸이 계속 좋아지는 거야. 그렇게 2년을 보냈는데 그러면서 그동안 쌓였던 스트레스가 다 풀렸지. 그동안은 목수일을 했어. 비닐하우스 지어주는 목수. 그러면서 망치질을 배웠지.

스물일곱 살이었던 86년 그해, 여전히 내 집은 술판이었어. 일주일 동안 비닐하우스 짓는 목수일 하고 그 돈이 떨어질 때까지 술 마시면서 놀았지. 그때 대학생 친구들이 놀러 와서 함께 술 먹으며 하는 얘기를 들었어. 데모에 대해서도 많은 이야기를 했는데 뭔 말인지는 몰랐어도 어쨌든 의식 있는 이야기들을 한다는 건 알겠더군. 홍황기. 김진하. 박기복. 송진원 그런 친구들이 왔었어. 그들은 작업실 하나를 세 얻어 가지고 벽화를 한대나 어쩐대나 그랬지. 팀 이름이 '마른땅' 이라던가 그랬어. 가끔씩 얘기 들어보았지만 무슨 일인지 감이 잘 안 왔지. 어느 날 친구가 신촌 벽화를 그리게 되었다고 했어. 김환영이 홍대에서 팀을 꾸려서 박기복, 송진원, 김영미, 남규선, 강화숙 등 여섯 명이 벽화를 시작한다고 했지. 그리고 나에게도 연락이 왔지. 신촌역 옆에 3층짜리 건물이 있었는데 동광인쇄인가 하는 건물이었어. <통일의 기쁨>이란 그림을 그리는데 나보고 와서 사다리를 짜 달라는 거였지. 사다리와 그림 그릴 때 디딜 발판을 짜달라고 했어. 나는 일당은 주냐고 물었지. 내가 목수인데 당연히 일당이 있어야 하잖아? 그런데 일당이 없다는 거야. 그럼 당연히 하지 않겠다고 했지. 그런 면에는 철저했거든. 어떻게 일당도 받지 않고 일을 해줄 수 있어? 내가 못 짜주겠다고 하니까 여학생 셋을 앞세워서 자기들도 모두 자비를 들여서 하는 거라면서 통일이 어떻고 민주가 어떻고 주절대더라고. 결국은 여자애들한테 넘어가서 해주기로 했지. 또 뭔 말인지 잘은 몰라도 통일 어쩌고 하는데 어떻게 안할 수가 있어? 벽화를 그리는 곳을 가 보았더니 목재는커녕 아무것도 없더라고. 발판을 짤 자재 구입비라고 주었는데 기본 목재 값도 안 됐어. 하는 수 없이 신촌 일대를 뒤져서 각목이나 나무 조각을 주워 사다리를 짜주었지. 그리고 다른 일을 거들기도 했어. 나야 뭐 페인트 통을 따주는 일 그런 걸 했지. 그게 다였어.

벽화 일을 도와주고 나서 한 달 뒤였던가. 인사동을 가게 되었지. 인사동에는 그림 보러 그 전에도 몇 번은 가본 적이 있었어. 83년도엔가 84년돈가 경인미술관에서 전시했던 <두렁>전도 보았지. 그때 미술관에 가서 본 그림들이 영 마음에 안 들더라고. 미술을 하는 친구들은 노동자 그림이라고 했는데 난 노동잔지 아닌지 알 수가 없었지. '안전제일'이라고 쓴 모자만 썼지 도대체가 내가 알고 있는 노동자 모습은 아니더라고. 그때 나원식(미술평론가) 씨가 그림에 대한 소감을 말해 달라고 했는데 난 이해가 안 됐어. 내가 보기에 거기 걸린 그림들은 노동자들의 고통스러운 모습만 그려놓았지. 내가 아는 노동자들은 착하고 정직한 친구들도 있었지만 또 반면에 뺀질이들이 많지. 백구두 신고 다니는 놈들도 많았지. 그런데 그림들은 전부 다 고통 받는 모습만 나오니까 그게 마음에 안 들었던 거야. 몇 년 뒤에 그림을 그렸던 화가들한테 물어봤어. "당신들 노동일을 한 경험은 있나?" 그랬더니, 있다는 거야. 자신 있게 얘기하더라고. 그래서 얼마나 있냐고 물어보았더니 보통은 일주일 정도 해봤고 보름 동안 일해 본 사람은 좀 드물게 있고 한 달은 몇 명 있다고 그러더군. 속으로 웃음이 나왔지. 나는 그들이 노동자를 고통스럽게 그리게 된 이유를 알게 되었지. 몇 년씩 일한 사람도 한 달 쉬다가 일하면 참 힘들거든. 그런데 일주일이나 보름 일하면 얼마나 힘들었겠어. 아르바이트로 공사판에 나가 질통을 지면 고통스러울 수밖에 없는 거지. 결국 자기들 모습을 그려놓고선 그걸 노동자라고 그린 거였지. 그러니 내가 이해가 안 됐던 거라고.

어쨌든 벽화를 도와주고 나서 한 달 만엔가 인사동엘 나갔더니 벽화를 그렸던 친구들이 거기 다 와 있더라고. 거기서 환영이가 무언가를 쓰고 있었는데 "너 여기서 뭐하는 거야."라고 물었더니, 환영이가 나를 쳐다보며 "너는 신문도 안 보냐?" 그러면서 화를 내는 거야. 나는 영문도 모른 채 "야 이 새끼야. 나 원래 신문 안 보잖아. 몰라?" 그랬지. 옆에 있던 친구가 "형! 모르시는구나. 벽화가 지워졌는데." 그러는 거야. 미술관 입구 옆에 그 신문기사를 붙여놨더라고. 벽화 사진 옆에는 하얗게 덧칠되어 다 지워진 벽이 있었고 거기에 덜렁 사다리만 남은 사진이 있었어. "뭐야? 어떻게 된 거냐?" 그제서야 그 벽화가 왜 지워졌는지 궁금했지. 내막은 잘 알 수 없었지만 나도 황당하고 불쾌했어. 어쨌든 나도 함께했던 것 아냐? 모두들 벽화를 그렸던 신촌에 몰려갔어. 거기에는 이미 민미협(민족미술협의회) 회원들이 많이 나와 있었지. 벽화가 지워진 걸 눈앞에서 보니까 정말 화가 나더군. 그림을 그리지는 않았지만 여기 사다리 짜준 사람이잖아? 벽을 망연히 바라보며 그렇게 서 있었지. 그런데 저 앞에 삼베옷을 디자인해서 입은 사람이 와 있고 그 뒤에는 양복쟁이가 서 있었어. 난 그가 누구인지 몰랐지. 무슨 복덕방 사장 아니면 그림 사주는 돈이 많은 사람일거라고 생각했지. 그런데 그 사람이 미술협회 이사장인가 하는 사람이래. 그 이름은 미대생 친구들한테 들어서 나도 알고 있었어. 난 먼발치에 있었지만 그가 말하는 소릴 들을 수 있었지. 거기 그림을 그린 홍대의 제자들한테 하는 말이었던 것 같은데 그가 "야, 그림은 캔버스에다 그려. 무슨 벽화냐?" 그러는 거야. 사실 난 캔버스라는 용어도 그때 알았어. 캔파스인지 캠퍼스인지 콤파스인지 캔버스인지 몰랐는데 그때 캔파스가 아니고 캔버스라는 걸 알았지. 아무튼 그때 그 교수양반을 보고 아 저런 사람이 교수를 하는구나 하고 생각했지.

그 전에 미대를 기웃거려 본 적이 있긴 했어. 대학을 들어가려고 한 게 아니라 친구를 만나러 가기 위해서였지. 보일러일 하다 틈만 나면 오토바이를 타고 홍대를 갔는데 친구인 환영이가 있었기 때문이었어. 조각도 보고 그림도 보고 그러는 게 싫지 않았거든. 어느 날인가 학교엘 갔는데 그날따라 환영이가 없더라고. 그런데 거기서 어떤 친구가 캔버스에다가 색을 칠하고 있었어. 내가 보기에 어릴 때 동네 벽에다가 아무렇게나 낙서한 거하고 비슷했는데 도무지 무슨 그림을 그리는지 이해가 되지 않았어. 이런 걸 대학교에서 한단 말이지? 이 비싼 재료에다가? 이런 비싼 캔버스에다가? 그 친구는 여러 가지 색을 캔버스에 뿌려대는 거야(그때는 액션 페인팅이니 하는 것도 몰랐고 잭슨 폴록이 누군지도 몰랐을 때지.) 그렇게 그리는 그림이 도대체 이해가 안 갔지. 그래서 그 친구에게 물어봤어, 안면은 있었으니까. "이 그림의 뜻이 뭐냐?" 그랬더니 그는 굉장히 불쾌한 표정을 지으면서 대꾸도 안 하는 거야. 나는 이게 낙서라던가 아니면 이런 의미라던가 하고 설명을 해줬으면 그대로 물러났을 텐데 아무 말 안하는 거야. 나는 약이 바짝 올랐지. '내가 보일러쟁이라고 씨발 무시하는 거야 뭐야?' 속으로 그렇게 생각했지. 그래서 한마디 던졌어. "야. 이 그림. 니네 아버지가 보면 이해하겠냐?" 그러자 갑자기 그 친구가 얼굴이 하얗게 변하더라고. 그 친구 아마 효자였을 거야. 자기가 생각하기에도 자기 아버지가 이걸 보면 뭔지 모를 게 틀림없을 거였거든. "너 홍대 미대 어떻게 들어왔냐? 여기 등록금은 어떻게 댔냐?"고 하니까 그 친구는 어눌하게 "소 팔고 논 팔아서……." 그러더라고. "그런데 이 자식아! 너네 아버지가 이걸 이해도 못하잖아!" 그랬더니 그 친구는 아무 말도 못하는 거야. "자식! 지 아버지도 이해 못 하는 그림을 그려놓고서……." 그러고 씩씩거리면서 나왔어. 그때도 친구들에게 그런 이야기를 주워듣긴 했어. 대학을 가면 교수 비슷하게 그림을 그려야 된다는 그런 이야기 말이야. 그리고 그런 그림들이 대개는 '무제'라는 제목이 붙여진다는 것도 알았지.

신촌의 지워진 벽화 앞에서 그 교수가 하는 말을 듣는 순간, 아! 나는 미대 안 가도 되겠구나 그런 생각이 들었어. 그때 난 정리를 해버린 거야. 사실 그동안 어렸을 때부터 친구인 환영이한테서 미대를 가라는 소리를 들었거든. 그럴 때마다 미대 안 가는 궁색한 이유를 들먹여야 했는데, 이제는 미대를 가지 않아도 되는 논리를 펼 수 있게 되었지. 내 생각으로 자기 제자가 그린 그림이 지워졌는데 기껏 와서 한다는 말이 캔버스에다 그리라는 교수를 이해할 수 없었지. 어떻게 그런 말을 할 수 있어? 그럼 무슨 그림을 그리라는 거야? 그 '무제' 같은 그런 그림? 그런 그림을 그려야 할 거라면 정말 대

정릉의 유연복 씨 집 담장에 그려진 벽화 <상생도>

제대로 된 그림이라곤 어릴 때 크레용으로
그려본 것밖에 없던 놈이,
수채화 물감 한 번 제대로 써본 적이 없던 놈이
화가들이 그리는 그림에 손을 댈 수 있겠어?
"난 못하겠다." 그랬지.
그런데 자꾸 "해봐. 임마!" 이러는 거야.
그래서 그림을 그리기 시작했는데
진달래나 개나리 같은 꽃을 그렸어.

학은 갈 필요가 없다고 생각했지. 나는 그 교수한테 고마움을 느껴. 내 마음의 짐을 덜어줘서.

신촌역 앞에서는 이런저런 이야기가 오고 갔지. 벽화가 지워진 이유가 공공건물에 불온한 내용을 그렸다는 거였지. 사실 그 벽이 공공건물은 아니었지. 내가 보기에 그림이 불온한 것도 아니었고. 건물주인은 모종의 압력을 받아서 그림을 지울 수밖에 없었던 거라는 이야기가 돌았어. 그때 누군가 제의를 했어. 각자 자기 집 담장에 다 그리자. 그러면 법에 저촉되지 않을 테니까. 그때 유연복(화가) 씨가 자기 집 담장이 벽화를 그리기에 적당하니 거기에 그리자고 했어. 그러고선 팀을 꾸리게 되었지. 거기에 나를 또 끼운 거야. 어차피 목수일도 필요했고 게다가 싸움하기 좋게 생긴 얼굴이었기 때문이었을 거야. 홍황기, 김진하, 김용만, 유연복, 최병수. 그렇게 팀이 꾸려졌지.

정릉에 있는 유연복 씨 집에 가보니까 거긴 높이가 3미터야. 그러니 할 게 뭐가 있어. 합판쪼가리 몇 개 가져다가 발판만 만들면 되는데. 잠깐이면 끝나는 일이었지. 할 일이 없어서 그냥 앉아 있었는데 누군가 나보고 "너도 가만 있지 말고 그려!" 그러는 거야. 어라! 나는 그림을 그릴 줄 모르잖아. 갑자기 나는 긴장이 되었어. 제대로 된 그림이라곤 어릴 때 크레용으로 그려본 것밖에 없던 놈이, 수채화 물감 한번 제대로 써본 적이 없던 놈이 화가들이 그리는 그림에 손을 댈 수 있겠어? "난 못하겠다." 그랬지. 그런데 자꾸 "해봐. 임마!" 이러는 거야. 그래서 그림을 그리기 시작했는데 진달래나 개나리 같은 꽃을 그렸어. 그림은 <상생도>였는데 유연복 씨가 밑그림을 그려놓았지. 그림에 철조망이 있었는데 처음 거기에는 진달래만 잔뜩 그려져 있었어. 그래서 내가 "이 철조망에 있는 진달래가 무슨 뜻이냐?"고 물었지? 원래의 의미는 남과 북의 화해 그런 걸 상징화시킨 건데 그걸 나 같은 무식쟁이가 물어보니까, 다 설명하려면 귀찮잖아? 그래서 그랬는지 그저 "봄에 피잖아!" 이러는 거야. 내가 다시 말했지. "봄에 핀다고? 봄에 진달래만 피냐? 개나리도 피지." 그랬더니 유연복 씨도 할 말이 없었나봐. "그럼 개나리도 그려! 네가." 그래서 그때 개나리하고 진달래하고 섞어서 그리게 된 것이지. 그게 다였어.

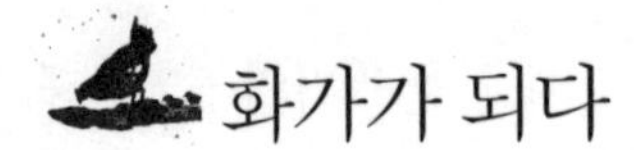

화가가 되다

80년대 미술운동은 군사정권의 극심한 탄압을 받았다. 전시된 그림이 철거당하기도 했고 화가가 구속되기도 했다. '신촌벽화사건' 과 '정릉벽화사건' 은 미술운동이 탄압을 받는 대표적인 사례였다. 공교롭게도 그는 그 두 벽화사건에 모두 연루되었다. 벽화를 그렸다는 죄목으로 경찰서에 끌려가 심문을 받는 도중 그는 화가로 둔갑했다. 목수를 운동권으로 끌어들여야 하는 것은 관, 민 누구에게도 거북한 노릇이었을 것이다. 그는 관에서 지목한 화가가 되었다. 하지만 그에게는 미술운동에 대한 생각도 없었고 민중에 대한 의식도 없었다. 다만 자신이 행한 일이 폭압적인 권력에 의해 난자당한 단순한 분노만이 있었을 뿐이었다. 어쩌면 그가 화가가 된 것은 그의 말대로 억압과 폭력의 권력이 그에게 강요한 피할 수 없는 선택이었을 것이다.

벽화를 그리고 있는데 어느 날 경찰서에서 형사가 왔어. 그림을 그리지 말라더군. 그림이 하나같이 세고 그렇대나. 우린 무시하고 계속 그렸지. 그다음 날이던가, 갑자기 구청직원이 전경들하고 버스를 타고 몰려왔어. 전경들이 우리를 죄 잡아 꺾어놓고, 구청직원들은 수성페인트로 그림에다 덧칠을 해놓고선 돌아갔지. 모두들 망연해서 바라보고 있는데 그때 갑자기 환영이가 "야, 그림 안 그리고 뭐 해? 이러는 거야." 달려가서 손으로 문대봤더니 그림이 보였지. 이게 수성페인트라 다 마르기 전에 덧칠 된 걸 지울 수 있었지. 모두 다 벌떼같이 달려들어서 호스로 물을 뿌려가며 덧칠을 벗기기 시작했어. 그 장면이 신문에 나면서 사회문제가 돼버렸어. 정릉벽화사건이었지. 사람들이 몰려오고 시끄러워지더라고.

그날 저녁 마포경찰서에서 나왔어. 유연복 씨를 잘 알더라고. 성북서 관할지역은 미대가 없대. 그래서 마포서에서 차출돼서 왔다더군. 형사가 나를 유심히 보더라고. 다들 미대에 다니는 대학생들인데, 못 보던 놈이 그림 그리고 있었던 거지. 게다가 목수라고 하니까 이상했던가 봐. 형사는 가게에서 막걸리를 외상으로 가지고 와서 자꾸 술을 따라주면서 이상한 말을 해댔지. 벽화 앞에서 하는 말이 "저 벽화에 그려진 진달래 숫자를 세어보면 이제까지 죽은 열사의 숫자하고 똑같을 거다." 이러는 거야. 이게 말이나 되는 이야기야? 다른 친구들도 황당했지만 나는 더 그랬지. 원래 진달래만 그리려던 걸 내가 개나리를 섞어 그린 것인데 그게 어떻게 민주열사의 수하고 맞을 수가 있겠어? 그렇다면 내가 민주열사의 수를 맞추어 그렸다는 이야기가 되잖아? 다 진달래로 그렸으면 열사의 수가 늘어났을 거 아냐. 이게 말이 돼? 그리고 또 "철조망 아래 그려진 풀은 전경이다." 그러는 거야. 이건 또 무슨 소린가 했더니, 풀 색깔이 전경 제복 색하고 같다는 거지. 우리 모두 기가 막혀서 말이 나오지 않았지. 함께 그림을 그리던 친구가 "왜? 구름은 최루탄 가스라 그러지 그러쇼!" 그렇게 빈정댔지. 참 그 형사는 외상값도 안 갚고 가버렸지. 나쁜 놈.
그다음 날에는 구청에서 유성페인트를 가져왔어. 전경들은 최루탄까지 장전해서 나타났지. 그전에 왔던 형사가 유성페인트 가져와서는 요놈 요놈 하면서 그림 그리던 친구들을 찍는데, 나까지 찍힌 거야. 그러고는 12인승 봉고 같은 차에다가 우리를 집어 처넣었어. 나는 끌려가면서 그래도 나는 노가다 하던 몸인데 버틸 데까지 버텨 보았지. 결국은 실려 가고 말았지만.

성북서로 끌려들어 간 게 오전 열시 쯤이었어. 우리들 중 한 명은 교회 갔다 온다고 해서 빠지고 나머진 다 끌려 들어간 거지. 유치장은 텅 비어 있고, 형사들은 화가들이 끌려왔다니깐 다 구경이 났지. 형사들 열댓 명이 늘어서 있는데 그중에서 한 형사가 다가오더니 "당신 어디 출신이오?" 이러는 거야. "홍대요." "당신은요? " "전 홍대요." "당신은?" "홍대요." 그러다가 나한테 똑같이 물었어. "그럼 당신은?" "난 목수요." 그랬지. 그 형사는 갑자기 "야, 그런데 네가 어떻게 그림을 그리냐?" 이러는 거야. 나는 죄진 것도 없이 끌려 들어온 것도 억울해 죽겠는데, 갑자기 형사가 말을 놓는 게 화가 났지. "너 언제부터 그림 그렸냐?" 그렇게 반말로 묻는 형사한테 화가 나서 "초등학교 미술시간에 배웠소." 그랬지. 형사가 "너 이 새끼. 지금 공자 앞에서 왈 하냐?" 그러는 거야. 내가 자기를 조롱한 것을 눈치 챈 거지. 그래서 "야 이 새끼야. 너 왜 나한테 반말이야?" 하고 뱉어버렸어. 그러자 거기 있던 형사들이 다 놀란 거야. 그러니까. "뭐야 이 새끼. 너 뭐라 그랬어?" 그러더군. 나는 주먹을 쥐고 "야 이 새꺄. 얘네들 다 내 또랜데 왜 얘들한테는 존댓말 쓰다가, 내가 목수라니까 반말하는 거야. 이 개새끼야!" 그렇게 쏘아 붙였어. 다른 형사들이 말려서 사태가 겨우 진정되었는데, 나는 경찰서 보호실에 들어가서도 부아가 나 가만히 있질 못했지.

조금 있더니 나오래. 느물느물하게 생긴 형사가 하나 와서 "아니 어쩌다 이런 누추한 데 있게 됐냐?"고 너스레를 떨면서 "저기 불편하시죠?" 뭐 이러는 거야. "아니 뭐 불편하진 않은데요. 널찍하고 담요도 많고 그래서 누워 있기 좋은데요." 그랬지. 그림에 대해서 물어보더군. "벽화를 왜 하셨습니까?" 그렇게 한마디씩 다 물어보는데, 나한테 "당신은 어떤 마음으로 그렸습니까?" 그렇게 묻기에 "난 회색이 싫어서 그렸습니다." 그렇게 말했지. 그런데 이 형사가 얼굴이 빨개지더니, "아니 회색이 왜 나쁩니까?" 그러면서 시비를 거는 거야. "회색이 그럼 좋습니까? 나는 싫던데." 그랬더니, "아니! 회색이 왜 나쁘냐고?" 그러면서 화를 내는 거 있지. 어떻게 된 게 이 형사들은 대학생들한테는 고분고분하다가도 내가 무슨 말만 하면은 다 부정적인 거야. 나는 화가 더 났지. 그러니까 옆에 있던 친구가 "원래 회색은 사람의 기분을 다운시키죠." 미대생이 그렇게 얘기하니까, 그런 말도 국졸이 얘기하는 거와는 달랐나 보지? 대꾸도 없이 씩씩거리면서 나가더라고. 보호실에서 하룻밤 보내고 다음 날 새벽에 형사들이 그러더라고 "광고물법 위반이니까. 돈만 좀 내고 나가세요." 경찰서에 있던 형사들도 당혹스럽긴 마찬가지였을 거야. 사건이 신문에 나버렸고 여론이 크게 일어나니까 긴장을 한 거지. 벽화 그린 걸 광고물법 위반으로 잡아들이긴 했지만 어떻게 해서든 대화를 통해 무마해 내보내려는 분위기였지.

즉결재판소로 넘어갔지. 재판소에서는 다른 사람들 다 처리해 내보내고 맨 나중에 우리를 부르더군. 판사의 얼굴에도 곤혹스러운 표정이 역력했어. 벽화를 찍은 사진을 들여다보더니 "광고물법 위반인데 아무것도 없잖아 이거." 그렇게 말했지. 판사는 사안이 골치 아팠을 거야. 여론화된 문제이기도 했지만 선불리 판결을 할 수가 없었던 거지. 광고물법으로 판결을 내리면 우리가 분명 따지고 들게 틀림없었고 그렇다고 그냥 내보내기도 그렇고. 우리는 무조건 죄목이 안 된다 판단을 했어. 한참 있더니 판사가 "휴정합시다." 그러더라고. 즉결재판에서 휴정을 하는 건 아마 드문 일이었을 거야. 휴정하는 사이에 함께 따라온 형사가 "그러지 말고 벌금만 내고 나가지." 그렇게 말하면서 종용을 하더라고. 우리들끼리 의논을 했어. 그런데 다른 친구들이 나가자고 그러는 거야. "5만원만 내고 나가자. 할일도 많은데 나가서 싸우자." 그들의 의견도 일리는 있었지만 나는 개인적으로 그럴 수는 없었지. 나는 그동안 계속 무시당했던 것 때문에 몹시 불쾌했고, 벽에 꽃 몇 개 그린 게 죄가 될 리도 없고 벌금내면 모두 인정하는 게 돼버리잖아? 판사가 다시 불러 "어떻게 하시겠습니까?" 그러는 거야. 우리는 당신이 판단을 해라 무죄지, 광고물법인지. 그런데 판사는 판결을 못 내리더라고. 그러더니 "다시 송치시킬까요?" 그러더라고. 그건 판결이 아니지. 판사 역시 제

역할을 하지 못한 거지. 송치시키라고 그런 건 그 뜻이었거든. 그래서 다시 경찰서로 오게 되었어.

다시 경찰서로 가니 분위기가 완전히 바뀌었어. 이제는 잡아먹으려고 그러더라고. 말하자면 나가라고 그랬는데 안 나가고 버틴 거니까 그들도 화가 났겠지. 다시 모두들 불려갔는데 "너 이 새끼 뭐야!" 이러면서 다 데려가고서 나 혼자 고립시켜 놓더라고. "야! 너! 니네 아버지 뭐 해! 니네 엄마 뭐 해! 니네 형 뭐 해!" 이러면서 협박하는 거야. 연좌제로 옭아매는 것 같은 분위기를 풍기는 거지. 약간 긴장은 되긴 했는데, 그게 또 화가 나기 시작하는 거야. 나중에 다시 불러 사무실에 가보니까 형사들이 우리들 한 사람씩 일대일로 붙어가지고 취조를 하는데, 완전히 도떼기 시장이더라고. 욕설이 난무하고 큰 소리가 오가고 서로들 싸우고 난리가 났어. 밖에서 들을 때는 모두 두들겨 맞고 때리고 그러는 줄 알았는데 막상 들어가 보니 그들은 말로만 그렇게 싸우고 있었던 거였어. 약간 실망스러웠지. '이게 뭐야? 아무것도 아니네? 왜들 그렇게 시끄럽게 떠들어?' 그런 생각이 들었어.
내 담당형사는 아주 능구렁이였어. "좀 시끄럽지 않냐?" "어, 그러네요." "우린 좀 조용히 하자." "그게 좋죠." 이러고선 취조를 시작한 거지. "언제 태어났어?" "1960년." "가족관계는 어떻게 돼?" 대강 말해 주었지. "대학은 어디 졸업했냐?" 이 형사는 또 아무런 정보가 없이 온 거야. "미대 안 나왔소." "그럼 학교는?" "중학교 2학년 때 그만뒀소." 이런 말들이 또 되풀이 되었지. 언제 태어나고, 언제 학교 들어갔고, 어느 대학교 나왔는지 묻고 나서, 이제 그림을 그리게 된 동기를 물어보면 되는데, 대학 안 나왔다 그러니까 대뜸 "응? 그럼 뭐야? 대학도 안 나온 놈이 그림을 그려?" 이런 식이 되는 거지. 처음부터 다시 묻더군, "어느 학교?" "초등학교 졸업." "그리고?" "중학교 다니다 그만뒀다." "그러고?" "중국집에 들어갔다가 이것저것 하다가 지금 목수 하고 있다." "목수? 음…… 그동안 일한 거 다 대봐. 중국집 다음엔 뭐 했어?" "이거 굉장히 많은데……." "다 대!" 다 기록을 해야 된다는 거야. "어이 무지 많은데요." 아쉬울 게 뭐가 있어. 다 댔지. 형사는 타이프를 한참 두들기더라. 그러더니 지쳐버렸나봐. "그래서? 얼마나 남았니? " "반쯤 말했는데요." 그러자 그도 지쳤는지 "그러냐? 그래 가지고 지금 그래서 목수하고 있다 이거지?" 그렇게 건너뛰더라고.

"그래 목수를 하고 있다가 어떻게 합류됐어?" "벽화 하는데 사다리 필요하다 그래서." 그런 식으로 질문과 대답이 오고가다가 본격적으로 그림에 대한 질문 내용이 좌악 나오는데, 그게 백 가지가 넘게 있어. 그림 하나를 가지고 말이야. 그런데 그 질문들이 하나같이 터무니없는 것뿐이었지. 질문 중에 이런 게 있었지. 벽화에 태극기가 그려져 있는데 국기의 태극에서 청색은 남쪽이고 적색은 북쪽이라는 거야 그런데 왜 적색이 더 크게 그려졌냐고 물어보는 거였지. 나는 속으로 "잘못 그렸나?" 그렇게만 생각했지. 그랬더니, "야 이 새끼야. 대답 안 해? 청색이 남쪽이고 적색이 북쪽이면, 적색이 큰 거는 적화통일이란 의미 아냐?" 이러는 거야. 그래서 그 사진을 좀 달라고 그랬어. 진짜 적색이 더 크게 그려졌는지 나도 몰랐으니까. 형사는 "보긴 뭘 봐! 빨리 대답이나 해." 이러는 거야. 그래서 "나 지금부터 묵비권을 행사하겠소." 그러고는 말을 안 해버렸지. 계속 욕을 해대는데 화가 나기도 했어. "너 국졸이잖아. 이 새끼야. 네가 어떻게 그런 단어를 써?" 이러는 거야. 묵비권을 행사할 수 있다고 지가 말해 놓고도 그런 소릴 한다니까. 아무 말도 안했지. "말 안 해?" "질문지에는 존대말을 써놓고 반말로 하지 맙시다." 그러고는 계속 버텼지. 그러고는 도저히 입을 안 열 것 같으니까. 뜬금없이 "야 오줌 안 마렵냐?"고 묻는 거야. "오줌 마렵죠." 그러니까 "그럼 우리 화장실이나 갈까?" 그래서 오줌 누고 왔더니, "야. 얘기 좀 해봐!" 하며 또 다그치더군. "사진 좀 보여 달라고!" 그랬더니 이제는 주더라고. 그 긴 벽화를 잘도 찍어놨더군. 내가 보니 태극무늬에 적색이 크기는커녕 웬걸 더 작게 그려져 있어. "이게, 더 크게 보입니까?" 형사도 질문만 읽었지 그림은 제대로 보지도 않았던 거야. "응? 아니. 그랬어? 그럼, 통과!" 그러더라고. 이런 말도 안 되는 질문들은 거의 코미디 수준이었어. 애들이 왜 발가벗고 뛰어노느냐는 둥, 대나무가 왜 삐죽하게 잘라져 있냐는 둥 도무지 말이 안 되는 질문투성이었어. 내가 물었지. "대나무는 낫으로 자르는데 자연히 그렇게 잘라질 수밖에 없잖아요." 그러면 자기도 어릴 때 그걸 해봤다나 "맞아! 맞아!" 그러는데, 하여튼 너무 웃겨.

또 뭐라더라? 명암을 넣기 전에 밑그림으로 그려진 아이 그림을 보고 이건 흑인 아니냐고 묻기도 하고, 6 · 25 때의 혼혈아를 그린 거 아니냐 뭐 이런 식의 질문도 있었어. 그리고 농민이 웃통을 벗고 부인이 새참 가져오는 장면을 보고 헐벗고 굶주린 농민을 그렸다는 것이지. 내가 볼 적엔 아널드 슈워제네거같이 그려놨는데 그런 그림을 헐벗고 굶주린 농민상을 그렸다는 거야. 도무지 말이 되어야 이야기를 계속하지. 그럴 때마다 "묵비권을 행사하겠소." 그랬지.
질문을 다 끝내놓고 형사는 고민에 빠진 것처럼 보였어. 나에게 말을 붙여 보니까 일자무식이었거든. 내 과거를 들춰봤더니 이놈이 공부도 안 했다, 미대도 안 나왔다, 그러고 화가들하고 같이 그랬으니까 그림을 잘 그리는 줄 알았는데 겨우 진달래나 뭐 이런 거를 간신히 그리는 수준이라는 것을 알게 된 것이었지. 아마 내가 특수교육 받고 북한에서 내려온 애 아니냐는 생각을 한 것 같기도 하고. 벽화를 그릴 때부터 그 마포서에 있는 서형사가 나를 이상하게 본 것도 그런 의심 때문이긴 했거든. 경찰서에서 유독 나한테 관심을 가진 것 같았는데 결국 뚜껑 열어보니까 아무것도 아니니까 고민에 빠진 거지.
형사가 그러더군. "너 지금 그림 그리다 끌려왔는데 네가 미술 한 거는 하나도 없고 그러니깐 목수만 했다는 거 아냐?" "그런데요?" "그런데 네 직업이 문제인데……." "뭐가 문제가 됩니까? 내가 목수라는 게?" 그랬더니, "넌 그림 그리다가 끌려 들어왔으니까 화가로 해야 돼!" 그러는 거야. 난 아니라고 그랬지. 내가 사다리 짜주러 왔다가 진달래 몇 개 그린 게 전부인데 화가일 수는 없는 거잖아?
형사는 그림 그리다 끌려 들어왔는데 목수라고 그러면 문제가 복잡해진다는 거였지. 그래서 취조서의 직업난에 화가로 해야 한다는 거였어. 그래서 나는 말이 안 된다. 꽃 몇 개 그리고 화가가 된다면 대한민국 사람 중 화가 아닌 사람이 어디 있냐? 그랬더니 자꾸 화가라고 하자는 거야. 사실 화가로 하거나 목수로 하거나 그 상황에서 그게 뭐 대수로운 것은 아니었지. 별 볼일 없는 걸로 실랑이를 하고 있었지만 사실 나한테는 중요한 문제이긴 했어. 나는 그동안 직업이 뭐 열아홉 가지가 됐으니까 만날 사람들이 지조 없는 놈이라는 둥, 한 우물을 파지 못할 놈이라는 둥, 결국 물 한모금도 얻어먹지 못할 놈이라는 둥 이런 얘기 많이 들었거든. 그런데 이번에 화가까지 되면 또 욕을 먹을 거 아냐? 그래서 직업난에 화가라고 적으면 안 된다고 우겼던 거지.

목수보다는 화가라고 말하는 게 더 그럴 듯하고 기분 좋은 거 아니냐고? 그런 건 없었어. 나도 세상 물 먹은 사람인데 그런 게 별거 아니라는 건 알지. 그래서 둘이서 30분을 버티고 앉아 있었어. 그 형사도 이상한 고집을 피우대. 나를 화가로 적지 못하면 자기도 못 나가고 나도 못 나간다는 거지. 그렇게 서로 버티다가 우스운 생각이 들었어. 저쪽에서 친구들이 담배를 피우고 기다리고 있기도 했고. 그래서 어차피 별것 아니니까 "그럼 마음대로 하시오." 그랬더니 형사가 조서에 '화가' 이렇게 적었지. 그래서 사람들이 농담을 섞어서 나보고 관제화가라고들 했지. 나를 화가로 만든 건 경찰서야. 난 정부가 인증한 공식화가라고.

불구속으로 송치되어 있다가 3일 만에 나왔지. 갑자기 얼떨떨했어. 모든 상황이 이상했어. 도대체 뭐가 어떻게 된 걸까? 자꾸 물음표만 보였지. 13년 동안 사회생활 하면서 느끼고 경험했던 모든 것들에 혼란이 온 거야. 그리고 한 달쯤 지났나? 검찰에서 오라더군. 검찰에서 조사받으면서 결정적으로 세상에 대해 다시 생각해 본 계기가 되었어. 검사를 처음 만나봤는데 안 모라는 검사였지. 그 당시에 그는 공안검사로 유명한 인물이었어. 그동안 형사들은 노동자 시절에 자주 만났었어. 싸움박질도 하고 그러다 보니까. 형사들은 대개 비슷해. 말투가 거칠고 욕이나 해대고 그런 사람들이었으니까.

검찰에 가서 만난 검사는 얄상하게 생긴 검사였어. 만나서 질문을 하는데 또다시 처음부터 새로 시작하는 거야. 지겹게. 대충대충 이야기하고 나서 그림에 대해서 물어보기 시작했지. 검사는 “이 그림을 왜 그렸습니까?” 그렇게 묻더군. 그래서 내가 그림은 보기 좋으라고 그리는 거 아니냐, 꽃도 있고 좋지 않으냐, 그랬지. 검사는 나한테 존칭을 계속 쓰더라고. 그래서 나는 검사는 뭔가 다르구나 그렇게 생각했어. 검사는 그 그림이 왜 좋으냐고 계속 물어보는 거야. 아니 왜 좋기는? 좋기 때문에 좋다고 그런 건데 안 그래? 그런데 그는 자꾸 아무것도 안 그려진 벽이 더 좋지 않냐고 말하는 거야.
마침 그 때 간수가 삭발을 하고 포승줄에 묶여온 중과 옆에서 대기하고 있었는데 느닷없이 그 그림을 들고 가더니 그 간수와 중한테 그림을 보이더라고. “이보쇼. 이 그림이 좋아 나빠?” 이러는 거야. 그럼 그 사람들이 그 자리에서 좋다고 그러겠어? 그러면서 검사는 화를 내며 흥분하기 시작더라고. 그래서 속으로 “뭐 이런 새끼가 다 있지?” 그랬어. 검사는 “벽화든 뭐든 나라에서 하지 말라면 하지 말아야 되는 거 아닙니까?” 그러는 거야. 내가 대꾸했어. “자유가 있는 건데 왜 그걸 못 합니까?” 나도 자꾸 짜증이 났지. 그리고 마침 그 당시 ‘상생도벽화사건’ 이 나기 얼마 전에 광화문에 빌딩을 짓는 외벽에 그린 벽화가 생각이 났어. 그게 신문에 많이 났었거든. 최초로 도시에 벽화가 그려져 도시미관을 아름답게 했다고. 나는 “광화문에 가면 벽화가 있는데 그거는 뭐냐? 그 벽화하고 정릉에 있는 이

벽화하고 어떻게 다르냐?"고 했더니, 검사가 갑자기 말문이 막혔나 보더라고. 자기는 그 벽화를 못 봤다고 하는 거야. 그럼 가서 보라고, 가서 확인해 보라고 그랬지. 검사는 자기가 그런 걸 왜 보냐고 하면서 막 화를 내는 거야. 어이가 없었어. 나는 그때 검사가 결국 형사하고 수준이 비슷하다는 걸 처음 알았지. 처음엔 점잖 빼고 그러더니 결국 억지만 쓰면서 흥분하는 게 하나도 다를 게 없었어. 검사는 옆에 있던 보좌관한테 '당신이 조사 마저 마무리해.' 그렇게 씩씩거리면서 서류철을 마구 뒤지며 "이 새끼, 몇 달을 살려, 몇 년을 살려." 뭐 이러는 거야. 혼잣말로 중얼거렸지만 나 들으라고 하는 소리였지. 그런 모습을 보면서 한숨이 나왔어. 한심했지. 뭐야, 검사면 소위 사회 지도층인데 겨우 그 정도란 말이지? 그런 생각만 들었지. 조사를 끝내고 나올 때는 정말 멍하더라고. 나와서 하늘을 보는데 신경을 곤두세워서 그런지 하늘이 좀 노래 보이기도 했어.

나는 정말 알 수 없었어. 나처럼 무식한 사람들도 아니고 그래도 공부를 했다는 사람들이, 지도층인지 뭔지 그렇게 불리는 사람들이 왜 그렇게 말도 안 되는 억지를 쓰는 걸까? 왜 배운 사람이 그렇게 논리적이지 못한 걸까? 사실 그 검사의 행동은 나한테는 충격 가까운 거였어. 그런 사람들은 다른 줄 알았거든. 의문점이 하나둘이 아니었어. 나는 꽃 몇 개 그렸다고 화가가 되어야 했고, 검사는 말도 안 되는 상식 밖의 대화를 계속 강요하고, 왜 이런 일이 벌어지는 것일까? 혹시 그는 내가 국졸이니까 내 수준에 맞춰서 얘기를 한 것일까? 나 말고 다른 지적인 사람하고 만났을 때도 저럴까? 이런 저런 의문이 끊임없이 생겼고, 어쨌든 머리가 복잡했어. 이를테면 사회의 모순들을 직접 맞닥뜨리면서 오게 된 정체성의 혼란과 갈등이 있었지. 노동을 하면서 먹고사는 것이 전부는 아니라는 생각이 들기 시작했고 공부를 하고 싶기도 했어.
며칠 동안 이리저리 돌아다니다가 홍대 앞인가 연대 앞인가에 있는 서점에서 처음 <말>지를 읽게 되었어. 그런데 거기서 내가 알지 못한 일들이 세상에 많다는 것을 알게 되었지. <말>지에서 '인혁당 사건'에 관한 글을 보게 되었는데 그걸 읽으면서 깜짝 놀랐어. 그 사건을 옭아매는 방식이 내가 겪은 것과 비슷하다는 생각이 들었던 거지. 아! 생사람을 갖다 잡아 죽이는 그런 세상인 거구나. 아아! 나한테 그랬듯이 그런 식으로 생사람을 잡아다 옭아매는 사람들이 바로 저들이었구나. 그런 걸 알게 되었지. 그런 걸 알게 된 것은 나한텐 정말 심각한 문제였어.

나는 일을 하면서 돈을 좀 모으고 돈이 모이면 전세방이나 하나 얻어서 장가나 가고 그런 생각 말고는 없었던 그런 사람이었거든. 원대한 포부가 있었던 것도 아니었고. 내 꿈이라고 해야 가정을 꾸리고 아이들 낳아서 행복하게 사는 것뿐이었거든. 그때부터 조금씩 달라지기 시작했어. 그 사건을 치루면서 세상을 보는 눈이 달라진 거지. 실제로 직업도 강제로 바뀌었잖아? 이런 생각이 들었어. 내가 결혼하고 평범하게 살다가 만약에 지금처럼 말도 안 되는 일을 겪게 되면 내 가정이 어떻게 될까? 잡지에서 본 사건들처럼 어처구니없는 논리에 걸려들면 내 처자식이 어떻게 될까? 생각만 해도 끔찍한 일이었지. 그 뒤로는 이런 책이나 잡지들을 찾아서 읽어보기 시작했어. <말>지 등 진보적 잡지와 책들을 들여다보기 시작한 것도 그때쯤이었지. 그러면서 그동안 내가 알지 못했던 것들이 하나둘이 아니란 걸 알게 되었어. 처음으로 이 사회가 엄청난 문제를 가지고 있다는 것 그리고 곳곳이 썩어 있다는 걸 그때 느낀 거였지.

내 성격이 그렇잖아? 눈앞에 큰 벽이 놓여 있는데 이걸 알지 못했으면 모를까 벽이 있다는 걸 알게 된 이상 넘어가야 될 거 아냐? 못 넘으면 깨버리든가 알면서 짐짓 모른 척하고 있을 수는 없었지. 내가 과연 목수일을 계속할 수 있을까? 한편으로 돈을 모으면서 조금씩 벽을 깨는 일을 할 수 있을까? 그게 가능할 것 같지 않았지. 그럴 수 없다면 도대체 내가 뭘 할 수 있을까? 나는 고민에 빠졌어.
그때는 이런저런 고민으로 사람들과도 별로 만나지 않았어. 혼자 여기저기 많이 돌아다녔지. 벽화 그리는 걸 다시 생각하기도 했어. 이 사회에서 뭘 할 수 있을까? 막연히 그림을 그리는 것이 방법일 수 있다고 생각은 했지. 벽화작업을 통해 느낀 것이 있었으니까. 그러면서 나름대로 시장조사라는 걸 하기 시작했지. 그림도 보고 사람들을 만나서 이야기도 들어보고. 화가들의 집도 가 보고. 그림을 그리는 선배 집에 가서 화실이며 공방을 보고. 그러면서 미술운동하던 사람들하고 자주 만나기도 하고 그림마당 민도 자주 가게 되었지. 도대체 화가들은, 이런 민중미술을 하는 사람들은 뭘 생각을 하고 사는지 알아보고 싶었거든. 그제서야 그런 그림들이 조금씩 이해가 되기 시작했지. 왜 그런 그림을 그리는지, 그들이 왜 싸우는지를 이해하게 되었지. 그렇게 한 6개월을 보내고 나서, 할 수 있다면 그림을 통해서 나 역시 싸움을 시작해야 한다는 생각을 갖게 되었어. 그게 그림을 시작하게 된 이유가 되었지.

둘째 날

- 판화를 새기다
- 한열이를 살려내라!
- 그는 혼자다
- 죽음의 행렬

평택 대추리의 미군부대 앞 논에 세워진 〈생명, 그리고 희망〉, 2003

첫날 돌아오는 길, 어느새 날은 파랗게 벗어져 있었다. 길에서 하얀 민들레를 만났다. 지천으로 깔린 노란 민들레 속에서 수줍게 섞여 있는 하얀 민들레. 언제부터인가 이 땅에서 하얀 민들레는 자취를 감추어버리고 노란 민들레들이 세상을 덮었다. 강화의 섬에서 하얀 민들레를 만날 수 있었던 것은 행운이었다. 길가에 하얀 민들레를 한 그루 캐어내면서 나는 흰색의 민들레 풀씨들이 섬 바깥으로 날아가는 모습을 꿈꾸었다.

그날 돌아와 2004년 겨울 <창작과비평>을 찾아보았다. 거기에는 틀림없이 최병수를 주인공으로 한 소설이 한 편 실렸다.

> 당시 분위기상 공안당국은 정국 반전의 대어를 낚았다고 판단했다. 화가 간첩단 사건 조작이 착착 진행되어갔다. 그러나 아주 사소한 문제가 발생했다. 잡혀온 청년 하나가 자신은 화가가 아니라고 극구 부인하는 것이었다.
>
> "저는 작업대를 설치하러 온 목수라니까요. 화가분들한테 물어보시면 잘 알 겁니다."
>
> "하, 이 녀석 보게. 발뺌할 일이 따로 있지. 니 혼자 살아보겠다고 거짓말을 해."
>
> 형사는 뒤통수를 갈겼다. 현장에서 찍은 사진이 증거물로 제시되었다. 사진 속에서 그는 분명 붓을 들고 벽 앞에서 그림을 그리고 있었다.
>
> "이것 개나리 맞지? 진달래 옆에다 요걸 그리고 있는 게 누구야? 개수작부리지 말고 눈이 있으면 똑똑히 봐, 인마."
>
> "제가 맞긴 맞는데요, 누누이 말하지만 전 목수가 분명하대도

그러시네, 참."

"근데 왜 붓을 들고 설치냔 말이야."

"그러니까 그게…… 와 돌아버리겠네."

그는 몹시 난처하고 억울하다는 표정을 지었다.

"작업대를 설치해놓고 옆에서 구경하자니까 화가 양반들이 진달래를 그리잖습니까. 마침 심심하던 차에 제가 한마디 거들었죠. 봄꽃에 진달래만 있느냐고요. 그랬더니 화가 선생이 그럼 또 뭐가 있느냐고 묻더라고요. 개나리도 있다고 했더니, 아 그 양반이 그럼 당신이 직접 그려보라잖습니까. 에이, 저는 농담하는 줄 알고 손사래를 쳤습니다. 그랬더니 붓을 척 건네주며 한번 그려보라는 겁니다. 그까짓 것 저도 개나리 정도는 그릴 수 있겠다 싶어 붓을 들었지요."

(중략)

그는 유치장으로 돌아와 맥없이 주저앉았다. 화가들은 쇠창살을 붙들고 격렬하게 항의하고 있었다. 그러나 벽에 기대어 앉은 그는 완전히 혼이 빠진 모습이었다. 그가 가장 고통스러운 것은 왜 자신이 여기에 잡혀와 있느냐가 아니었다. 자신이 목수라고 아무리 항변해도 받아주지 않는 현실이 비참할 뿐이었다. 차라리 자신이 화가였다면 얼마나 좋았을까, 도대체 무엇이 잘못되었을까? 그는 이 요지경 같은 상황은 물론, 자기 자신도 잘 모르겠다는 혼란에 빠져버렸다. 눈뜬장님처럼 살아온 자신의 삶이 부끄러워졌다.

– 전성태의 <한국의 그림> 에서, <창작과비평> 2004년 겨울호

그와 나는 매우 다른 삶을 살았다. 어찌 보면 비슷한 구석이 하나도 없는지 모른다. 하지만 그에 대해 내가 느끼는 막연한 동질감은 아마 그와 내가 어쩔 수 없는 도시빈민 출신이라는 데서 시작되었을 지도 모르겠다. 그가 가난했다면 나 역시 그랬고 그가 못 배우고 가난한 가족에 대해 느끼는 좌절과 슬픔 역시 나와 다르지 않았다. 우연하게도 어린 시절을 보냈던 동네도 비슷했다. 그가 뛰어다니던 뒷산을 나 역시 가본 적이 있었으며 내가 뛰어놀았던 백사장에 그가 온 적도 있었다. 어쩌면 그 무렵 지나가다가 낯선 동네 아이들이라고 서로 경계심을 가지며 마주쳤을지도 모르겠다. 그 뒤로 모든 게 달라졌다. 그보다 한 뼘 정도 괜찮았던 우리 집 살림 때문이었을까? 아니면 그와 내가 다른 품성을 가졌기 때문이었을까? 그도 아니면 정말 타고난 팔자가 달랐던 탓일까?

그는 처음부터 거칠고 반항적인 문제아로 자랐고 나는 평범하고 수줍은 범생이로 컸다. 그가 반발과 반항의 시절을 보내는 동안 나는 자율을 가장한 복종의 시절을 보냈다. 그가 그림을 그릴 기회조차 갖지 못했을 때 나는 사생대회에 나가 상을 타오곤 했다. 그가 세상을 저주하며 학교를 뛰쳐나갔을 때 나는 세상에 겁먹고 학교에서 숨죽이며 보냈다. 그가 돈을 벌기 위해 노동판을 전전했을 때 나는 노동하는 아버지가 대주는 학비로 대학을 다녔다. 그의 마지막 직업이 목수였을 때 나는 막 사회에 나선 대기업의 신입사원이었다. 그리고 그가 그 스스로도 알지 못했을 미술에 발을 들여놓았을 때 나 역시 미술의 환영에 이끌려 평론에 발을 들여놓았다. 그가 어쩔 수 없는 가난 때문에 생각해 보지도 못했던 꿈을, 나 역시 가난 때문에 스스로 포기했던 꿈을 우리는 동시에, 매우 다른 방법으로 되찾고 싶었을지도 모르겠다. 하지만 우리가 서 있던 곳은 꿈과 희망에 부푼 동심의 세계가 아니라 최루탄이 난무하는 매캐한 시대의 광장이었다. 그는 거침없이 그 한복판에 뛰어들어 희망과 분노의 칼을 휘둘렀다. 그가 걸개그림을 들고 민주의 광장으로, 노동의 현장으로 달릴 때 나는 창백한 이론의 그늘 속에서 전전긍긍하고 있는 먹물에 불과했다. 아마 그를 처음 보았던 것이 그 무렵이었을 것이다. 그 뒤로 한참을 지나 내가 미술이, 아니 미술의 행위들이 가진 자들의 취미생활에 불과할지도 모른다는 회의에 빠져들었을 때도 그는 미술이 세상을 향해 발언하는 강력한 무기라는 믿음을 버린 적이 없었다. 내가 먹고살기 위해 목수가 되었을 때도 여전히 그는 화가였다.

생각해 보면 그와 나는 어쩌면 정반대의 길을 걸어왔을지도 모르겠다. 내가 미술을 버리고 목수를 택했던 것과 달리 그는 목수를 버리고 화가가 되었다. 하지만 내가 여전히 먹물의 티를 벗어버리지 못한 목수인 것처럼 그 역시 목수와 별반 다를 게 없는 화가의 삶을 살고 있다. 그러고 보면 그도 나도 달라진 것은 여전히 아무것도 없다.

그는 스스로 말하듯이 노동자였음을 잊지 않고 있다. 그리고 이 땅에서 노동자가 무얼 의미하는지 알고 있다. 노동자는 이 땅에서 패배자다. 학력에 의해 소외된 사람들이며 무한경쟁에서 뒤떨어진 사람들이며 인생에서 실패한 사람들로 낙인찍힌 사람들이다. 그 역시 스스로 거기서 한 치도 벗어날 수 없는 인간이라는 걸 알고 있다. 그가 그림을 그리는 것 때문에 달라진 것은 아무것도 없다. 학벌을 얻은 것도 아니며 출세를 한 것도 아니고 돈을 번 것도 아니고

평택 대추리의 미군부대 앞 논에 세워진 〈지옥의 묵시록〉, 2003

〈지옥의 묵시록〉의 한 장면에 빨려 들어간 것 같은
진뜩거리는 공기와 땅에서 올라오는 습습한 기운에 지친 채
그의 이야기를 들었다.
그의 빡빡 깎은 머리와 이마에 잔뜩 일어선 핏줄이
얼핏 영화 속 대령의 그것처럼 보였다.

하다못해 정신적인 안정을 얻은 것도 아니고 예술을 통해 자아를 실현한 것도 아니다. 그는 노동자와 소외된 사람들이 이 사회에서 끊임없이 저주받은 자들로 전락하고 있으며 자본권력을 통해, 교육제도를 통해 재생산되는 세습의 굴레를 벗어버릴 수 없다는 것도 알고 있다. 그의 미술은 계층상승을 위한, 문화적 고양과 정서적 만족을 위한 방편일 수 없었다. 오히려 그 반대편에 서 있다. 그에게 미술이라고 부르는 모든 가치들은 그가 분노하는 사회의 모순을 부수기 위한 수단으로 전락한다. 그리고 소외된 사람들을 끊임없이 재생산하는 구조가 뒤바뀌지 않는 한 그의 분노는 끝나지 않을 것이다.

7월 12일. 그를 두 번째 만나기로 한 날. 강화에 있어야 할 그가 느닷없이 평택에서 만나자고 했다. 평택이라니. 약속을 제멋대로 어기는 그에게 부아가 났다. 그는 늘 그랬다. 아마 적어도 나와의 약속을 변경할 만큼 그에게 일이 하나 주어져 있을 것이 틀림없다. 그리고 그의 일은 늘 매우 '중요한' 일이었을 것이다.

평택 팽성읍 대추리에 있는 황새울 영농단을 찾는 길은 쉽지 않았다. 푸른 들판이 그림같이 펼쳐진 곳에 늘씬한 철조망이 길게 늘어선 풍경이 낯설다. 철조망 안쪽에는 파랗게 깎은 잔디밭이 펼쳐져 있고 둥근 물탱크들이 군데군데 늘어서 있다. 캠프 험프리, 미군부대였다. 그곳은 마치 외계의 비행접시를 은밀히 맞이하기 위해 만든 시설처럼 음험하고 낯설었다. 철망을 가운데 두고 캠프의 안쪽과 바깥쪽을 따라 나란히 길이 나 있다. 철조망은 길조차 민간인과 군인이 혹은 한국과 미국이 공유할 수 없다는 단호한 의지의 표현이었다. 벼가 자라는 들판과 잔디가 자라는 초원의 짙고 푸른 초록색도 이질적인 두 세계를 이어줄 수 없었다.

미군부대를 돌아 몇몇의 집들이 옹기종기 모여 있는 곳이 대추리다. 마을의 초입에는 폐교된 대추초등학교가 있었다. 희고 검은 현수막과 붉고 푸른 깃발들이 주변 여기저기 걸려 있고 긴 대나무들이 운동장 이곳저곳에 즐비했다. 거기에 들어서자 비로소 최병수가 이곳에 와 있는 까닭을 짐작할 수 있었다. 평택은 농성 중이었다. 이틀 전인 7월 10일, 평택에서는 미군기지 확장을 반대하는 시위가 있었다. 끝이 가물가물한 넓은 들판이 모두 미군기지로 빨려 들어갈 것이라고 한다. 주민들은 시위의 여파였는지 약간 지쳐 보였고 눈빛만 빛났다.

전날 평택의 시위에서 진압경찰의 살벌한 말들이 신문에 실렸다. 미군기지의 철조망을 뜯어낸 시위대를 향해 경찰들은 폭언을 퍼부으며 강제진압에 나섰고 여럿이 다치고 여럿이 끌려갔다. 모두가 경제를 들먹이며 먹고살기 힘들다고 서로에게 삿대질을 하는 세상의 한 귀퉁이에서는 여전히 더 깊은 분노를 드러내는 사람들이 있었다. 그들은 세상 사람들이 알고 있는 것보다 더 깊은 좌절을 자신들의 무기로 삼고 있는 듯했다. 언제부터인가 누군가의 투쟁은 누군가를 제외한 모든 사람들의 무관심 속에 묻혀 버렸다. 생각하고 싶지 않을 만큼 끔찍한 무관심이 일상화되어 있다는 사실조차 아무도 알지 못한다.

평택에서 벌어지고 있는 일이 그랬다. 남들이 말하듯 농민들이 자신들이 일구어낸 푸른 들판이 미군의 기지로 들어가는 게 억울해서 억척스럽게 반대하는 것뿐이라면 얼마나 다행이겠는가? 마을 사람들은 어느새 자신의 농토가 중국의 코앞에 거대한 미사일 기지를 지으려는 미국의 패권전략에 희생되고 있다는 것을 알아버렸다. 그리고 이 나라의 정부가 미래의 끔찍한 전쟁의 가능성을 놓고 미국에 타협하고 있다는 사실도 알아버렸다. 농민들이 아무리 그게 평택의 문제가 아니라고, 주민들의 집단이기주의로 말하는 게 아니라고, 진압경찰의 반인권적인 언사만을 문제 삼는 것이 문제의 본질이 아니라고 말해도 세상은 들은 척도 하지 않는다. 이런 끔찍한 일은 도대체 얼마나 반복되어야 하는가? 최병수의 끝나지 않는 분노 역시 그런 것이다. 그의 화를 잘 내는 성질머리가 그를 대추리에 오지 않을 수 없게 만들었을 것이다.

그가 작업장으로 쓰고 있던 황새울 영농단 건물 위에는 경운기가 거꾸로 매달려 하늘로 올라가고 있었다. 그의 작품이다. 거기에 붉고 푸르고 흰 얼룩덜룩한 헝겊을 달아놓아 가뜩이나 낡은 건물은 무당집처럼 보였다. 그는 마을 복판의 집으로 우리를 데려갔다. 우리를 맞아 닭죽을 내어주던 그 집은 연고가 있는 집은 아니었다. 단지 어제의 작은 싸움을 위해 모인 사람들과 마을 사람들이 함께 하는 점심이었다. 점심을 먹고 그는 미군기지 확장 반대투쟁을 벌이고 있는 문정현 신부가 머물고 있는 방으로 우리를 안내했다. 하지만 습하고 더워 숨쉬기도 어려운 공간이었다. 그곳이 평택의 농민들과 함께 싸우는 노신부의 거처였다. 우리는 주인 없는 방에서 이야기를 나누지 못했다. 파리 떼와 더위 때문에 그와 이야기를 시작한다는 것은 불가능했다.

대추초등학교로 다시 나와 운동장 구석에 자리를 잡았다. 합판을 주워다 탁자를 만들고 의자를 빌려와 응접실을 만들었다. 운동장 곳곳에 '미국놈 몰아내고 우리 땅 지켜내자', '오는 미군 몰아내고 있는 미군 쫓아내자', '미군 평택 이전은 패권전략이다' 등등의 현수막들이 여기저기 널려 있다. 맞은편에서는 집회가 열리고 있었고 확성기 소리에 이은 함성이 들렸다. 바로 옆의 미군부대에서는 헬리콥터가 쉴 새 없이 날아올랐다. 어쩌면 그의 이야기를 듣는 장소로 거기는 가장 그럴듯한 장소였을 지도 모르겠다. 집회의 마이크 소리가 섞여 들고 2, 3분 간격으로 뜨고 내리는 헬리콥터 프로펠러의 퍼덕이는 소리가 고막 속으로 치고 들어오는 곳에서 그는 반항과 일탈의 과거를 말하고 싶어했다. 그의 이야기는 끊임없이 오르내리는 헬리콥터와 비행기 소음만큼이나 심난했고 확성기 구호소리 만큼이나 고통스러웠다.

<지옥의 묵시록>의 한 장면에 빨려 들어간 것 같은 진뜩거리는 공기와 땅에서 올라오는 습습한 기운에 지친 채 그의 이야기를 들었다. 그의 빡빡 깎은 머리와 이마에 잔뜩 일어선 핏줄이 얼핏 영화 속 대령의 그것처럼 보였다.

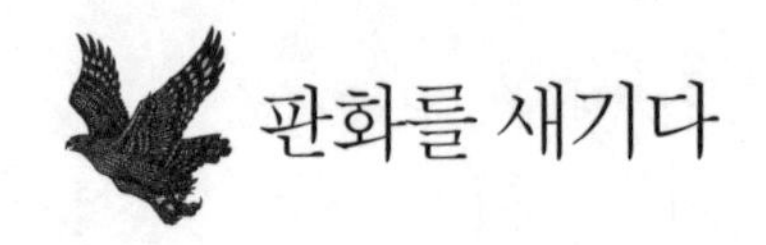

판화를 새기다

그의 말대로 그는 '관제화가'가 되었지만 그렇다고 갑자기 화가가 될 수 없었다. 화가가 되기 위한 최소한의 기본적인 교육조차 배운 적이 없었으며 그렇다고 다른 누구처럼 독학으로 꾸준히 작업을 해온 것도 아니었다. 무엇보다 그에게는 그림을 그려야 할 이유가 없었다. 단지 어느 날 느닷없이 주어진 상황에서 그는 화가라는 직업을 생각해 보게 되었으며, 그보다 먼저 그가 겪은 작지 않은 경험 속에서 느낀 사회적 모순을 헤쳐 나가는 무기가 될 수 있다는 생각을 하기 시작했다. 그런 면에서 보자면 그는 이미 화가가 될 준비는 충분했다. 그가 전전했던 직업에서 느꼈던 막연한 억울함과 불합리가 근원적인 장벽이 되어 그 앞을 가로막아 섰을 때 그는 자신의 분노를 담은 그림이 장벽을 부수는 무기가 될 수 있다는 것을 발견했다. 몇 장의 판화를 전시회에 출품하게 된 그는 민족미술협의회에 가입하면서 본격적으로 미술운동을 시작하게 된다.

오늘은 처음 그림 그리게 된 이야기를 시작해야 할 것 같은데, 맨 처음 경찰서에서 화가가 되었다는 이야기는 에피소드일 뿐이지 동기일 순 없잖아? 본격적으로 그림판을 뛰어들게 것은 친구인 화가 김환영이 있었기 때문이 아니었던가?

환영이는 어릴 때부터 친구였어. 그가 미대를 다니고 있었기 때문에 그쪽 학생들과 교류도 자연히 있긴 했어. 김남주의 <농부의 밤> 이라는 책을 보여 준 것도 그였지. 벽화사건이 지나고 혼자서 이것저것 알아보러 다닐 때는 그 친구와 왕래가 별로 없었지. 혼자 많이 고민을 해야 되는 상황이어서 그랬을 거야.

당시 만났던 민중미술 화가들에 대한 느낌은 어땠어? 일종의 동지애를 느꼈다든가, 아니면 좀 차이를 느꼈다든가 하는 느낌이 있었을 거 아냐?

민주주의를 위해서 일을 한다고 그러니까 일단은 접고 들어가는 게 있잖아. 그런 걸 무시할 수는 없지. 하지만 꼭 그런 화가들에게 뿐 아니라 좀 배웠다고 하는 사람이 더 유약하다는 것을 많이 느꼈어. 그리고 내 생각으로는 노동이나 노동자에 대한 이해도 피상적이었던 것 같고. 그 전에 '두렁' 그림들에서 본 노동자를 그린 걸 보았는데 내가 알고 있는 노동자들의 모습은 아니었어. 마음에 들지 않았지.

일반적으로 사람들이 미술을 접근하게 되는 경우와 최병수 씨와는 매우 달라. 단지 미대를 다니고 안 다니고의 문제는 아니지. 민중미술을 하게 된 다른 계기도 있었을 텐데?

<말>지도 틈틈이 보고 김남주 시집도 보고 그랬어. 김남주 시 중에서 '종과 주인' 이란 시가 있어.

주인이 종에게 (낫 놓고) ㄱ자도 모른다고 깔보자

바로 그 낫으로 종이 주인의 목을 베어 버리더라

이 시를 처음 보았을 때 나도 이 정도를 쓸 수 있겠다고 생각했어. 그건 내 이야기였으니까. 하지만 그 시는 충격적이었어. 나도 내가 일하던 직장의 사장을 여럿 잘랐지. 일하다가 나와버린 거니까 내가 자른 셈이지. 사장은 돈이 있는 사람이고 나는 노동력을 가지고 있으니까 대등한 관계잖아? 그런데 그들은 늘 마치 자기들이 위에 있는 것처럼 굴었어. 돈을 받는 대신 나는 일 잘하면 그것으로 되는 건데 그들은 꼭 명령을 하려고 들어. 그래서 내가 사장을 자른 거지. 직업이 많아진 것은 그 때문이었어. 그게 나중에 미술운동 하는 데 도움이 되기도 했고.

그때 그림 중에서 정말 마음에 든다든가 나도 저런 작업은 한번 해보고 싶다든가 그런 거는 없었어?

마음에 드는 그림이 없지는 않았지만 어떤 그림들은 너무 거칠고 어떤 그림들은 너무 세밀하고 또 이미지들이 너무 많아서 마음에 들지는 않았어. 광주에서 그려진 시민판화들도 너무 강렬하고 선들이 너무 굵고 그래서 보기에 괴로웠지. 그때까지도 나는 그런 그림들이 왜 그렇게 표현되어야 하는지 알지 못했지.

다른 그림들은? 민중화가들 그림 말고 다른 화가들의 그림도 보았을 거 아냐?

몇 점을 빼고 다른 그림은 볼 것도 없었어. 예쁘고 아름다운 그런 그림들은 더 지겨웠지. 나의 현실도 아니었고. 아무튼 눈에 쏙 들어오는 그림이 없었어. 그러다가 어느 날 나무판에다 그림을 하나 파기 시작했어. 그런데 그때 처음 작업을 시작한 것이 그동안 보아왔던 민중화가들의 작품과 비슷한 것이었지. 처음에 그린 그림이 내가 별로 좋아하지 않았던 그림을 내가 그리고 있었던 거야. 실제로 나도 모르게 그런 그림을 그리고 있었던 거지. 그게 86년 겨울쯤이었을 거야. 판화를 새겼는데 한 사람이 무릎을 꿇고 목에 칼을 차고 있는 작품이었지. 칼 오른쪽에는 일장기가 있고 반대쪽에는 성조기가 있는 거야. 그걸 부수면서 무릎 꿇고 있어. 목은 잘려 있고 그 목의 원에 태극이 있는 거지. 내가 이런 그림을 그리고 있었던 거지. 그러니까 나도 민중미술 화가들이 그런 그림을 좋아하지 않았으면서도 나도 모르게 그 비슷한 그림을 그리고 있더라고.

인사동 부산식당에 걸려 있는 <철새>도 그 무렵에 만든 거지?

어느 날 밤 열두 시쯤, 라디오에서 사이먼과 가펑클의 <엘콘도르 파사>라는 음악이 흘러나오고 있었어. 그 음악을 들으면서 새가 날아가는 게 보였지. 아니 날아가는 새가 생각이 나더라고. 새는 자유로운데 인간은 자유롭지 못하구나. 이념이라는 철조망을 쳐놓고 넘어다니지 못하는구나. 그런 생각을 했어.

갑자기 똑똑해졌네. 이념도 알고?

말이 그렇다는 이야기지. 이념이라는 용어를 엇비슷하게는 알았지. 그래도 이런저런 책은 읽었으니까. 아무튼 <엘콘도르 파사>를 들으면서 그 자리에서 먼저 그렸던 족쇄를 부수는 그림이 있던 판을 빠개버렸어. 그리고 거기에 철조망이 있고 밑에 백두대간이 있는 <철새>라는 작품을 새겼지. 그 그림을 87년 초에 그림마당 민에서 열린 <대동잔치> 때 냈어. 전시에 걸린 그림들은 액자 집에 걸려 있는 그림처럼 아래위로 주욱 걸렸지. 그 좁아터진 데서 100여 명이 전시를 해야 했으니까. 그때 처음 작품을 걸었어.

그림을 출품하게 되었다고? 정말 화가였던 것은 아니었잖아. 어떻게 출품할 수 있었지?

정릉벽화 <상생도>사건 때, 비록 목수가 되어서 사다리는 짜주고 꽃 몇 개 그린 것밖에 없지만 그 때문에 이름이 올라 있었어. 경찰서에 같이 끌려 들어갔었으니까. 민족미술협의회에서 대동잔치 때 100여 명의 출품자 명단을 작성하다가 그냥 끼어들어간 거지. 갑자기 화가가 되어버린 거야. 어느 날 그림 몇 점 내놔라. 그런 연락이 오더라고. 그렇게 되어버린 거지. 그러니까 미술계에서도 경찰서에서도 동시에 데뷔를 한 셈이지. 어쨌든 그걸 계기로 판화를 4점인가 5점을 그려냈어.

정말 화가가 될 생각을 하긴 한 거군?

꼭 화가가 되겠다 라는 생각을 한 건 아니었어. 그 당시에 우리 집이 힘들게 된 상황, 내가 13년 동안 사회의 밑바닥을 전전하게 된 것, 이런 것들이 결국은 빈부 격차와 같은 사회의 모순에서 나온다는 것을 나도 느끼게 되었어. 그리고 그림을 통해 그런 걸 말하고 싶은 거였지. 그건 나로서는 복수였어.

복수? 무엇에 대한 복수? 사회적 모순에 대한 복수?

그렇지. 우리 현실이 그렇잖아? 마치 들판에 먹이가 놓여있다고 하면 그걸 힘센 놈이 도끼로 찍어서 먼저 먹어버리 듯이 자본을 향해 힘센 자들이 달려드는 이 현실이 나는 원시적이라고 생각했어. 이걸 현실이라고 말하는 세상이 얼마나 나쁜 건지. 이건 대항해서 싸워야 할 현실이거든. 그건 복수지. 내가 가난하게 된 원인, 이렇게 살 수 밖에 없게 만든 누군가에 대한 복수, 이를 위해서는 무기가 필요했던 거지. 그 무기가 그림이었던 거지. 화가? 그런 건 아무래도 좋았어. 내가 그림을 배운 것도 아니었잖아? 하지만 나는 칼을 다루는 데는 자신이 있었어. 그러니까 조각은 어느 정도 할 줄을 알았던 거지. 그림이 아니라 조각을 하고 싶었지만 그건 돈이 많이 들잖아? 조그만 거 해 봐야 눈에 뵈지도 않고. 그래서 찾은 게 판화였지. 판화는 칼로 할 수 있는 거였으니까.

그렇게 판화가로 시작한 거군.

전시회를 오픈하는 날이었지. 거기서 만난 원동석(미술평론가) 선생이 내가 그린 <철새> 그림이 좋다고 하셨지. 철조망 위로 나는 철새를 통해 분단의 상황을 표현한 게 마음에 든다고 했지. 원 선생이 그림을 보다가 나보고 "어디 출신인가?" 이러시는 거야. 그래서 미대 안 나왔다고, 중학교 중퇴하고 말았다고 그러다 노동일 했다고 그랬더니 "그러면 노동자를 그려야지. 왜 분단을 그리나?" 그러시더라고. 사실 그때는 말을 하지 못했지만 나름대로는 분단을 그려야 하는 논리를 가지고는 있었어. 그동안 내가 일하면서 상대했던 사장들이 60, 70명쯤 되었을 거야. 나는 그 사장들하고 매번 돈 가지고 싸워야 했는데 대부분은 내 돈을 떼어먹으려는 것 때문이었지. 그들은 왜 내 돈을 떼어먹으려고 그랬을까? 그걸 분석을 해본 거지. 사장들은 회사 사정이 좋지 않아서 그러기도 했지만 일부러 월급을 안 주고 그걸로 이자놀이를 한 경우도 많았어. 그러면서 우리 돈을 떼어먹기도 하고 그러는 거지. 그런데 사장들도 그래야 하는 사정이 있었어. 그들도 누구한테 돈을 떼어먹히고 있었던 것이었거든. 파출소장, 소방서장, 동장, 이런 사람들이 뜯어간다는 걸 알았거든. 또 그들은 윗사람들에게 또 떼어먹는 먹이사슬 구조로 계속 올라가는 거지. 그러다 보면 구청장도 나오고 장관도 나오고 대통령도 나오고 그래. 대통령은 또 누구한테 떼어먹히나 하고 생각해 보았더니 그게 미국이나 강대국들이잖아? 그 이유는 우리가 분단된 탓이었고. 그러니까 분단 때문에 철조망을 쳐놓고 세금 거두어 가고 또 분단으로 사회의 모순을 덮어버리고 그렇다는 거지. 결론을 내린 게 그런 거였어. 나는 그렇게 이해했어. 그래서 나는 분단문제를 그리게 된 거였지.

(사실 정황은 알 수 없지만 원동석 선생의 그 질문은 그리 간단한 문제는 아니다. 크게 민중운동에서 현실을 보는 시각은 민족모순을 우선하는가, 계급모순을 우선하는가에 따라 입장이 달라진다. 흔히 NL과 PD로 나뉘는 운동권 내의 지형을 말하는 것인데, 분단을 그리는가 혹은 노동자를 그리는가의 문제는 바로 현실의 모순의 근간을 어디에 두고 있는지 그리고 정치사회적 입장이 무엇인지를 말하는 기준이 될 수도 있는 것이었다. 하지만 그에게 그런 논리는 중요한 것이 아니었다.)

그 전시가 그림마당 민에서 열린 전시였다면 민족미술협의회 회원들이 출품했을 것인데 회원은 아니었잖아?

그때 전시회 때 출품은 했지만 내가 정식으로 민미협에 가입을 한 것은 아니었어. 고민을 한참 하다가 친구인 환영(화가)이랑 대화를 하게 되었는데 그 친구는 내가 그려놓은 그림을 보더니 '너 민미협에 가입해도 되겠다.' 그러더라구. 의외였지. 그러니까는, 그 친구는 나보고 검정고시 쳐서 미대를 들어가라고 그랬던 친구였어. 그

1987년에 처음 시작한 판화 〈철새〉

인사동 부산식당에 걸려 있는 <철새>도 그 무렵 만든 거였지?

어느 날 밤 12시쯤, 라디오에서 사이먼과 가펑클의 <엘콘도르 파사>라는 음악이 흘러나오고 있었어.
그 음악을 들으면서 새가 날아가는 게 보였지. 아니 날아가는 새가 생각이 나더라고.
새는 자유로운데 인간은 자유롭지 못하구나.
이념이라는 철조망을 쳐놓고 넘어다니지 못하는구나. 그런 생각을 했어.

친구는 그래야 내가 미술을 할 수 있다고 생각했었으니까. 하지만 나는 약간 망설였어. 알아야 할 것이 있었거든. 민미협은 민족미술협의회잖아? 그런데 미술협의회는 알겠는데. 민족은 모르겠는 거야. 아주 추상적인 얘기잖아. 그래서 민미협 사무실을 찾아 갔지. 그때 마침 사무국장이 유연복(화가) 씨였어. 내가 좀 궁금한 게 있으니 포장마차 가서 술 한잔하자고 그랬어. 정릉의 그 <상생도>로 좀 알게 된 사이였으니까. 어떻게 보면 유치장 아니 보호실 동기니까. 소주를 마시면서 얘기를 하는데. 이 사람이 지 아는 거를 다 쏟아 붓는 거야. 민족미술협의회는 어떤 생각으로 무슨 일을 하고 있고 그런 걸 죄 설명해 주는 거였지. 하긴 내가 진달래의 의미도 몰라서 '개나리는 왜 안 그리냐?' 고 따졌던 사람이라는 것을 아니까 시시콜콜 친절하게 설명을 해주는 거였지. 한참 얘기를 듣기는 했지만 문자를 쓰니 어렵기도 하고 알아들을 수가 있나. 딴 건 안 들어오고 이야기 도중에 튀어나온 말이 '동질성' 이라는 말이었어. 그 말이 와 닿았지. 민족이 바로 동질성이구나. 아! 그런 게 민족이구나. 그렇게 이해를 했지. 그러고선 알아들었다고 말했어. 그 날로 민족미술협의회에 가입했지.

미술운동이든 사회운동이든 운동권은 빨갱이라고 그랬잖아? 거기에 대한 거부감 같은 건 없었나?

(나 역시 처음 그림마당 민에 들락거린 게 87년쯤이었다. 그때 아마 그를 처음 보았을 것이다. 나는 미술잡지사의 기자였고 미술관이나 화랑을 돌아다니면서 리뷰를 짤막하게 쓰면서 그림마당 민에서 열린 전시 리뷰도 싣게 되었다. 어느 날 편집주간이 나를 부르더

니 대뜸 '너 빨갱이냐?' 고 물었다. 그림마당 민이 빨갱이 집단이 하는 건데 거기서 열린 전시에 대한 리뷰를 쓰는 걸 보니 그렇다는 거였다. 사실 나는 운동권에 있지도 않았고 그런 기사가 그런 식으로 해석될 줄은 전혀 몰랐다. 나 역시 당혹스러웠던 때였다.)

난 그런 거 없었어. 빨갱이라는 생각을 못 했어. 학교를 빼먹느라 반공교육을 제대로 안 받아서 그랬나봐. 그래도 레드 콤플렉스가 뭔지는 알았지. 하지만 마르크스도 모르고 레닌도 몰랐어. 그때 가장 많이 들었던 말이 미술운동, 사회운동이라는 거였지. 노동자가 주인 되는 세상이고 그런 세상을 만들기 위해 사회운동을 해야 된다는 말을 들었지. 사회운동이란 말도 이해할 수 없는 말이었어. 운동은 알겠는데 사회운동은 모르겠더라고. 줄넘기, 축구, 체조, 야구 이런 건 알지. 운동을 하는 이유는 건강을 위해서잖아? 그런데 사회가 축구를 해야 되고 달리기를 해야 되나? 사회가 건강하려면 운동을 하긴 해야겠지? 그런 터무니없는 생각을 하긴 했어. 나는 내 식대로 이해했지. 사회를 사람의 몸이라고 생각해 보고 머리, 몸통, 팔, 다리를 그림으로 그려보았어. 도시를 머리로 그리고, 노동자와 농민을 팔다리로 그리고, 배를 은행이나 재벌들로 생각을 해본 거지. 그렇게 그려보니까 인간들이 전부 도시로 몰렸으니까 머리는 커다랗고, 자본으로 잔뜩 부른 배불뚝이에, 팔은 좀 굵고 다리는 빈약하기 짝이 없었지. 가분수에다 이티였지. 그걸 들여다보며 이티가 달리기를 하던 축구를 하던 운동을 하긴 해야겠군. 아니면 종합병원에 집어넣든지. 그렇게 생각했어. 그게 내가 이해한 사회운동이었지.

민미협 들어가서 맨 처음 한 일이 뭐였지?

나는 벽화분과를 들어가게 됐지. 신촌벽화, 정릉벽화를 한 팀들이 전부 모여서 벽화분과로 되었던 거지. 나는 거기서 뒤치다꺼리 하면 되겠더라고. 다른 사람들이 밑그림을 그리면 나는 페인트 사오고 먹줄 챙겨오고 사다리 짜주고 이런 걸 하겠다고 생각했지. 나는 물감도 못 다루고 그림도 못 그리고 그러니까 옆에서 배우기라도 하겠다는 거였지. 그런데 벽화 한 건을 맡았는데 팀장을 내가 했어. 다른 이유는 아니고 내가 제일 연장자여서 그랬던 것이지. 하지만 벽화는 제대로 시작도 하지 못했어. 그 과정에서 사람들하고 불화만 쌓였지. 누구와는 미워하는 사이가 되기도 했고 누구와는 가까워지기도 하고.

(그는 이 대목을 한참 이야기했다. 어쩌면 그가 처음 겪었던 일들은 그에게 먹물들에 대한 불신과 증오감을 부추기게 된 계기였을지도 모르고 이후 그가 독불장군으로 혼자서 일하게 된 원인이었을지 모르겠다. 그런 그를 이해할 수 없었던 것은 아니었지만 내 보기에 절반은 그의 성깔 탓이었다.)

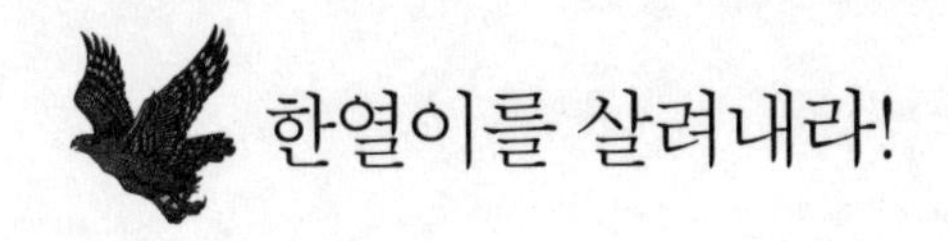

한열이를 살려내라!

87년 6월 민주화항쟁을 기억하는 사람들이면 누구나 이한열을 기억한다. 그리고 최루탄을 맞고 피를 흘리는 이한열과 그를 부축하고 있는 사람을 그린 걸개그림 한 폭을 기억한다. 최병수를 알지 못하는 사람도 그 그림을 그린 화가가 최병수라고 하면 고개를 끄덕인다. 6・29선언이 나오고 며칠 뒤 신촌에서 시작되어 시청 앞까지 이어진 수백만의 인파 속에서 이한열 군의 장례식이 열렸다. 그 장례식을 치루면서 그는 주목을 받았다. <한열이를 살려내라!>를 그리는 동안 그는 처음으로 미술이 줄 수 있는 힘이 무엇인지 스스로 알게 되는 계기를 얻었다. 그리고 걸개그림을 그리는 화가로서 본격적인 작업을 시작했다.

화가가 되었다고 해서 달라진 것은 없었을 테고, 주로 연세대에서 학생들과 작업을 했던 것으로 기억하는데?

87년 5월 <연대 100년사>를 제작하면서 그 학교의 만화사랑 동아리 학생들하고 일을 하게 됐어. 벽화분과로 연락이 왔는데 학생들이 기술적인 것을 도와달라고 했지. <연대 100년사>는 벽화가 아니라 캔버스 틀에 짜서 거기에 따로따로 하나씩 그린 그림이었지. 높이 2미터에 길이 33미터가 되는 긴 그림이었어. 거기에 들어가는 캔버스 틀을 내가 짜주었어. 그게 조금 알려져서 여기저기 불려 다녔지. 그림쟁이가 아니라 대형그림을 그리는 데 필요한 틀을 짜주는 목수로 불려 다닌 거야.

화가가 아니라 목수로 미술운동을 한 거네. 그런데 어떻게 이한열을 그리게 된 거지? <한열이를 살려내라!>란 작품이 아마 가장 널리 알려진 그림 중의 하나였을 텐데 그걸 그리게 된 이야기를 들려줘.

<연대 100년사>를 제작하고 한 달 뒤에 6월 항쟁이 시작되었어. 그 전에도 박종철 군 고문치사 사건 등으로 민중집회가 많았잖아. 그럴 때마다 나는 현수막을 들고 가는 데 꼭 차출되었지. 잘 싸우게 생겼대나 어쨌대나. 또 그 무렵에는 스티커를 붙이러 다니느라고 정신없이 뛰어다녔어. '6월 10일, 시청 앞에서 모입시다!' 그런 글귀가 박힌 집회안내 스티커 말이야. 그러던 중 집회 하루를 앞둔 6월 9일, 이한열이 다쳤어. 최루탄을 맞고 피를 흘리며 쓰러진 거지. 그날도 나는 새벽부터 스티커를 엄청 붙이고 돌아다녔는데 도중에 그 사건을 알게 되었어. 신문에 로이터통신인가에서 찍은 한열이가 피를 흘리고 있는 사진이 난 거지. 그다음 날 신문을 사서 들고 버

스에 올라타서 그 사진을 보는 순간 내 피가 거꾸로 도는 듯한 느낌을 받았어. 안절부절못했어. 흥분을 좀 가라앉히고 기사를 보니까 기사 끝에 학생들이 '한열이를 살려내라!' 라는 문구를 적어 가슴에 달고 다닌다는 거야. 그때 갑자기 그런 생각이 들었어. 이 사진을 판화로 옮겨서 그 밑에다가 '한열이를 살려내라!' 그렇게 파넣고 천에다 찍어서 가슴에다 붙이면 되겠다는 그런 생각이 든 거야.

갑자기 마음이 조급해졌지. 무슨 일부터 해야 할까? 이것저것 생각을 하다가 문득 그 사진을 써도 되는 건지 걱정이 들었지. 초상권이라는 게 있잖아? 이한열의 초상권은 어떻게 되는 거지? 또 한열이를 끌어안고 있는 애는 어떻게 되지? 이런 걸 일일이 허락을 받아야 되나? 만일 한열이가 죽었다면 죽은 사람을 그렇게 그려도 되는 건가? 그리고 한열이를 그린다면 부모님한테 허락받아야 되나? 이런 생각을 하면서, 또 한열이의 상태가 궁금하기도 해서, 한열이가 입원해 있던 연대세브란스병원으로 갔지. 거기에 마침 연대에서 함께 일했던 만화사랑 회장이 있었어. 그 친구는 자기 친구가 그렇게 됐으니까 정신이 하나도 없었지. 정부에서 한열이를 빼돌릴 거라는 소문이 돌고 있었으니까, 밤새도록 병원에서 지키고 있었나 보더라고. 그때 병원에 이한열 군 아버지가 나와 있었어. 나는 이한열 군 아버지한테 허락을 받으려고 다가가긴 했는데 그 비통한 얼굴을 보자 도저히 물어볼 엄두를 내지 못했어. 그 얼굴에다 대고 '저, 한열이를 그려도 되나요?' 그렇게 물어볼 수는 없는 노릇이었지. 그 경황에 그림을 그리게 허락해 달라고 말하는 게 가당키나 한 일이겠어? 그래서 포기하고 만화사랑 회장한테 대강 설명했지. 내가 지금 이런 아이디어로 그림 그리려고 하는데 네 생각은 어떠냐? 그러니까 이 친구는 '그리든지 말든지 마음대로 해요.' 이러더라고. 그 친구도 정신이 없는 거였지.

돌아서 나오다가 아는 여학생을 만났어. 문영미라고. 그 친구는 나를 보더니 할 얘기가 있다고 잠깐만 기다리라고 해놓고는 또 다른 일로 정신이 없었어. 모두들 정말 경황이 없었지. 나중에 식당에 앉아서 밥을 먹는데 그제서야 문영미란 친구가 나타나서 '형, 여기 왜 왔어요?' 그러는 거야. 그래서 한열이를 그리고 싶다고 그랬더니 자기도 그런 생각을 했다는 거야. 자기는 얼굴을 그려서 가슴에 붙이고 다니면 어떨까 하는 생각을 했다는 거였지. 갑자기 둘이서 의기투합이 되었어. 그래서 그 친구는 한열이 얼굴을 그리고, 나는 한열이가 쓰러진 모습을 그리는 작업을 하기로 했지. 그때 총학생회 기획실장을 하는 학생을 길에서 만났어. 지금 이러저러한 걸 하려고 하는데 판화를 찍을 천 살 돈이 필요하다, 그랬더니 군말도 없이 자기 책상 서랍에 보면 돈 5만 원이 있다고 그거 가져가라는 거야. 그때가 밤 9시쯤이었는데 학생 두 명을 데려와서 한 명한테는 천을 사러 시장에 보내고, 다른 한 명에게는 학교를 다 뒤져 판화를 찍어낼 천을 찾아내라고 그랬지.

난 목동 작업실(그때 목동에 작업실이 있었어. 상생도 벽화사건 끝나고 나서는 박기복이 작업실을 하나 큰 걸 얻어놨는데 반을 내가 썼어.)로 와서 그림을 그리기 시작했어. 그리고 판화를 여러 장 찍어야 하니까 마티카 나무 중에서 제일 단단한 걸 찾아냈지. 사진을 보고 그림을 그리고 판을 뒤집어 붙여서 조각을 시작했어. 밤새도록 팠어. 새벽 다섯 시쯤 되어서인가? 판을 한지에 찍어보니까 그런대로 괜찮은 것 같더군. 대학생들이 두 명이 함께 있었는데 판화 크기대로 천을 자르라고 하고는 천에다 판화를 찍기 시작했지. 하지만 천이 자꾸 밀려서 제대로 나오지가 않는 거야. 수작업으로 하는 롤러로는 도저히 안 되겠더라고. 프레스기가 있어야 한다고 생각했는데 문득 가까운 곳에 사는 문영태(화가) 선배 집에 프레스가 있었던 게 떠올랐어. 그때가 아침 일곱 시쯤이었을 거야.
문 선배에게 전화를 해봤지. 프레스기를 빌려 쓸 수 있냐고 물었더니 안 된다고 그러는 거야. 그날 누가 쓰기로 했다는 거였지. 그래서 한열이 그림을 찍으려고 한다고 다시 말했더니, 문 선배는 바로 오라는 거야. 재료하고 물감하고 천하고 다 들고 갔어. 문영태 선배는 판화를 보더니 빨리 하자고 오히려 재촉하고 그 형수는 밤새도록 파느라 고생했다며 간식을 갖다 주고 그랬어. 내가 판에 롤러로 칠해 올려주면 문 선배는 프레스기를 돌려서 찍고, 판화가 나오면 학생들은 노란색과 붉은 색 아크릴로 바탕부분을 칠했지. 그렇게 해서 오전 열 시까지 모두 180장을 찍었어.

나는 한잠도 못 자서 눈이 천근만근이었지. 그래서 학생들에게 "이제 가서 무조건 사람들 가슴에 붙여라." 그렇게 말해 놓고는 잠이 들었어. 두세 시간 잤나? 아무리 자려고 해도 더 이상 잠이 안 오는 거야. 궁금했던 거지. 그래서 버스를 타고 연대로 향했어. 백양로를 걸어 올라가는데 민가협(민주화실천가족운동협의회) 어머니들이 우리가 밤새 만든 그 판화를 가슴에 붙이고 구호를 외치면서 나오는 걸 보았어. 가슴이 벅차오르더라고. 밤새도록 찍은 게 벌써 가슴에 붙여져 나오니까 그 느낌이 더 강렬했지. 그 양반들은 나를 모르니 서로 눈인사만 하고 집회가 열리는 무대로 올라가서 봤지. 무대에서 구호 외치는 학생들도 전부 다 한열이 판화를 가슴에 붙이고 있었어. 사진이 신문에 나온 지 하루 만에 판화로 찍혀 인쇄돼 나온 거니까 모두들 깜짝 놀랐지.

그 뒤로 판화가 더 필요하다고 해서 200장인가를 더 찍었어. 모두 380장 정도 찍은 거 같아. 결국은 원판이 다 문드러졌어. 더 이상은 찍을 수가 없었지. 그래서 실크스크린으로 만들어서 대량으로 찍기 시작했어. 1만 장 정도 찍었을 거야. 그리고 그다음 날인가, 그날 저녁인가 어느 여학생이 한열이를 크게 그리면 어떻겠냐고 제의를 하더라고. 가슴에 붙였던 판화를 대형그림으로 그려 걸자는 거였지. 하지만 어떻게 그릴 것인가에 대한 의견이 분분했어. 한쪽에서는 사진을 그리자고 했고 한쪽에선 판화를 그대로 그리자고 했지. 나는 사진처럼 그려야 한다면 내 실력도 달리고 그건 시간이 많이 걸린다고 했어. 시간상으로 판화를 그린다면 먹줄 튕겨서 도면대로 그리면 빨리 그릴 수 있었거든. 그렇게 우겨서 판화를 그대로 크게 그리게 된 거지. 밤새도록 그렸어. 그리고 그 그림도 학생들 여럿이 달라붙어 24시간 만에 완성했지. 그려진 그림을 들고 영등포에 있던 성문밖 교회로 갔어. 거기는 구로공단에서 미싱하는 사람들이 많이 있었지. 거기서 줄을 넣어 걸 수 있도록 끝을 꿰매고 마무리를 했지. 그래서 총 이틀이 걸렸어. 한열이가 다친 지 5일인가 6일 만에 연대 학생회관에 <한열이를 살려내라!> 대형 걸개그림이 걸리게 된 거지.

<한열이를 살려내라!> 그 그림은 정말 정신없이 그려졌지. 걸리기 전이나 그 이후에도 손 하나도 안 본거야. 그림을 그릴 때는 바닥에 물감 묻을까 봐 신문지를 깔아놓고 바인더로 그렸는데, 그림을 걸 때는 신문지가 뒷면에 모두 달라붙어 너도나도 그걸 떼어내느라고 난리였지. 그 그림엔 지금도 그때 떼어내지 못한 신문지가 그대로 붙어 있어. 걸개그림이 건물 위로 높이 올라갈 때, 나는 그걸 바라보면서 엄청난 감동이 밀려왔고 흥분되기도 했지. 벽화를 할 때와는 모든 게 달랐어. 걸개그림은 벽화와 다르지. 벽화 하나를 그리려면 시간도 오래 걸리고 또 그리느니 지우느니 하면서 끝없는 싸움을 해야 하는데, 걸개는 간단히 속전속결로 그려서 걸면 되었던 거지. 그때 느낀 게 게릴라였어. 아! 이건 게릴라전이다. 그런 생각이 들었어. 주워들은 건 있어서 이건 정말 프로파간다의 진수다, 아니 엄청난 무기일 수 있다. 그런 생각으로 몹시 흥분했어. 미술이 정말 무기일 수 있다는 게 보였던 거지.

그 걸개그림을 건물에 설치할 때 그 자리에서 가슴에 부착하는 수건용 실크스크린 판화를 200원씩에 팔았어. 그 돈으로 다시 찍고 또 팔고 또 그림이 안 어울린다고 생각해서 새로 그림을 그리고 판화로 찍어내기도 했어. 피켓용으로 쓸 판도 다시 파고. 나는 한열이가 어떻게 생각할지 모르겠지만 분명 한열이를 그린 그림은 싸움의 도구다라는 생각을 했어. 그때 한열이는 거의 회생이 불가능하다는 이야기가 돌았어. 그 이야기를 듣고 한열이의 영정을 그리기 시작했지. 영정 밑그림을 스케치만 해놓고 판화로 만들지는 않았어. 차마 판화로 팔 수는 없었지. 한열이가 아직 고인이 된 것이 아닌데 영

1987년도에 그린 이한열 영정 스케치

이한열이 다쳤어.
최루탄을 맞고 피를 흘리며 쓰러진 거지.
그날도 나는 새벽부터
스티커를 엄청 붙이고 돌아 다녔는데
도중에 그 사건을 알게 되었어.
그다음 날 신문을 사서 들고
버스에 올라타서 그 사진을 보는 순간
피가 거꾸로 도는 듯한 느낌을 받았어.

1989년 연세대학교에서 열린 이한열 3주기 행사 장면

정을 판화로 판다는 것은 마음에서 내키지 않았지. 그리고 한열이가 쓰러지고 나서 20일이 지난 날 새벽 두 시쯤에 전화가 왔어. 만화사랑 회장이 "형. 한열이 마스크 뗐어요." 그러더라고. 한열이가 죽은 거야. 그 말 듣고 준비해 둔 밑그림으로 영정을 파기 시작했지. 바로 한열이가 죽은 그날 한열이의 영정판화가 만들어진 거지. 하지만 그걸 갖다주지는 못하겠더라고. 차마 어떻게 그날 죽은 아이의 영정을…… 그래서 그다음 날 가져다줬어. 그리고는 홀가분해졌지. 난 이제 끝났다. 내 역할은 이제 모두 끝이 났다 그렇게 생각했지.

아무튼 <한열이를 살려내라!> 판화를 팠을 때부터 영정판화까지 판화를 모두 일곱 점을 만들었어. 그 동안 하루에 잠을 두세 시간밖에 못 잤어. 한열이의 영정판화를 주고 돌아와서는 그대로 뻗어버렸지. 막 누우려 하는데 민미협 사무국에서 다시 전화가 왔어. 이한열 군의 장례식 날짜가 잡혔다면서 장례식에 쓸 영정그림을 크게 그려서 그걸 차에다 부착해 달라는 거였지. 그 이야기를 들은 게 불과 장례식 48시간 전이었어. 몸도 지칠 대로 지쳤고 다 끝났다고 생각하고 막 쉬려던 참인데 그래도 어떡해? 할 수 없이 설계도를 대강 스케치해서 나갔지. 영정 판화를 보고 학생들에게 그림을 그리도록 시키고 나는 영정 틀을 짜기 시작했어. 그림은 그때 최금수(현 미술큐레이터) 학생이 많이 그렸지. 이기정 등 몇 명이 함께 채색도 하고. 영정틀을 짜고 차에 올리는 일은 쉽지 않았지. 나도 처음 해보는 일이라 모든 게 사전 예상과 설계도면대로 맞아야 했어. 그렇지 않으면 큰 낭패를 보게 될 일이었으니까. 하다못해 영정의

1987년 7월 9일에 거행된 이한열 군의 영결식 때 영구차가 시청 앞 광장을 지나는 모습

육교 높이는 4.4미터인데 한 뼘만큼 걸려버렸어.
도로포장공사하면서 높이가 달라졌던 거지.
다행이 그때 경첩을 달아놓은 것이 빛을 발했지.
영정이 통과하지 못하자 사람들이 당황하기 시작했는데,
그때 영정그림을 눕혀서 통과한 후에 다시 세우니까
사람들이 막 박수를 치며 환호하고 그랬지.
그럴 때 목수로서 뿌듯함을 느끼는 거지.

크기도 정확히 맞아야 했어. 봉고차 높이가 2미터면 영정 높이는 2.3미터로 만들어야 했지. 그건 거리의 육교 높이를 계산한 거였지. 육교의 높이가 보통 4.4미터였고 그걸 통과해야 했으니까. 또 장지인 광주까지 가야하는 상황에서 차가 빨리 달릴 때는 뉘어 놔야 했고, 실제로 육교 높이를 믿을 수가 없었기 때문에 영정 아래쪽에 경첩을 달았어. 실제로 장례식 행렬이 신촌에서 아현동 육교 밑을 지나게 되었을 때 영정이 걸려버렸지. 육교 높이는 4.4미터인데 한 뼘만큼 걸려버렸어. 도로포장공사하면서 높이가 달라졌던 거지. 다행이 그때 경첩을 달아놓은 것이 빛을 발했지. 영정이 통과하지 못하자 사람들이 당황하기 시작했는데, 그때 영정그림을 눕혀서 통과한 후에 다시 세우니까 사람들이 막 박수를 치며 환호하고 그랬지. 그럴 때 목수로서 뿌듯함을 느끼는 거지.

모든 준비가 끝나고 장례식이 시작되었어. 나는 너무 지치고 피곤해서 거의 눈이 감길 지경이었지. 신촌로타리까지만 가는 거 보려고 그랬는데 신촌로터리 가니까 사람이 가득했어. 전부 다 사람이야. 건물 옥상이고 창문이고 모든 사람이 내다보며 한열이가 마지막 가는 모습을 지켜보았어. 나도 졸렸던 눈이 갑자기 크게 떠지는 거야. 처음 장례식 행렬은 신촌로터리까지만 허가가 났는데 이미 그런 게 중요한 게 아니었지. 장례식 행렬은 그대로 시청 쪽으로 향했어. 나도 계속 걸었지. 가다가 보니까 신문사 전광판에 "고 이한열 군의 명복을 빕니다." 이런 문구도 있었지. 언론사도 그때는 다 돌아섰어. 그렇지 않으면 아마 짱돌이 날아들었을 거야. 어쨌든 6 · 29선언으로 민주주의의 승리는 분명해 보였으니까 그동안 군

사정권에 아부했던 언론들도 돌아설 수밖에 없었지. 시청 앞 광장에서 최민화 형의 <이한열 부활도>가 흔들렸지. 만장들이 나부끼고. 사람들은 시청에 걸려 있는 태극기를 내리고 조기를 달라고 외치기도 했어.

한열이의 장례행렬을 보다가 너무 지쳐서 더 이상 견딜 수가 없었어. 그대로 가까운 친구 집에 가서 잠을 잤지. 눈을 떠보니 시계가 그대로 원상태로 있더라고. 12시간 동안 꼼짝없이 잔 거야. 그리고 다시 연대로 가서 짐을 정리하고 있는데, 그때 영정을 실었던 운전사가 장례식을 마치고 돌아와 나를 보더니 반갑게 맞이하는 거야. 영정을 차에서 떼어달라는 거였지. 설치도 내가 했으니 철수도 내 손으로 하게 되는 게 운명이었지. 아주 진을 빼더군. 내 팔자가 그렇지 뭐. 그거 또 마무리하고. 그리고 정말 모든 게 그렇게 끝났어. 그해 6월항쟁은 나한테는 정말 짧고도 길었어.

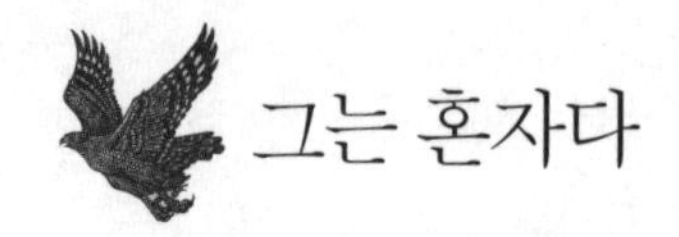

그는 혼자다

이한열 장례식을 치룬 후에 그는 본격적인 미술운동에 돌입했다. 그러나 그는 늘 사람들과 부딪혔다. 노동판에서 숙련된 그의 사고는 다른 사람들의 행동을 이해할 수 없었으며 그 역시 그의 생각과 다른 부분을 인정하려 들지 않았다. 그는 원칙적이었고 어쩔 수 없이 근본주의적이었다. 그는 미술인들보다는 학생들과 어울려 공동작업을 해나갔다. 그러면서 <분단인>과 <노동해방도>, <장산곶매> 등의 작품을 쉬지 않고 생산해 냈다.

이한열 장례식이 끝나고 많은 변화가 있었던 것 같아. 어쨌든 도중에 6 · 29선언도 나왔으니까. 개인적으로도 많은 변화가 있었을 것 같은데, 그때 언론에서도 많은 조명을 받았지?

한열이 장례식을 그렇게 마치고 사람들이 나를 대하는 태도가 달라지기는 했어. 어떤 친구는 내가 완전히 스타가 됐다고 하더라구. 하지만 나는 그런 거 관심이 없었고 그냥 그 뒤로 작업에만 몰두할 수 있었어. 나는 어쨌든 무기를 그린다고 생각했지, 내 작품을 하겠다는 생각은 없었어. 그런 걸 생각할 처지도 아니었고.

그전부터 걸개그림은 많이 그려졌지. 걸개그림은 여럿이 그려야 하는 공동작업인데 누구의 개인작업이라고는 할 수 없잖아?

맞아. 그래서 창작집단을 만드는 게 매우 중요한 일이었지. 하지만 처음 벽화분과에서 공동창작을 해야 한다고 했을 때 나는 반대했어. 집을 지을 때나 영화를 만들 때 감독이 있듯이 주필시스템을 주장했지. 한열이 작업을 할 때 최민화(화가) 형이 그림 그리는 걸 보았어. 그는 <이한열 부활도>를 그렸는데 그림을 잘 그리더라고. 두말할 것 없이 나보다 훨씬 뛰어났지. 물론 나 스스로 대견한 것도 없지 않았지. 나 같은 초보가 그 엄청난 장례식을 그런대로 훌륭하게 거든 거 아냐? 그러고 이런 일이 앞으로 계속 터진다면 어떻게 대응을 해야 할까? 그런 생각을 하게 되었어. 그래서 생각한 게 조직을 만들어야 된다는 거였지. 사실 나는 그 20일 동안 너무 고생해서 그러다가 지레 몸이 상하고 죽어버릴 거 같았거든. 그래서 팀이 필요하다고 생각했었어. 고민을 하다가 최민화 형한테 조직을 만들자고 제의를 했지. 좋다 그러더라고. 그래서 형이 나보다 그림을 잘 그리니까 주필을 맡고 나는 이한열 때처럼 목수질을 하겠다고 했지. 그러면 그림을 더 효율적으로 빠르게 그릴 수 있었을 테니까. 사람을 선발할 때는 둘이 합의하고 팀이 꾸려지면 연수과정을 거쳐야 한다고 제안했어. 민화 형도 좋다고 했지. 그런데 얼마 후에, 전화가 왔어. 무슨 일이냐고 했더니 지금 빨리 걸개그림 그려야 된다는 거야. 그런데 나는 팀이 어떻게 갈 건지 방향도 잡아야 되고 사람도 선발하고 함께 공동연수도 하고 그렇게 해야 한다고 생각하고 있었는데 일이 벌써 시작된 거야. 일단 현장을 가보았더니 남궁산, 이종률 등 한 열댓 명이 달라붙어 그림을 그리고 있는 거야. 나는 속이 상했어. 그래서 민화 형한테 그랬지."형한테 내가 제의할 때 팀을 만들면 인선도 함께 하고 연수도 거치고 방향도 잡아야 하는데 작업부터 시작하면 어떻게 해?" 그러니까 민화 형은 "국민운동본부에서 급하게 그려 달라고 그러니 어떻게 하나?"그러더라고. 그때 나는 순간적으로 "나 형하고 일 안해!" 그랬어. 나로서는 더 이상 그런 식으로 서둘러 하는 일을 하고 싶지 않았어. 결국 그 그림을 그리던 팀이 조직을 만들었는데 그게 '활화산'이었지. 물론 나는 거기서 빠졌고.

혼자가 된 것이 스스로 자초한 것은 아니었어? 원래 성질이 더럽잖아?

그 후로도 나는 내 나름대로 팀을 꾸려보려 했는데 그게 잘 안 되더라고. 그림 잘 그리는 사람을 보면 내가 못질하고 재료 대고 그럴 테니 주필을 해달라고 했는데도 팀은 꾸려지지 않았어. 나는 이한열을 그리고 나서 기자들이 누가 그렸냐고 그렇게 찾았다는데도 인터뷰도 안 했어. 그런 게 중요한 게 아니었거든. 어쨌든 팀을 꾸리려고 사람마다 이야기하고 다녀도 안 되는 거야. 팀이 꾸려져야 제작비를 구할 수 있잖아. 개인한테 돈 달라고 하면 돈이 안 들어오잖아. 근데 그게 안 되더라고. 그다음 걸개그림을 그린 게 <분단인>이었는데 그것 역시 이한열 때처럼 학생들과 함께 그렸지. 매번 그런 식으로 할 수밖에 없었어. 그러면서 나는 개인화 돼버렸어. 왕따였는지도 몰라. 혼자 그렇게 그림을 그리게 된 거지. 그러면서 이제껏 혼자야.

주로 학생들과 공동작업을 해야 했는데 학생들과는 호흡이 잘 맞았나?

내가 나이가 더 많기도 하고 학생들은 자발적인 의지를 가지고 있었기 때문에 큰 어려움은 없었지. 물론 그즈음 운동권 학생들이 생각하는 게 나와 다른 면이 없지 않았지. 한열이를 그릴 때였어. 저녁 때가 되어서 학생들한테 설렁탕을 먹으러 가자고 했어. 그런데 학생들이 나를 비난하는 거야. 그런 부르주아 음식을 어떻게 먹느냐고 하면서 자기들은 민중들의 음식을 먹겠다고 하는 거였지. "설렁탕이 무슨 부르주아 음식이냐? 그럼 너희들 말하는 민중음식이 뭐냐?"고 했더니, 라면이라는 거야. 한사코 민중음식인 라면을 먹어야 한다는 거야. 나 라면 안 먹는 걸 알잖아? 나는 노동을 하면서부터 라면을 먹어본 적이 없어. 정말 노동자들은 라면을 먹고서는 아무 일도 못해. 곧 쓰러지고 말지. 나는 그걸 알고 있거든. 쌀과 고기는 농부들이 키운건데. 그것이 진짜 민중음식이지. 라면을 민중음식이라고 말하면서 고집하는 학생들이 어이없기도 하고 철없어 보이기도 했지.

운동권 학생들의 순수함과 경직성이 다 들어 있는 게 라면이었겠지. 그래서 학생들은 설렁탕을 먹지 않았어?

웬걸, 한번 설렁탕 먹어보더니 다음부터는 그것만 찾던 걸. 이한열 그림작업이 끝나고 나서 그린 게 <분단인>이지. 가을 연고전 때 그 그림을 걸었어. 한열이의 두 배 정도 되는 그림이었는데 굉장히 많이 쓰였어. 목은 백두산에 들어가 있고 한 팔은 상이군인처럼 잘려 있고 입으로 철조망을 물어뜯는 그런 그림이었지. 분단인 그림을 보면 두 발을 딛고 있는 땅이 갈라져 있지. 분단이 되면서 분열을 상징하는 것이었는데 그다음 그려진 <노동해방도>에는 논바닥이 갈라진 것으로 표현했지. <노동해방도>에서는 많은 사람들이 그 갈라진 땅을 밟아야 된다는 걸 상징하는 것이었어. 그래야만 하나가 될 수 있다는 표현을 한 거야.

<노동해방도>를 그리고 나서 그리기 시작한 게 <백두대간>이었어. 그다음에 백두대간의 철조망을 걷어낸 그림을 그린 게 <장산곶매>야. 그 그림은 밑그림만 4개월 그렸지. 원래는 제목이 <장산곶매>가 아니라 백두대간이었지. 그 그림은 통일문제연구소에 있을 때 그린 건데 처음 나는 장산곶매가 무슨 새인지도 몰랐어. 백두대간 구도를 잡아놓고서 거기다 점을 하나 찍어야겠다고 찍은 게 새였어. 사람들이 그걸 보고 장산곶매가 둥지를 부수고 날아가는 장면과 너무 같다는 거야. 만주벌로 먹이 찾으러 날아가는 그 장면하고 너무 비슷하다고. 그 '자주 고름 입에 물고 옥색 치마 휘날리며' 하는 백기완 선생의 이야기 말이야. 백 선생도 그 그림을 보더니 이거 장산곶매로 하면 참 좋겠다 이러더라고. 그래서 <장산곶매>로 한 거야. <철새>, <분단인>, <노동해방도>, <장산곶매> , 이 네 점이 나한테는 매우 중요하게 연결된 작품들이지.

(위) 1987년 연세대학교 학생회관 전면에 내걸린 걸개그림 〈분단인〉

(아래) 1989년 메이데이 100주년 전야제 때 연세대학교 학생회관 전면에 걸린 걸개그림 〈노동해방도〉

최병수의 걸개그림은 다른 그림들과는 조금 다르지. 대부분의 걸개그림은 집단창작으로 그려지고 그 주제와 내용도 보편적이거나 설명적으로 그려지는 경우가 많았잖아? 걸개그림을 그리는 어떤 원칙들이 있었나?

나는 그림 안에 모든 걸 표현해야 한다고 생각하지 않았어. 걸개그림이라는 것도 상황에 맞는 분위기를 잡아주는 거라고 생각했지. 거기다가 콩이니 팥이니 모든 걸 설명하려 들면 그림이 지겨워지거든. 그중에서 <백두산>은 그림 자체보다도 걸개그림의 기능에 충실했다고 생각해. 88년 초에 텔레비전에서 백두대간이라는 프로그램을 하더라고. 제주도서부터 올라가면서 맨 마지막에 백두산을 보여 주는데, 그때 클로즈업해서 찍은 백두산은 처음 본거지. 백두산을 보고, 천지를 보면서 그 자리에서 백두산을 스케치했어. 백두산만 그려서 대형으로 그려버리면 통일에 통자만 나오면 다 쓸 수 있다고 생각했지. 그런데 걸개그림을 같이 그린 만화사랑이나 도와줬던 화가들은 불만이 많았어. <한열이 살려내라!>나 <분단인>이나 이런 건 뚜렷한 메시지가 있는데 이 그림처럼 백두산만 덜렁 그려진 걸 받아들일 수 없다는 거야. 다른 걸개그림을 보면 백두산을 가기 위한 설명적인 요소가 다 있는데 이 그림은 그런 게 없다는 거지. 정형화된 걸개그림(걸개그림은 대개 어떤 정형화된 틀이 있었다. 삼분법으로 그림을 그려지는데 이는 전통적인 불화의 양식을 차용한 것이다. 그런 그림은 보통 수난사, 현대사, 미래사로 나누어진다.)을 보면 맨 위에 백두산이 조그맣게 그려지지. 나는 그런 그림이 답답했어. 그건 걸개 양식이 아니고 벽화 양식인 거지. 그래서 그랬어, "이게 크게 걸려 있다고 생각해 봐라. 얼마나 근사하냐. 그림을 걸어놓고 그 앞에서 수난사도 얘기하고 풍물도 치고 연극도 하고 노래도 하고 그러면 그게 다 그림 아니냐. 백두산만 그려놓으면 나머지도 다 그림이 된다." 그랬더니 이해를 못 하더라고.

그림 자체의 완성도를 먼저 생각하느냐 아니면 그림이 놓인 상황 전체를 이미지로 받아들이느냐 하는 차이겠지. 그즈음에 그린 <노동해방도>는 비교적 걸개그림 양식에 근접한 그림이었던 것 같은데?

88년도 11월 13일, 그때 여의도에서 노동자들의 집회가 있었어. 노동자들이 밀려 나오는 걸 보고, 그때 '가는패'(창작집단)가 그린 한 손을 높이 치켜든 그림이 매우 적절했지. 그때 나는 사진을 찍고 있었는데 나눠준 유인물을 보니 노동절 100주년 기념행사를 알리면서 메이데이 이런 말이 있더라고. 메이데이? 내가 아는 메이데이는 무전 칠 때, SOS 칠 때 하는 말인데 왜 노동자들이 이런 용어를 쓰는지를 몰랐어. 나중에 사전을 뒤져봤더니 그게 노동절을 뜻하는 것이었지. 마포 대교위에서 노동자들이 밀고 나오는 걸 찍었어. <노동해방도>의 그 구도가 그렇게 나온 거지. 노동자들이 밀려 나오는 모습. 이 그림은 '가는패'의 걸개그림에 등장하는 인물이 하나였으니 이제 여럿이 힘차게 나오는 장면을 그리려고 한 거였어.

걸개그림은 그 그림이 얼마나 대중적으로 설득력이 있을까를 염두에 두면서 거기에 맞는 구도를 잡아야 하지. 지금 사람들이 알고 있는 수준에서 한 발자국이 아니고 반발자국만 더 치고 나가야겠다는 의식을 항상 하면서 그렸어. 그건 내가 원하는 그림이 아니라 민중이 필요한 그림을 그려야 한다는 생각이 있었기 때문이야. 민중들과 빨리 대화를 하기 위해서는 그 방법 밖에 없지. 도시빈민으로

1989년도에 걸개그림 〈노동해방도〉를 제작하는 장면

1991년도에 걸개그림 <장산곶매>를 제작하는 장면

살아왔던 나, 아니 우리들의 의식을 깨나가려고 할 때는 너무 멀리 가버리면 안 된다라는 걸 늘 생각하고 있었어.

사회가 요구했건, 민중이 요구했건, 운동권이 요구했건 미술운동에서 그림들은 무조건 세고 크게 보여야 할 필요가 내재해 있었어. 그건 최병수만의 문제가 아니라는 것도 알고 있고 그 자체가 반드시 문제라고 말할 수는 없겠지. 그걸 전제로 질문하고 싶은 것은 혹시 자기도 의식하지 못한 사이에, 이런 표현은 쓰고 싶지 않지만, 그런 대형그림을 그리면서 일종의 남근주의적인, 더 크고 더 거친 표현과 더 과격하고 더 빠른 행동으로 젖어들게 된 건 아닌가 하는 생각이 들기도 하는데?

그게 없다고는 말할 수 없겠지. 그런 동기는 아마 <한열이를 살려내라!>를 걸개그림으로 그리면서였을 거야. 나는 그때 걸개그림이 뭔지도 몰랐지만 그걸 그리고 나서 느낀 거대한 충격과 감동 그런 것에 빠져들었다고 할 수 있지.

걸개그림 〈백두산〉을 바닥에 펼쳐 건조시키는 모습

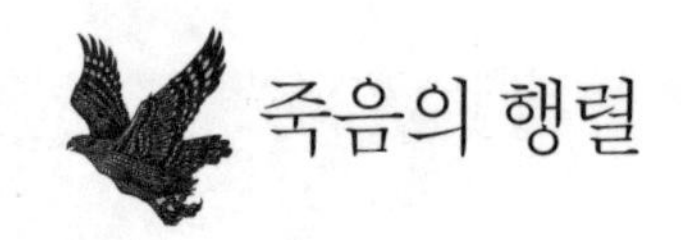

죽음의 행렬

6·29선언 이후에도 사회의 급격한 움직임은 멈출 줄 몰랐다. 민주화에 대한 열망은 조금씩 결실을 얻고 있었지만 사회의 모순들이 갑자기 사라질 수는 없는 일이었다. 운동권에서도 지각변동이 조금씩 일기 시작했다. 그것은 현실사회주의의 몰락에서 오는 좌절감 혹은 현실상황에 적절하게 대응하지 못하는데서 오는 피로감이었다. 뒤로도 수많은 노동자들과 학생들의 희생이 이어졌다. <한열이를 살려내라!> 를 그린 이후 최병수의 발길은 더욱 빨라졌고 더불어 그의 손놀림도 더욱 바빠졌다. 하지만 그는 두 가지 벽에 맞닥뜨려야 했다. 하나는 여전히 거칠게 굴러가는 현실의 상황이었고 다른 하나는 이런 현실에 대응하는 사람들과의 마찰이었다.

이한열 작업 뒤에도 많은 사람이 죽었잖아? 그 뒤로 참여한 것은 없었나?

91년 강경대가 죽었을 때 참여했지. 그때는 <민중방송국>을 기획하고 있었어. 방송국 피디 했던 사람하고 몇몇이서 <민중방송국>을 만들기로 했어. 사람들을 모아 제대로 된 팀을 만들자는 것이었지. 그날 신촌에서 <민중방송국>을 만드는 모임을 갖고 늦게까지 술을 마시고 집으로 가는데, 연대 정문 앞에 학생들이 마스크를 하고 파이프를 들고 앉아서 연좌농성을 하고 있었어. 그날은 그저 지나쳤지. 그다음 날이 민미협 신입회원 수련회를 북한산에서 한다고 그러기에 구파발에서 털레털레 걸어가고 있었어. 전철 입구에서 민미협 사무국에 있는 이수남 씨가 신문을 심각하게 보고 있는 모습을 보았지. 또 사람을 패 죽였다는 기사가 난 거야. 그래서 바로 연대로 갔지. 가니까 다른 미술운동 단체 회원 몇 명이 있더라고. 그 친구들이 먼저 도착한 거지. 그래서 "상황이 어떠냐?"고 물었어. 그랬더니 자기들이 걸개그림하고 부활도하고 영정하고 다 그리기로 했다는 거야. 단지 상황이 어떠냐고 물었던 것뿐이었는데 무슨 걸개그림이니 영정이니 그런 말들은 뭐야? 그때 받았던 느낌이 무슨 라이벌 의식 같은 거였어. "내가 뭐 해줄까?" 그랬는데 "없다"는 거야. "형은 못질이나 해주세요, 망치질이나 해주세요." 그러더라고. 그때 무지하게 화났어. 이한열 이후에 실제로 내가 장례식에서 했던 역할은 목수일이 주된 것이었어. 영정을 그리는 것에는 관심도 없었지. 그런데 그들은 그게 뭐 대단한 일인 것처럼 말하는 거였지.

운동권 내부에서 있었던 갈등이 그런 식으로 표출되기도 했지. 그때 운동권은 조금씩 와해되고 있었어. 현실사회주의의 몰락으로 실의에 빠졌던 거였지. 그러면서 학생들이 계속 죽어나갔지. 나는 그때 피가 보였어, 죽음이 보였다고. 그 와중에 터진 강경대사건은 학생이 경찰에 의해 맞아 죽은 거였지. 이한열 이전부터 계속 사람들이 분신하고 죽고 다쳤어. 일이 계속 터졌지. 나중에 치러진 강경대 장례식은 20일을 넘게 했어. 그동안에도 사람이 계속 죽었기 때문이었지. 장례행렬도를 완성했을 때 거기엔 5인 열사만 있었어. 그런데 실제로는 6인 열사가 그려져야 했어. 도중에 또 죽은 사람이 있었거든. 그때 여러 명이 죽었어.

이런 상황에 대처하기 위한 조직을 만들어야 했지. 장례식이든 행사든 조직적으로 대응할 수 있는 집단을 만들려고 했던 거야. 그런데 조직은 만들어지지 않았고 일이 터지면 가서 영정이나 그릴 수밖에 없었던 거지. 강경대가 죽었을 때 사람들이 연대로 엄청 몰려들어 오고 있어서 따로 기획실이 필요하다고 생각했어. 이한열 때는 최병수하고 최민화 몇몇 작가들이 참가했지만, 이번에는 운동권을 포함해서 비운동권까지 학생들부터 화가들까지 200명 이상 들어온 거야. 다들 힘이 보태질 거라고 생각했지만 거기에 맞는 조직은 제대로 갖추어지지 않았어.

민미협에서는 처음엔 나한테 장례식을 기획하는 역할을 주었어. 그러더니 하룬가 이틀 있다가 나를 자르더라고. 내가 일할 공간을 얻지 못했지. 그래서 만화사랑 동아리를 찾아가서 사정을 이야기하고 동아리 사무실의 반을 쓰게 되었지. 복사기를 사고 작업실에 있던 도구를 한 차 실어 날랐어. 그때 오혜주나 박찬경, 김세윤 등 몇 명이 도와주었지. 돈을 대주기도 하고. 거기서 포스터나 말풍선 스티커를 스케치하고 그랬어. 그런데 나가보면 학생들 거의 태반이 할 일 없이 놀고 있는 거야. 사람은 많은데 할 일이 없었던 거지. 그래서 학생들과 가로등에다 만장을 걸게도 하고 입구에다가는 '내 죽음을 헛되이 하지 마라, 전태일' 그런 글이 적힌 현수막과 만장을 만들려고 했지. 하지만 장례식 집행위에서 못하게 하는 거야. 나와 의견이 맞지 않았던 거지. 그때 일하겠다고 온 화가들도 붓 하나 들고 들어오는 사람이 없었어. 내가 보기에는 사사건건 뭐 하나 제대로 하는 게 없어 보였어.

조직에서 맡은 역할도 없는데 마음에 들지 않는다고 투정을 부리는 건 뭐야?

(언성을 높이면서) 내 할 일을 누가 시켜서 해! 그들이 하면 다 망하는 게 보이잖아? 걸개를 그리고 영정을 그리는 것만이 다가 아니라는 거야. 얘기 들어봐. 나는 그런 식으로는 장례식이 안 된다고 생각했어. 13일째 되어서 조직도 없이 몇몇을 데리고 이리저리 참견만 하려니까 도저히 안 되겠어. 성질나서 못 참겠더라고. 나도 하루에 잠을 두 시간씩밖에 못 잤어. 그때 운영위원장을 하는 선배가 왔기에 "선배가 그 따위냐, 왜 내가 기획안을 내면 다 잘라버리냐?" 고 대들면서 메다꽂았지. 조금 있다가 김용태(화가/전 민족예술총연합회 사무총장) 선배가 오더니 "너 선배를 팼어?" 그러기에 "지금 상황이 이런데 내가 기안만 올리면 잘라버려서 팼다."고 했지. 그때 김용태 선배는 내가 아무런 역할도 받지 못한 걸 알았지. 그러더니 기획실 역할을 주면서 "일단 역할을 받고, 선배한테 대든 건 일 끝나고 보자"는 거야. 어쨌든 그래서 기획실 책임을 맡게 되었고 장례식에 필요한 도면을 그리기 시작했지.

강경대 장례식 날짜도 잡혔고, 강경대를 연대에서 명지대로 옮겼어.(강경대군은 명지대 학생이었다.) 그때 명지대 강당이 280평인가 그랬어. 거기에 기획실과 창작실을 마련했지. 그때 노미위(노동미술위원회) 친구들이 도와주었어. 그 전날 김인순(화가) 선생이 노미위 소속 여섯 명을 보냈는데, 전부 다 나하고는 일을 안 한다는 거야. 벌써 연세대학교에서 선배를 패고 성질을 부렸던 걸 모두 다 알고 있었던 거지. 하지만 어떻게 해. 최병수가 기획실장이 되었으니까 할 수 없었지. 그래서 그 친구들이 들어올 때 아무 말도 안 하고 전부 다 입이 댓발 만큼 나왔어. 그러거나 말거나 나는 일을 시켜야 했지. 영정을 그린 스케치나 장례행렬도 그리고 대형 만장들을 정확하게 모눈종이 위에다 백분의 일로 그리라고 했어. 서양화나 동양화 그리던 친구들에게 도면을 그리라고 시키니 처음엔 불만이 많았지. 그런데 그 친구들 도면을 그린 지 몇 시간이 지나자 표정이 달라졌어. 그러면서 전에는 내가 왜 성질을 그렇게 내는지 몰랐대. 도면 그려보니까 알겠더라는 거야. 이 도면이 없으면 장례식을 치룰 수 없다는 걸 그제야 알게 되었다는 거지. 그러고 나서는 모든 일이 순조로웠어. 다른 곳은 몰라도 기획실은 진짜 평화 그 자체였다고.

권력 한번 잡았단 말이군. 그래서 장례식은 어떻게 됐어?

장례식에 필요한 그림은 모두 나누어 그렸어. 부활도는 양상용, 최민화 선배가 주도해서 그렸고, 장례식장은 검은 천을 거는 걸로 했지. 사람들 너무 많이 죽었으니까 그냥 검은색을 깔기로 했어. 이한열 때도 검은 천이 있었어. 원래 거기다 <한열이를 살려내라!>를 그리려고 했었지. 명지대 건물에 근 300평이 되는 크기의 검은 천을

1991년 강경대를 포함, 6인열사 영결식이 거행된 명지대학교에 내걸린 대형 검은 휘장

휘장을 다 걸고 저 뒤에 가서 보고 있는데 한쪽이 이상했어.
뜯어지기 시작한 거야. 환장하겠더라고.
사진 찍다 말고 건물 옥상으로 냅다 올라가서
학생들이 뒤에서 내 허리띠 잡고 매달리다시피 하면서 겨우 붙들어 맺어.
계속 불안했지. 아니나 다를까.
교정에서 장례행사를 마치고 행렬이 전부 빠져나가자
갑자기 돌개바람이 불기 시작했지.
그리곤 장례식이 끝나자마자
휘장이 와장창 하고 완전히 찢어지는 거였지. 쫙 찢어지더라고.

내렸어. 그 과정에서 문제가 터졌지. 검은 휘장이 박음질을 엉터리로 해서 뜯어지기 직전이었어. 고리도 엉성했는데 꿰매놓는 걸 보니깐 환장하겠더라고. 그래서 꿰맨 자리를 바인더로 칠하게 했지. 한편에서는 마무리 칠을 하고 있어 애가 달았는데 장례식이 시작되었지. 30분이 지나서야 건물 위에 한 40명이 올라가서 줄을 내리고 휘장을 올리는데, 그런데 오히려 이게 이벤트가 되는 거야. 사람들이 무슨 행사를 하는 줄 알았지. 사실은 그제야 휘장이 완성되어 허겁지겁 올리던 것이었는데…….

휘장을 다 걸고 저 뒤에 가서 보고 있는데 한쪽이 이상했어. 뜯어지기 시작한 거야. 환장하겠더라고. 사진 찍다 말고 건물 옥상으로 냅다 올라가서 학생들이 뒤에서 내 허리띠 잡고 매달리다시피 하면서 겨우 붙들어 맸어. 계속 불안했지. 아니나 다를까. 교정에서 장례행사를 마치고 행렬이 전부 빠져나가자 갑자기 돌개바람이 불기 시작했지. 그리곤 장례식이 끝나자마자 휘장이 와장창 하고 완전히 찢어지는 거였지. 쫙 찢어지더라고.

타이밍은 기가 막혔네.

얼마나 화가 났었는지 몰라, 일을 그렇게 허술하게 마무리하는 모습들이. 용달차를 불러서 내 짐을 꾸려서는 그대로 나왔지. 그때 이 인간들하고는 다시 일하나 보자 그랬지. 그때 실질적으로 미술조직에 참여해서 하는 모든 일은 끝이 난 거지. 그러고선 또 김귀정이 죽었어. 명동성당에 김귀정 장례를 위한 본부가 생겼지. 그때 생각한 게 말풍선 스티커였어. 귀정이를 살려내라를 스티커로 만들어 붙이려고 했어. 후배 화가인 권사우를 불러다가 말풍선 디자인을 했는데 그걸 사람들에게 보여주니까, 다들 좋다, 혁명적이다 이랬어. 하지만 집행부에서는 뭐라고 그러는 줄 알아? 너무 무섭다는 거야. 결국은 안하기로 했지. 매번 그런 식이었지.
그러고선 조용히 작업 좀 해야 하겠다 하고서는 작업실을 빌려 작품을 하고 있었지. 얼마 지나지 않아서 문익환 목사하고 김남주 선생이 돌아가셨어. 그때 작업을 도와달라고 해서 문 목사 장례식 때 대형 만장을 기획한 거야. 대형 만장은 강경대 때 했던 것이었지. 장례 행렬에서도 새로운 뭔가가 있어야 한다고 그걸 원하더라고. 안해 줄 수 없잖아? 김남주 형 돌아가실 때는 <장산곶매> 걸개그림을 빌려주었지. 그때 장례식을 경기대에서 했는데, <장산곶매>를 걸어놓고 보니까 꼭 남주 형이 새가 되어 날아가는 것 같더라고. 그때 사람들도 다 그렇게 생각했을 거야.

걸개그림만 그랬던 것은 아니지?

그즈음에 사진작업을 하기도 했어. 그즈음 소련도 붕괴되고, 민주화운동의 힘이 자꾸 떨어져 쳐지고 있을 때였지. 광주항쟁에서 시작해서 우리 쪽은 점점 상승되는 상황이었고, 반면에 그동안 모더니즘을 중심으로 한 기득권 세력은 상대적으로 하강되고 있었다면 소련이 붕괴되고 현실사회주의가 몰락하면서 상황이 바뀌기 시작했던 거지. 어느 순간 사람들이 운동권이 공황 상태가 되더라고. 난 그렇게 생각했어. 이제는 내려가면서 그동안은 좀 올라오느라 숨가빴던 상황을 정리해보자는 거였지. 등산하듯이 해보는 거야. 올라갈 때 하고 내려갈 때 하고 환경이 달라지듯이 다시 올라가려면 전체를 좀 봐야 된다고 생각했지. 그래서 시작한 것이 도시 청사진 작업이었어. 도시 속의 건물들이 현대 자본의 폭력적인 모습으로 보였으니까 그걸 바꾸는 작업을 해봐야 되겠다고 생각한 거지. 청사진을 그려서 우리의 생각을 그 건물에다가 비쳐 보이는 거였어. 건물에는 대형 광고판들이 걸리잖아? 아주 비싼 모델료를 받는 탤런트들의 얼굴이 내걸리지. 거기에 이를 테면 멋지게 차려입은 배우 얼굴 대신에 열심히 일 해서 옷 만드는 노동자가 대형 간판에 나오면 어떨까? 그게 우리가 만들어야 할 세상이 아닌가? 그런 생각을 한 거였지. 그런 작업들을 개인전 때 일부 선보이기도 했지.

조금 다른 이야기를 해볼까? 일반적으로 그림 그린다는 것은 시각적인 상상력이라든가 창의력이 필요하기도 하고 기법적인 부분도 필요하지. 그런 게 처음부터 잘 되진 않았을 텐데, 어떻게 가능할 수 있었지?

나는 그림 자체를 잘 그려야 한다는 생각은 별로 하지 않았어. 내가 많이 작업했던 걸개그림을 보면 그게 여럿이 참여해 제작한 공동창작이니까 나의 그림이라고 보면 안 되는 거지. 실제로 남이 재주를 부리는 게 많았지. 나는 밑그림만 잡아놓고 대부분 맡겨서 그린 거니까.

(얼핏 그날 문정현 신부를 만났을 때 최병수 들으라고 나에게 한 말이 생각났다. "최병수는 말이야. 남들이 다 해놓은 거에 싸인만 해. 성질만 부리고 있으면 남들이 다 해준다니까." 물론 현장에서 함께 싸우는 그의 작업에 대한 뿌듯한 애정이 담겨 있는 말이었다.)

그렇다면 최병수는 본격적으로 그림을 그려본 게 하나도 없던 거네?

그렇지. 제대로 그려본 적이 없어. 어떻게 보면 화가라기보다는 그림 조직가 같은 거지. 나는 항상 아이디어를 내놓고는 정작 그림을 그리는 동안은 다른 일로 빠져버렸어. 스케치를 해놓고 그걸 그리기 위해 돈 구하러 다니느라고 맥이 다 빠져버렸으니까. 사실 나도 그리고 싶긴 해. 여유 있게 그리라면 그리겠어. 그런데 이런 일이 항상 그런 것이지만 행사가 급하게 이루어지고 또 행사 직전에야 제작비가 나오잖아. 그러니까 제작하는 데 신경을 쓰기보다는 행사에 설치할 준비를 하게 되고 결국 나에겐 그림을 그릴 시간이 없는 거야. 그러다 보니 늘 스케치만 해놓고 나머지는 다른 사람들한테 맡기게 되었어. 대신에 밑그림은 누구나 봐도 푹 빠지게끔 그려놓아야 하지. 그래야 콧대 높은 화가들이나 학생들이 달라붙어 그림을 완성시키도록 할 수 있잖아?

실제로 그림을 그리는 행위 자체가 주는 매력도 있는 거잖아? 화면과 붓이 만나는 과정에서의 손맛과 비슷한…… 많은 화가들에게 그런 느낌이 실제로 작업을 하게 하는 동인이 될 수 있거든.

오히려 조각을 하면서 그런 느낌을 얻는 것 같아. 조각을 시작하면 정신없이 밤을 새우게 되지. 거기에 빨려드는 느낌은 마약과 같아. 끊임없는 칼질에서 오는 쾌감 그런 거 말이야. 판화작업도 비슷해. 그 칼 맛도 좋아하지.

도구로서의 미술 말고 그냥 화가로서 그림을 그리고 싶은 생각이 있어?

그림쟁이가 되겠다는 생각은 할 수 없어 당장은. 작업을 하는 과정에서 다른 사람들이 거의 다 그려놓으면 몇 군데 중요한 곳, 이를테면 얼굴표정 같은 그런 곳만 마무리하는 거지. 그런 수준에 머물러 있어. 그동안 작품 자체의 완성도를 생각할 수 있는 처지에 있지 않았지. 거기에 매달린 적은 거의 없었어. 하지만 나중에 그려놓은 그림들을 보면 아쉬운 부분이 남아 있지. 나도 그 감은 있지. 그래서 손을 대고 싶어. 하지만 늘 제작시간과 싸우고 설치하기 위해 물리적인 상황에 부딪혀야 했지.

스스로 천재적인 화가일지도 모른다는 생각해 본 적 없어? 내가 아는 한 그렇게 생각하지 않는 화가는 없었거든.

그런 생각을 안해 본 건 아니지. 나도 이 정도 그림이면 천재적이네 그런 적도 있었어. 하지만 그건 말이 안 되는 이야기지. 우리가 알고 있는 천재적인 예술가들도 별반 다르지 않아. 피카소를 천재라고 하는데 아프리카 그림을 흉내 낸 걸 보고 그렇게 말할 수 있을까? 달리의 초현실주의 작품들은 판타지소설 쓰듯이 한 것에 불과한 거 아닐까? 나는 미술을 접하면서 오히려 점점 천재를 부정하게 되었어. 그 잘난 천재들이 지금 세상 다 망쳐 놓은 거 아냐? 렘브란트니 다빈치니 하는 화가들이 그림은 잘 그렸지. 그림을 밥 먹듯이 아니 밥보다도 더 많이 그렸지. 진짜 잘 그려. 다 좋은데 결국 한 게 뭐지? 피카소도 게르니카하고 6 · 25학살인가 그런 걸 그렸지만 결국 그림 값만 들입다 올려서 파는 그림들일 뿐이라고. 민중들은 전혀 이해도 안 되는 그림으로 문화권력을 지향하는 놈들한테만 도움을 준 그림 아닌가? 도대체 어쩌라는 거야. 농부들이나 노동자들 그리고 일반 회사원들한테 그런 그림들에 대해서 물어보니까 다 모르겠대. 천재라는 것은 신화화되고 있어. 노력 없이 천재적인 발상으로 창작한 게 의미가 있는 건 아니지.

그렇더라도 천재적인 작품이야 있을 수 있지 않을까?

남들이 알아보지 못할 그림을 그려놓고 '나는 천재다.' 하는 소리

해봐야 자기 잘난 맛에 사는 것에 불과하지. 혼자만 멀리 앞서가는 그림을 그려놓고 다른 사람들 보고 따라오라고 하는 것은 폭력이라고 생각해. 나도 미술을 하기 전에는 유명한 화가들이 그린 걸 보고 그렇게 그려야 그림인가 보다고 생각했어. 하지만 달리니 반 고흐니 미켈란젤로니 하는 천재들에 대한 환상은 다 깨졌어. 모나리자는 도대체 누군지 알지도 못하는데 그 그림이 유명한 이유는 도대체 뭐지? 내가 아는 모나리자는 주민등록증에 붙이는 증명사진 정도밖에는 안 되거든. 그런데도 많은 작가들은 모나리자 환상에 빠져 있어. 겉으로 내색은 하지 않지만 나도 언젠가는 모나리자 같은 명화를 하나 그려서 어떻게 해보겠다는 생각들이 화가의 얼굴에 쓰여 있었어. 그러니까 그들이 제자리걸음만 하고 있는 것이지. 음식이 맛없으면 맛이 너무 어렵다거나 잘 모르겠다거나 그렇게 말하나? 그냥 맛없다고 그러면 되는 것이잖아? 그림도 마찬가지라고 생각해. 모나리자를 2년 동안 그렸다며? 그건 막말로 말하자면 심심풀이 땅콩으로 그렸다는 이야기지. 그 시간 들여서 그렇게 그리지 못하는 사람은 없을 거야. 95년도에 미국의 한 서점에서 책을 보다가 레오나르도 다빈치의 화집을 보게 되었는데 죄다 전쟁 무기들이었어. 그걸 보고 다빈치에 대해 다시 생각하게 되었지. 다빈치는 영주나 권력자들에게 돈 받고 무기를 설계하는 작업을 한 거지. 렘브란트니 뭐 이런 사람들의 천재성이란 것도 기껏 그런 범주에 불과한 것 아닐까? 르네상스 시대라고 말하지만 유명한 화가들이란 왕궁에서 사진사 역할을 한 것 뿐이지.

그렇게 말하는 것도 좋은데…… 사람이 살아가는 방식도 여러 가지고, 꿈꾸는 것도 여러 가지고, 그리고 세상을 바라보는 시각이 다르잖아? 우리가 천재라고 이야기할 때는 세상을 바라보는 또 다른 방법을 제시한 사람들이거든. 피카소를 나도 좋아하지 않지만 그가 그린 그림이 이제까지 보아왔던 세상과 또 다른 세상을 보게 했다면 그의 시각은 중요한 거 아냐?

시각을 달리 보게 한 게 있다고 해도 그걸 왜 피카소의 그림에서 보아야 하지? 아프리카 그림에서 볼 수는 없나? 피카소는 아프리카 조형물보다도 나을 게 없다는 말이지. 몇 가지 아이디어를 끌어내는 것이거나 우의적인 장난을 해보는 거 말고 다른 건 없다는 말이지. (그는 이 대목에서 갑자기 말을 바꾸었다. 처음엔 그가 무엇을 말하는 것인지 알아듣지 못했다.) 천재들은 오히려 세상을 복잡하게 만들고 있는 것 같아. 지금 과학문명이 발달한 이 세계는 더하기일 뿐인 세상이지. 그걸 이해하는 데는 천재들이 복잡하게 생각하는 방정식은 필요 없다는 말이지. 예를 들어서 자본주의 세계에서 만들어진 인스턴트식품이 컨베이어 벨트에서 끊임없이 나오면 결국에는 그 쓰레기가 지구를 덮겠지. 그걸 뭐 백 년이 간다든지 이백 년이 간다든지 하는 계산이 필요 없다는 거야. 결과적으로 어떻게 될 건지 뻔히 알면서 그냥 계산만 하고 있고 아직은 괜찮거니 그러면서 그냥 놔둔다는 거지. 이런 상황에서 천재들이 하는 일은 뭐지?

이 부분은 나중에 다시 이야기하기로 하자구.

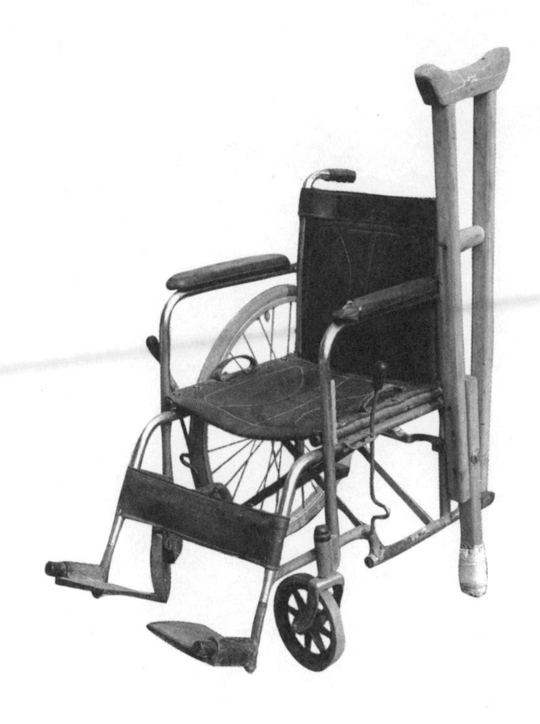

장애이동권에 무관심한 서울시의 행정을 비판한 2000년도의 작품 〈휠체어, 도시행정〉

셋째 날

- 피라미드에 무너지다
- 리우의 쓰레기들
- 펭귄이 녹고 있다
- 지구반지, 주인을 찾습니다

얼음으로 북극곰을 깎고 있는 최병수의 모습

사진 ▌ 서경신

7월 14일 오후 1시. 강화의 최병수 집에 도착했다. 그는 다시 나와 함께 간 일행을 외포리로 데리고 갔다. 우리를 버려둔 채 그는 '평화의 배 띄우기' 행사를 위한 회의에 들어가 감감 무소식이다. 그는 또 일을 벌이고 있었다. 배 띄우기 행사는 강화에서 한강을 거슬러 오르는 뱃길을 다시 잇는 행사였다. 군사분계선으로 끊어진 뱃길을 다시 재현해 통일을 염원하는 행사다. 그는 배 위에 조형물을 세우는 일을 하려 했다.

그는 지난밤 새벽 세 시에 평택에서 강화로 왔다고 했다. 그가 정말 위를 절반 이상이나 잘라낸 환자인지 의심스럽다. 나는 그에게 짜증을 냈다. 도대체 말이나 되는 거야. 그렇게 무리를 해도 되는 거냔 말이야. 사실은 그를 걱정해서 나온 말은 아니었다. 내가 더 괴로웠던 탓이다. 어젯밤부터 시작된 치통이 더 이상 견딜 수 없는 지경에 달했다. 외포리 주변의 약국을 찾았으나 문이 닫혀 있었고 다른 약국을 찾을 수 없어서 그대로 버티고 있는 중이었다.

그는 도대체 안하무인이다. 도무지 상대방을 배려하거나 입장을 생각해 보기는 하는지 모르겠다. 그에게는 늘 우선 되는 것이 있다. 일이다. 아니 더 정확하게 말하자면 그가 해야 할 임무다. 그는 자신이 해야 할 일 앞에서 단호하다. 다른 어떤 일도 그것을 방해하거나 거스를 수 없다. 그는 목적을 위해 수단과 방법을 가리지 않도록 훈련된 전투병과 같다. 그러나 유감스럽게도 그는 무지막지하게 살벌하지 않다. 그는 두어 시간 만에 돌아와서는 사람 좋은 웃음으로 양해를 구하고 한바탕 너털웃음으로 미안함을 전했다. 하지만 그뿐이다. 그는 진정으로 나에게 미안해하지 않는다는 것을 나는 알고 있다. 그에게는 항상 더 우선되어야 할 일이 있고 그걸 위해서

라면 작은 것은 언제나 희생되어야 했다. 그것은 다른 사람에게 요구되는 것이기도 했고 그 자신에게도 적용되는 원칙이었다.

그와 다시 만나기 전 나는 최병수에 대한 책의 꼴을 머릿속에 그리고 있었다. 그를 어떻게 말해야 할까? 처음부터 어느 정도 예상하고 있던 것이지만, 그와 이야기를 나누면서 그에 대한 시선을 어디에 두어야 하는지를 가늠하지 못했다. 더 정확히는 그에 대해 내가 할 수 있는 말이 그리 많지 않았다는 것이 맞는 말일 것이다.

최병수의 작품세계에 대한 미학적 분석? 그의 인간적 면모를 드러내는 작가론적 접근? 그의 행위와 활동에 대한 사회학적 접근? 80년대 미술운동의 연장에서 바라본 실천적 미술의 비평적 접근? 환경운동가이자 행동주의적 작가의 활동내용? 그 어떤 방향에서도 최병수를 말할 수 있지만 그 어느 방향에서도 그를 온전히 말할 수 있을 것 같지 않았다.

굳이 내가 그에 대한 글을 써야 했다면 나는 그를 바라보는 시각들 뒤에 숨겨진 태도를 말하고 싶다. 그는 그 안에서 끓고 있는 수많은 분노와 격정을 단순하고 직설적으로 표현한다. 그것은 그 스스로 그렇게 생각하듯이 명백하게 올바른 가치와 확신에 찬 의지로 표출된다. 그리고 그가 던져주는 가치는 분명하고 단호하다. 적어도 사회적으로 그는 그가 지향하는 가치에 대해 매우 효과적이고 적절하고 올바르게 표현해 왔다. 최병수의 그런 면모에 대해서는 적지 않은 글들이 있다. 언론에서 주목하고 사람들이 관심을 갖는 부분도 그런 것이다.

그는 갈등하지 않는 것처럼 보인다. 나는 한 번도 그가 주저하거나 머뭇거리며 자신을 표현한 것을 기억하지 못한다. 그는 어느 순간부터 확신과 신념에 찬 행동가로서 자신을 드러냈다. 그리고 자신이 설정한 신념을 주저 없이 표현하고 그대로 실천에 옮겨 왔다. 그 놀라운 실천력과 지칠 줄 모르는 행동에 대해 많은 사람은 부러움과 경탄을 넘어서 때로 두려움을 갖는다. 또 다른 한편으로 그의 직선으로 내달리는 실천의 방식에 두려움을 넘어서 거부감과 경멸의 시선도 뒤따른다.

스스로 고생을 했다고 생각하는 사람들은 다른 사람을 무시하려는 경향이 있다. 최병수도 그렇다. 그는 또 스스로 무지함을 내세우면서 자신의 뜻을 관철하려는 영악스러움을 보인다. 교활하기까지 하다. 그와 논쟁에서 이길 수는 없다. 그런 말도 있지 않은가? 목소리 큰 사람이 이긴다는 진리. 그는 목소리뿐아니라 필요하다면 욕설과 주먹까지 서슴지 않는다. 그런 무작스러움을 자랑스럽게 떠벌리면서 어쩔 수 없는 시중 왈패의 속성을 숨기려 하지 않는다. 하지만 그는 논리적이며 합리적이다. 단지 그의 논리와 합리에 감추어진 비논리와 비합리에 대항하기 위해 또다른 논리를 내세우지 않을 뿐이다. 그는 지식과 논리로 포장된 섬약함이나 그 뒤에 감춰진 기만에 대해 주저 없이 대응하는 유일한 방법이 무식한 언행이라는 것을 일찌감치 간파해 버렸다. 그것이 자신을 가장 낮은 데까지 낮추면서 대응하는 매우 효율적인 처리방식이라는 걸 알아버렸다. 그리고 그런 거칠고 때로 폭력적인 대응이 일의 번거로운 절차와 시간의 낭비를 일거에 없앨 수 있는 매우 효과적이며 간단한 처리방식이라는 걸 그는 경험으로 체득하고 있었다. 그는 노동판에서 통용되었던 그런 처세의 원리를 버리지 않았다. 아니 어쩌면 소위 문화판에 들어오면서 그가 느꼈던 먹물들의 세계에서 그의 대응방식이 더 쉽게 먹힌다는 것을 이미 알아버렸다. 그게 통하든 통하지 않든 그건 그의 문제가 아니었다. 그로 인해 사람들에게 배척을 당하거나 상종 못할 인간으로 치부되어도 그건 그의 문제가 아니다. 그는 이미 보듬어야 할 자신을 버렸다. 그는 남들에게 자신이 어떻게 보이는지, 자신이 어떤 모습으로 비춰지는지 아랑곳하지 않는다. 아니 그렇게 타인의 시선을 무시하도록 훈련되어 있다. 그 스스로 상처받지 않도록 그렇게 정해 버렸는지 모르겠다. 그는 스스로를 내세울지언정 자신의 이로움을 말하지 않는다. 그는 자신을 앞세울지언정 자신을 드러내고 싶은 게 아니다. 그를 미워할 수 없다.

나는 그와의 이야기 도중 그가 확신과 신념에 찬 말을 내뱉을 때마다 그에게 핀잔과 냉소와 조롱의 말을 흘리곤 했다. 아마 그런 나를 보고 어쩔 수 없는 먹물이라고 생각했을 지도 모르겠다. 하지만 나는 그에게 어쩌면 그가 감당할 수 없을지 모르는, 아니 그럴 필요도 없는 요구를 하고 싶었다. 나의 주문은 그의 내면적 목록에는 포함되지 않은 것들일지도 모르겠다. 회의, 갈등, 불안, 주저함, 일탈, 유보, 판단중지 그런 것들이다. 정말 그렇게 생각해? 꼭 그럴까? 무지 잘났네? 나의 빈정거림을 그는 모르지 않는다. 그리고 내가 무엇을 말하고 싶어하는지 그 역시 어렴풋이 알고 있을 것이다. 그러나 그에게는 나약함과 비겁함으로 비쳐질 수 있는, 인간으로서 겪을 수밖에 없는 심리적이며 내면적인 갈등을 그는 누구에게도 보여 준 적이 없을 것이다.

나는 그의 행동에 대해, 그리고 그의 작품에 대해 그를 만날 때마다 늘 최고의 찬사를 아끼지 않았다. 그것은 진심이었지만 그를 처음 만날 때부터 이어온 나의 버릇이기도 했다. 옛날 나는 그가 좌절하지 않기를 바랐다. 나는 그에게 80년대의 작가 한 명을 선택하라면 주저 없이 너를 택하겠다고 말했다. 사실 그 말은 최병수에 대한 정당한 평가와 대우가 이루어지지 않은 미술계 풍토에 대한 반발 때문이기도 했다. 그는 어떤 의미에서건 소외되어 있었으며 소위 말하는 민중미술 화가로서의 기득권을 제대로 갖지 못했다. 그러나 그 이후 최병수가 보여준 놀라운 활동의 궤적들은 어느새 어느 한 개인의 평가로도 말할 수 없는 위치에 올라서게 되었다. 그리고 그는 누구의 말과 누구의 힘이 아닌 그 스스로의 손과 머리로 그런 자리에 이르렀다. 물론 그는 그런 자리를 원했던 것도 아니었고 세속적 명망을 위한 작업을 한 적도 없었다. 이쯤 되면 그를 객관적으로 평가하는 자리를 마련하고 그를 이 시대의 '진정한 작가'로 말하는 것도 어렵지 않을 것이다.

그런데 이제 와서 자꾸만 나는 최병수를 그가 서 있는 자리에서 끌어내리고 싶었다. 어느 누구보다 실천적 삶에 충실한 그의 손과 발을 꼼짝 못하게 묶어놓고 싶었다. 그에게 신념보다는 갈등을, 확신보다는 의문을, 실천보다는 사색을, 단호함보다는 주저함을 말하고 싶었다. 그것은 솔직하게 말하자면 그의 언어를 다듬어낼 수 있는 내면적 깊이를 그가 가져주기를 바라는 심정이었다. 물론 이건 나의 오만일 것이며 주제넘은 생각이라는 걸 모르지 않는다. 하지만 나는 늘 그의 생각과 말과 행동이 이 사회에서 정당하게 요구할 수 있는 가치들과 정확히 일치하는 것이 불안했다. 그는 절대적으로 옳은 쪽으로 생각하고 사회적으로 올바른 방향으로 행동한다. 물론 그는 스스로를 '정당한' 이데올로그의 실천무기일 수 있지만 그 스스로 이데올로그가 될 수는 없다고 규정했을지도 모르겠다. 그럴수록 나는 그가 가지고 있는 생각들이 사회적으로, 정치적으로 '올바른' 가치들과 완벽히 일치하고 있다는 것은 그만큼 그의 생각의 여지가 많지 않다는 것을 말하는 것일지도 모른다고 생각해왔다. 제발 너의 생각을 말해 줘. 아니다. 그는 자신의 생각을 알아주지 않는 나를 답답해 하고 있을 것이다.

그는 올바른 가치를 담아내고 정당하게 표현하며 이를 미학적 완성도와 정치적 적합성으로 이끌어내는 탁월한 감각과 뛰어난 집중력을 가지고 있다. 어쩌면 그것은 앞서 내가 말했던 회의와 갈등과 주저함의 공식으로는 도저히 이룰 수 없었던 것이리라. 노동자로서, 그리고 노동자와 한 치도 다를 바 없는 현장미술가로서 최병수에게 갈등하고 고민하고 유보하는 태도를 말하는 것은 어림없는 일이다. 급박하고 절박한 상황 속에서, 감정이 분출하고 울분과 분노와 탄식이 흘러나오고 주장과 항의가 빗발치는 가운데서 주저하고 갈등하는 나약함은 설 자리가 없었을 것이다.

얼핏 맹목적으로 보이는 그의 확신은 그를 세상 사람들의 고통과 거대한 모순, 인류의 명백한 위기 앞에 정면으로 맞닥뜨리게 했다. 그리고 그것과 마주하기 위해 그는 너무 많은 분노를 드러내야 했으며 그보다 더 단단한 신념으로 무장되어야 했고 회의와 갈등을 주저 없이 던져버릴 확신이 필요했을 것이다. 그의 정신과 그의 마음이 그렇게 치닫고 있을 때 그의 몸이 미처 따라주지 못했을지도 모르겠다. 그가 지금 병에 걸린 이유를 나는 거기서 찾고 싶었다.

최병수의 집으로 돌아왔을 때는 네 시가 넘어 있었다.

오늘은 그가 가장 비참했던 이야기부터 시작해야 한다. 아니 그는 그렇게 생각하지 않을 것이다. 부끄러운 기억조차 그에게는 사치에 불과하다. 더 이상 내려갈 곳이 없는 곳에 이르고도 그는 태연히 그 고통을 말하고 있었다.

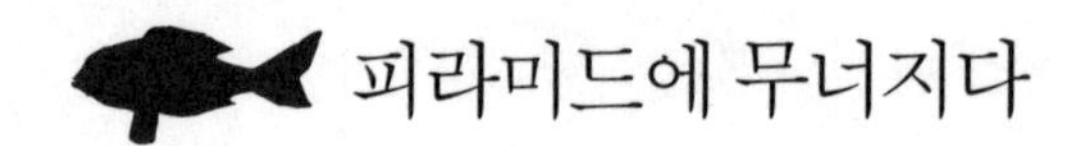

피라미드에 무너지다

93년 겨울쯤이었다. 어느 날 그에게서 전화가 왔다. 돈을 빌려 달라는 것이다. 아니 돈을 들고 어디론가 나와 달라는 것이다. 그리고 한동안 그의 모습이 보이지 않았다. 90년대 초 그를 포함한 적지 않은 사람들에게 극심한 정체성의 혼란이 있었다. 하지만 그건 최병수와는 거리가 먼 이야기였다. 적어도 그는 진보적 진영의 무력감이나 혼란에 빠져들 수는 없었다. 그는 가야 할 길이 너무 멀었고 해야 할 일이 너무 많았다. 하지만 신념과 의지가 그의 발목을 잡았다. 그는 자신도 모르는 사이에 진흙탕 늪에 빠져버렸고 결과는 참혹했다. 그가 다시 모습을 보였을 때 그의 몸과 마음은 몹시 지쳐 있었다. 그와 함께 동해안을 돌며 여행을 했던 게 그즈음이었고 그 후 그는 서서히 자신의 모습을 되찾았다.

이 이야기는 괴로우면 굳이 하지 않아도 돼. 반드시 필요한 이야기는 아닐 테니까.

아니 말을 해야 돼. 그즈음 80년대 말에 불어닥친 거대한 그 세계사적 변화 이후 민중 운동 이쪽이 와해되기 시작한 기점이었어. 사람들이 감당을 못했던 거지. 서른, 잔치는 끝났다고 그러지. 또 나의문화유산답사기 같은 책도 돌아다니기 시작했지. 그때 다 콩가루가 났어. 하지만 나는 그렇지는 않았던 것 같아. 세상이 그러거나 말거나 나는 그림 그릴 것도 많았고 기획 잡아놓은 것도 한둘이 아니었지. 그야말로 해야 할 일이 태산이었어. 누군가 나보고 사람들은 다 망하는데 최병수, 당신은 왜 망하지 않느냐고 그러더라고. 소련도 붕괴되고 사람들도 기운이 없는데 당신은 왜 그렇게 기운이 남아 있냐고 말이야. 그때 자신이 허무하면 그뿐이지 왜 나까지 허무하게 만드는가 하는 의문이 들었지. 서른, 잔치는 끝났다고? 끝나기는 뭐가 끝나? 아니, 이런 사적인 감정이야 그대로 혼자서만 가지고 있으면 되었지 그걸 왜 드러내? 또 사람들은 문화유산을 답사한다고 관광인지 뭔지 이리저리 몰려다니고.

그런데 93년도 어느 날인가부터 주위의 아는 사람들한테서 함께 일을 하자고 하면서 자꾸 연락이 오는 거야. 그래서 뭔데 그러나 했더니 돈 버는 거래. 그럼 "너희들이나 열심히 하고 나중에 돈 많이 벌면 나 좀 후원이나 해라." 처음엔 그렇게 대꾸했어. 그때는 그게 피라미드인지 몰랐지.

전에 피라미드에 관해서는 전혀 들은 적이 없었어?

전혀 없었어. 피라미드는 이집트 있는 피라미드 말고는 몰랐어. 그때쯤에 어릴 때부터 친했던 친구의 작업실 아래층을 쓰고 있었어.

그 친구가 3층인가 4층 썼는데 내가 그 밑층으로 들어갔지. 어느 날 새벽인데 위에서 음악 소리가 들리기에 올라가보았더니 혼자서 캔버스를 앞에 두고 붓을 들고는 무슨 말을 중얼거리고 있었는데, 들어보니 조금 이상한 거야. 그리고 며칠 후에 그 친구한테 연락이 왔지. 강남에 있는 신사역 근처로 오라는 거였지. 친구가 부르니까 뭐 의심할 것도 없고 그래서 가보았어. 다방에서 만난 친구는 '너 중간에 빠져 나오기 없기다.' 그러면서 사흘 동안은 무조건 자기 말을 따르라는 거였어. '사흘쯤이야 내가 너한테 투자 못 하겠냐.' 그렇게 말하고 한 건물로 들어가려는데 입구서부터 아는 선후배들이 인사를 하는 거야. 서울대 친구들이었는데 운동권에 있던 친구들이었지. 안면이 있던 연대 학생들도 많았어. 나한테 몇 번 전화했던 친구들도 있었고. 이한열 그림 그릴 때 봤던 애들서부터 그동안 집회에서 만났던 많은 애들이 거기에 있었던 거지. 그런데 다들 넥타이를 매고 있는 거야.

강연을 하는데 무슨 논리를 복잡하게 얘기를 하는데 대충은 알아듣겠더라고. 강연이 끝나자 다른 강사가 들어와서는 똑같은 얘기를 또 하는 거야. 오후에 점심 먹고 나서 또 이야기를 하는데 네 번인가를 반복해서 하더라고. 이건 피라미드 형태지만 피라미드가 아니고 다단계라는 둥. 처음엔 그저 멍했지. 저녁 때는 모두들 숙소에 가서 밥도 같이 해 먹고 잠도 같이 자는 거야. 나는 오랜만에 친구들도 만나고 선배도 있고 그래서 싫지는 않았어. 사람들 눈들이 하나같이 이상한 빛을 내며 초롱초롱한 게 조금 불쾌했지만 사람들 만났으니까 즐겁게 얘기하고 그랬지. 내리 사흘을 그렇게 보냈어.

그동안에도 똑같은 말을 계속 반복하더라고. 이 시스템은 뭐 하버드에 교수들이 만든 시스템인데 그러니까 한 명이 세 명을 불러오고 또 그 밑에 세 명이 또 세 명을 불러오고 하면 피라미드 모양이 되는데 그러면 이익이 얼마가 나고 돈이 어떻게 벌리는지를 설명해주는 거지. 그 사업은 광고도 필요 없고 노동과 자본이 분리되지도 않고 그러니까는 자본주의 방식하고는 완전히 다른 세계라는 거였지.

4일째 되는 마지막 날 친구들한테 말했지. '잘 들었다. 너희들이 잘하면 되겠다. 돈 벌면 나한테 돈이나 기부해라. 나는 그림이나 그리고 싸움이나 할 테니까.' 그러고 나오려 했어. 그런데 사람들이 들러붙어서 '이건 굉장히 혁명적인 일이다. 네가 반드시 해야 한다.' 면서 붙잡는 거야. 그때부터 혼란이 오기 시작했어. 나중에는 내가 그 일을 하지 않겠다고 하면 비겁한 놈으로 취급받겠더군. 그리고 마침 92년도에 브라질에 가서 <쓰레기들>이라는 그림이 언론을 타면서 그때 좀 알려졌었어. 그러니까 나중에 안 거지만 이 친구들이 더 노렸던 거야. 그때부터 고민을 했지. 반복해서 들은 세뇌교육으로 판단을 제대로 내릴 수도 없었고 그리고 주변에 다 믿을 만한 사람들이었고, 그래서 해보기로 결정을 내렸어. 그때는 그랬지. 새로운 자본주의가 펼쳐지는 거 아닌가? 만일 그렇다면 새로운 대안, 새로운 공동체를 구상해야 하는 거 아닌가 하는 생각이 들었지. 평등주의도 실천하고 자본가의 폭력이 없는 세상을 만드는 대안적 공동체 말이야. 그래서 똑똑한 친구들도, 운동하던 친구들도 많이 있었지. 어쨌든 나 역시 거기에 들어가게 되었어. 처음부터 나는 돈이 목적이 아니었어. 하지만 두 달 하니까 감이 오더라고. 그건 사기였어. 모든 게 다 드러나. 그 피라미드에서 운동권의 속성이 다 드러나는 거였지. 그들이 말하는 완전한 100프로의 성공 가능성은 사실이 아니었어.

신문기사에서 피라미드에 관한 부정적인 기사가 났고, 며칠 있으니까 밖에서 최병수를 구출하겠다는 그런 이야기도 들렸어. 나는 그 이유를 잘 몰랐지. 왜들 그러지? 잘하면 괜찮을 것 같은데 그렇게만 생각했지. 일을 시작했어. 피라미드에 들어올 결정 못 내리는 사람들이 나를 많이 찾았어. 그러니까 나는 경험도 많았고 직업도 많았으니까 다양한 직업을 가진 사람들을 접하게 되었지. 그 사람들이 나를 좋아하는 것 같았어. 자본주의의 모순을 이야기하며 사업을 설명하는데 내가 얘기를 그럴듯하게 잘했던 것 같아. 사람들과 대화를 많이 했어. 나는 사업하는 것보다도 대화하는 걸 더 좋아했지. 굉장히 재미있었고 마치 내가 신부가 된 것 같았어. 사람들이 마치 고해성사 하듯이 다 나한테 말해 주었거든. 그들 자신이 어떻게 고생하고 살았는지, 자기들이 어떻게 고통 받았는지를 다 얘기하는데 깜짝 놀랐어. 내가 알지 못했던 많은 삶이 있다는 걸 알았지. 나는 사람들의 꿈이 어떻게 파괴되고 좌절되는지를 도표를 그려가면서 조사를 하기도 했어. 그리고 그걸 복사해서 사람들한테 돌리기도 했지. 그걸 가지고 책을 내고 그림도 그려보고 싶었어. 그런데 주변에서 나보고 사람들과 대화하는 것 말고 사람을 빨리 구해 오라고 닦달을 하는 거였어. 나도 그때 월세 작업실을 빼서 일단 입금을 시켜놓고 내가 아는 사람들한테 전화를 하기 시작했지. 그런데 아무도 오지 않는 거야. 한 사람도 안 되더라고. 답답했지. 내가 그동안 사람들에게 믿음을 주었다고 생각했는데 사람들은 하나같이 펄쩍 뛰면서 오려고 하지 않는 거야. 그러다가 그때 사귀던 여자친구만 들어왔지.

그렇게 한 달이 넘었나? 거기 한 사람이 있었는데, 초등학교를 졸업한 막노동일 하던 사람이었지. 이 사람은 나보다 더 오래 있었는데 그때까지 한 명도 못 데려온 거야. 그때부터 좀 회의가 들기 시작했지. 모두들 잘살게 된다고 했는데 그 시스템에서 또 소외되는 사람이 있는 거잖아? 그 사람은 몹시 괴로워하더라고. 나는 그 시스템이 뭔가 문제가 있다고 생각했어. 그때 내가 끌어들였던 여자친구와 다툼이 있었지. 그 친구는 그 시스템의 문제를 받아들이지 못했어. 그게 안타까웠지. 나는 다시 나가서 그림을 그리면 되니까 빠져 나갈 구멍이라도 있는 거잖아. 그런데 여자친구의 삶마저 뒤틀리고 있는 걸 보면서 문제를 심각하게 느끼기 시작했어. 결혼할 생각까지 하고 있던 친구였는데 결국 거기서 여자친구와의 사이도 틀어져버렸지. 나는 이성을 잃었어. 마음이 엉망이 되었지. 심각한 모순이 있는 그 시스템에도 화가 났고 그리고 밖에서 우리를 바라보는 시선도 심하게 왜곡되어 있는 것 같기도 했고 아무튼 머리가 복잡했어. 되는 게 하나도 없다는 생각이 들었지. 누구한테 전화해도 찾아오는 사람 하나 없었고 나만 외딴섬에 덜렁 혼자 있는 느낌이 들었던 거야. 나는 모든 걸 끝내야 한다고 생각했지. 그래서 거기서 나와서 구파발 집으로 갔어.
뭔가 결판을 내야 했지. 구파발 집에서 배낭을 메고 다시 강남으로 갔어. 배낭 속에는 석유가 가득 든 통이 있었지. 한 200여 명이 교육받고 있는 건물에는 사람이 꽉 차 있었어. 나는 책임자만 빼고 여기 있는 사람 다 나가라고 소리를 질렀지. 사람들이 다 빠져나가자 사무실로 들어갔어. 기자들을 불러오라고 했지. 여자친구가 나를 말리기 위해 왔는데 날 잊으라고 말하고는 밀어냈어. 경찰들과 소방차들이 건물을 동그랗게 에워싸더군. 계속해서 기자들을 불러오라고 했어. 도대체 앞뒤가 꽉 막혀 있으니까 답답해 미칠 것 같았지. 한쪽에선 우리를 무조건 돈에 미친 놈들이라고 생각을 하고 있었고 그 안에서는 도무지 가능하지 않은 구조의 모순을 가지고 있었고. 사람들은 나를 계속 설득했어. 처음 들어갈 때 있었던 친구들도 와서 설득했지. 나중에는 나도 지쳐서 조금 누그러졌어. 그리곤 업무방해죄로 연행되어 구속됐지. 구치소에서 3개월 있었어. 나중에 불구속으로 되면서 집행유예 1년인가 2년인가 선고를 받고 나왔지.

안양에 있는 서울 구치소의 조그만 감방에서 여덟 명이 있었어. 한 달 동안은 거의 잠을 자지 못했어. 조폭들이 같이 들어와 있었는데 나 때문에 그들도 잠을 못 잤지. 오만 잡생각이 다 들었어. 사귀던 여자친구와 헤어진 것부터 그동안 해왔던 일들과 인간관계들. 그전에 피라미드를 조금이라도 알고 있었다면 객관적인 시각을 좀 가질 수 있었을 텐데 하는 생각이 들기도 했어. 잠을 자지 않으니까 나중엔 시커멓고 커다란 송충이들이 머릿속을 막 휘젓고 돌아다니는 게 눈에 보이더라고. 두 달째 되면서부터는 생각을 하지 않으려 애썼어. 더 이상 생각을 하면 죽을 것 같았거든. 생각을 하면 머리가 너무 아팠고 잠을 잘 수가 없었어. 머리를 비우려 애썼지. 어떻게든 살아있으려면 더 이상 생각을 해서는 안 되었지. 머리에 가득한 생각을 점점 아래로 끌어내리니까 그제야 머리가 텅 비더라고.

7월쯤인가 구치소를 나와서 집으로 가니까 가족들이 모여 있었어. 그때 처음으로 가족들이 벌써 2년 전에 피라미드에 빠졌었다는 것을 알았어. 성공한 사람은 하나도 없었지. 다 망했어. 그런 사실도 나만 몰랐던 거지. 그러니까 더 허무한 거야. 그 뒤로 밖을 나가면 나를 보는 사람들의 눈빛이 달라졌지. 왜 그랬는지는 알겠지만 그렇게까지 벌레 보듯이 할 건 뭐 있어? 그런데 나중에 보니까 주변에 안 한 놈이 거의 없더라고. 겉으로는 어떻게 그런 걸 하냐고 그렇게 말했던 사람들도 진지하게 물어보면 하지 않은 놈이 없었어. 이런 비겁함 때문에 그 피라미드가 더 번진 거야. 그게 잘못된 걸 깨달았던 사람들이 좀 더 일찍 털어놨으면 그렇게 많이 걸려들지 않았을지 몰라. 그때 무척 친했던 기자한테 전화를 했어. 내가 얼마 전에 피라미드를 시작했는데 그걸 이야기하고 싶다고 하니까 갑자기 전화 목소리가 달라지더라고. 그는 내가 피라미드 했다는 걸 몰랐었지. 그토록 친했던 그 기자도 내가 피라미드를 했다는 사실에 실망이 컸었나 봐. 그는 '나중에 전화 드리겠습니다.' 하고는 끊는 거야. 나는 완전히 주홍글씨를 머리에 박아넣고 있었던 거지. 사람들은 나보고 그런 걸 바보같이 어떻게 하느냐고 말했어. 그리고 뒤에 가서는 자기들도 이미 모두 피라미드에 빠져 있었어. 그러면서 모두들 쉬쉬하는 거야. 그러니까 운동권이 비겁했던 거지. 문제점을 드러내지 않고 더 곪게 만들었거든.

그때 왜 사람들이 특히 운동권에서 거기에 빠져든 것 같아?

실제로 순진했지. 운동권 내부에 이렇게 많이 번진 줄 몰랐어. 어떻게 보면 나는 막차를 탄 것에 불과한 것이었어. 나중에 이를 숨기는 부분에 대해서 실망을 많이 했어. 이 시스템을 조금만 알아보면 문제가 있다는 걸 알게 되지. 그런데 스스로를 속이는 거지. 이걸 오래하는 친구들은 문제를 알면서도 지속하는 거였어. 포기를 하고 나오면 자존심도 상할 수도 있을 거고, 또 어떻게 보면 바보가 되는 건데 그걸 인정하고 싶지 않았던 거겠지. 부끄러움을 숨기는 비겁함이었지. 끊임없이 자기를 합리화시킬 때는 뭔가 잘못되어 가고 있다는 증거야. 결국은 대부분 다른 사람을 속이고 스스로 속게 되는 것이지.

나하고 여행을 한 것이 4월쯤이었을 거야. 최병수씨 이야기를 여기까지는 다 들었지. 그 뒷이야기는 이제부터 듣는 거고. 그해 겨울에 몇 번 만났을 때 몹시 힘들어 했어.

그 사건이 나고 몸이나 마음이 피폐해졌어. 사람들이 나를 벌레 보듯 하는 것도 괴로웠고. 94년부터는 능곡 작업실에 있었지. 작업실에서 주로 음악을 들으며 보냈어.

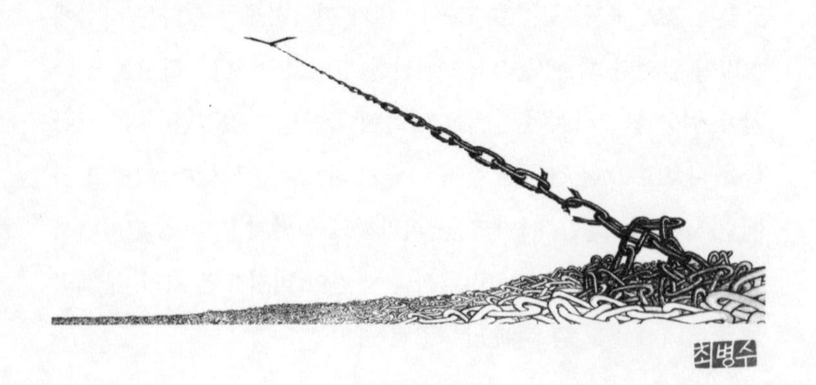

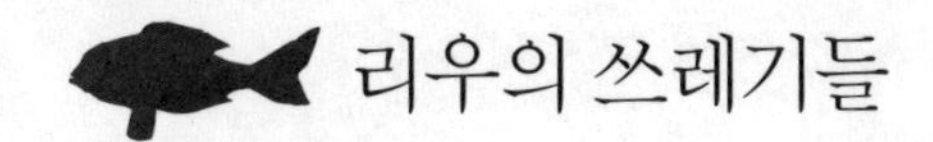

리우의 쓰레기들

그전부터 그는 환경문제에 눈을 돌리고 있었다. 지구의 날 행사에 내걸린 '쓰레기들' 을 시작으로 얼음조각 <펭귄이 녹고 있다>, 새만금 갯벌에 세운 솟대와 장승 <하늘 마음, 자연 마음> 등 일련의 작업을 통해 지구온난화와 환경오염을 주제로 한 작품들을 들고 그는 현장을 찾아다녔다. 그는 작업실을 능곡에서 파주로, 파주에서 무주를 거쳐 부안으로 옮겼다. 환경미술을 하면서 그는 판화나 걸개그림뿐 아니라 조각, 사진, 설치, 퍼포먼스 등 다양한 작품활동을 벌였다.

환경미술을 하게 된 계기가 궁금해. 민중미술에서도 노동문제나 민족문제 등에 집중되어 있었고 여성운동과 반전운동을 주제로 삼기도 했지만 환경문제를 본격적으로 다루었던 것은 드물었던 것 같은데 왜 갑자기 환경문제에 관심을 갖게 되었던 거지?

갑자기는 아니지. 환경문제에 관심을 두었던 것은 그전부터였어. 88년도였을 거야. 신문에서 원진레이온 노동자들이 임금투쟁을 하는 기사를 보았어. 노동일을 할 때도 원진레이온 노동자들은 신문기사에 많이 났기 때문에 관심 있게 보았지. 사실 나는 임금투쟁을 하는 것에 대해 부정적이야. 부정적이라기보다는 자본에 대한 신뢰가 일찍부터 깨져버렸다고 말해야 하겠지. 사회운동 하기 전부터 임금인상하겠다는 것은 자장면 사 먹다가 짬뽕 사 먹겠다는 논리로 들렸거든. 임금투쟁 해봐야 간접자본 올려버리면 다 끝나는 거잖아? 교통비만 올려도 다 올라가잖아? 임금투쟁도 필요할 수 있지만 이 시스템, 이 구조를 바꾸지 않고는 소용없는 일이지.

그런데 원진레이온에서 임금투쟁 하는 걸 보고는 어이가 없었어. 원진레이온은 대표적인 오염산업이었잖아? 지금 자신들 폐가 녹아내리고 있는데 공장 시설을 개선하기 위한 파업이면 몰라도 무슨 임금 투쟁이야? 나는 노동을 하면서도 내 몸 하나는 잘 챙겼었지. 몸으로 먹고사는 사람들이 자기 몸을 더 챙겨야 하는 건 당연한 일 아냐? 말 그대로 몸이 재산인데. 임금투쟁보다는 자기 몸을 지키기 위한 싸움을 먼저 해야 하는 거였지. 그 노동자들이 임금투쟁이 끝나면 어떻게 일할 것 같아? 아무렇지 않게 일하면서 또 폐수를 버리겠지. 노동자가 주인 되는 세상이라고 말하면서 세상을 더럽히는 일들을 서슴없이 저지른다면 말이 되는 이야기가 아니지. 주인이면 전인적 사고를 가지고 있어야 하고 모든 것을 다 알고 있어야 되잖아? 그래서 생각했던 게 환경문제였지. 돌이켜보면 내 그림이 노동자문제를 직접 다룬 것은 <노동해방도>가 끝이었어. 그 뒤로는 환경문제와 연결시켜 생각한 그림을 그렸지.

처음 작업은 뭐였지?

환경문제에 관심 갖기 시작하면서 학습이 필요했어. 이런저런 책을 보기도 하고 자료를 찾아보았지. 그러다가 89년도에 지구본을 하나 샀어. 낡은 중고 지구본을 하나 사서 계속 들고 다니면서 틈 날 때마다 시나리오를 짜봤지. 애니메이션을 만들고 싶었거든. 대충 이런 내용이야. 첫 장면은 아버지가 그 지구본을 가게에서 사는 장면이지. 그 지구본을 자기 딸아이한테 선물로 줘. 아이는 점점 자라지. 그러면서 지구본은 점점 낡아지는 거야. 아이는 문명을 상징하고 문명에 의해 지구가 더럽혀지는 과정을 표현하려 했던 거지. 그러다가 아이가 다 자라자 지구본은 쓸모없게 되어서 쓰레기통에 처박히고, 쓰레기차에 실려 간 지구본은 난지도에 버려지지. 어느 날 지구본은 벼락을 맞아. 그래서 눈, 코, 입이 만들어지는 거야. 어떤 청소부가 그걸 주워 자기 아이에게 가져다주려고 집어 들었는데 그 지구본이 말을 하기 시작하는 거지. 그래서 그 청소부하고 대화도 하고, 또 청소부 딸하고 얘기를 하다가, 또 운동권도 만나고 노동자도 만나고 계속 대화를 하는 그런 시나리오를 잡아놨어. 그 이야기 속에는 지속가능한 문명이 어떻게 가능한지, 지구환경은 어떻게 회생할 수 있는지 이런 문제들이 담겨 있었지. 지구본을 가지고 다니면서 사진을 찍기도 하고 이야기를 구상하기도 하고 그랬어.

그 시나리오는 그때 들었던 것 같은데, 결국 애니메이션을 만들지는 못했지?

그렇지. 결국 그 애니메이션은 만들지 못했어. 민주화운동으로 계속 사람이 죽어갔으니까. 팀을 꾸려놓으면 누가 죽고, 팀을 꾸려놓으면 또 누가 죽고 그래서 맥이 빠져버렸지. 88년에 <민중방송국>을 만들려 할 때도 그랬어. 처음엔 그림으로 그려진 <민중방송국>이었지. 필름 형식으로 쭉 길게 그렸어. '두환이를 살려내라' 라는 만화도 거기에 실렸었지. 언론을 비판하는 내용들로 만들려던 게 <민중방송국>인데, 그걸 기획하는 중에 강경대가 죽었어. 그래서 또 깨졌지. 앞서 말했듯이 하여튼 그때는 장례식만 쫓아 다녀야 했지.

환경운동하면서 맨 처음 그린 것이 <쓰레기들>이었던가?

90년 4월 22일 지구의 날에 <쓰레기들> 이라는 그림을 남산에 처음 걸었지. 그때 그 그림을 남산 행사장에 걸어놓았는데 사람들은 부정적이었어. <한열이를 살려내라!>나 <노동해방도> 같은 강렬한 그림을 본 사람들한테 그 그림은 그저 캠페인 그림으로만 보였던 거지. 난지도 쓰레기매립장에 지구본을 가져다 놓고 찍어서 그걸 확대해 그렸어. 나는 그걸 제국주의의 썩은 심장이라고 생각하고 그렸지. 쓰레기는 더하기의 세상을 말해 주는 거지. 잘못 된 것을 계속 생산하고 소비하고 멀쩡한 물건들을 쓰레기로 내다 버리는 지구는 망하게 돼 있잖아. 그림을 본 사람들은 지구를 좀 더 희망적으로 그려야 한다고 했어. 이를테면 손이 내려와서 지구본을 쓰레기 더미에서 건지는 장면이 더 좋지 않았겠냐는 것이었지. 하지만 그건 아니지. 환경문제는 이제 막 시작에 불과한 것이었거든. 89년도에도 전노협에 가서 임금투쟁 그만하고 환경문제를 알리는 게 어떻겠느냐 하니까 그건 아직 멀었다는 거야. 어쩌면 제일 쉬운 방법이 임금투쟁이었을 거야. 그런데 임금투쟁은 분배만 하자, 이런 거 아냐? 뭘 분배를 해! 그 에너지가, 지구가 다 잘려 나가는데.

그 그림은 호소력은 있지만, 미적 호감도는 떨어져. 너저분하고 꽉 차 있잖아?

그것을 노렸어. 환경운동은 매우 긴 싸움이 될 거라는 생각을 했어. 이제 막 시작하는 환경운동에서 쓰레기는 직접적인 상황을 표현하는 것이지. 노동운동이나 민주화운동의 현장에 걸렸던 상징적이고 선동적인 그림에서 탈피해 보자는 생각도 있었어. 그림은 환경운동가가 아니라 일반대중들한테 초점이 맞추어졌지. 걸개그림이 행사할 때 쓰일 텐데 강연을 듣거나 행사에 참여하면서 그림을 뜯어보게 되어 있어. 그림에는 연탄재도 있고 세제병이나 라면봉지가 가득 널려 있지. 그 쓰레기 더미 속에서 자신들이 버린 것들을 발견하길 바랐던 거지.

<쓰레기들> 그림을 들고 브라질엘 갔었지? 리우에 가게 된 계기는 뭐였지?

한국위원회에서 리우회의를 가는데 문화행사를 할 준비가 되어 있지 않았지. 그래서 풍물패하고 내가 그 전에 그렸던 <쓰레기들>이 있으니까 가자고 했던 거였어. 그게 행사하기 한 달 전이었어. 부스도 정해져 있다고 그러더라고. 그 나라는 처음 나가는 거라서 미리 준비를 해야 되겠다 싶어 브라질에 대한 영화를 비디오로 두 편을 봤어. 리우데자네이루가 배경으로 나오는 영화였는데 미키루크 나오는 꽤 야한 영화였지. 그때는 정말 촌스럽게 갔어. 걸개그림과 연장가방부터 밧줄꾸러미 담긴 배낭 등 가짓수가 여덟 개쯤 되었지. 200킬로가 넘었으니까. 리우의 환경회의가 열리는 행사장에 가보

니 부스가 없었어. 다른 부스에는 각국 명칭이 있는데 한국만 없는 거였어. 그때 경실련에 있으면서 통역을 했던 친구하고 장소를 찾으러 이틀 동안 돌아다녔지. 그러다가 그 친구가 국제회의에 만났던 NGO를 거기서 다시 만난 거지. 그림을 보여 주면서 걸 장소를 물었는데 공연과 전시 등 문화행사를 하는 텐트가 있다는 거야. 거기에 가서 큐레이터한테 사진을 보여 주니까 근처에 적당한 곳에 걸라고 하더라고. 그래서 거기에 겨우 자리를 잡았어.

행사장에 있던 다른 나라 작가의 작품은 어떤 거였어?

리우환경회의의 행사는 심포지엄이 중심이었지. 문화를 교류하는 행사가 있긴 했지만 큰 규모는 아니었어. 백남준이나 크리스토퍼의 작품도 있었는데 사실 환경문제와는 관련이 없는 것이었지. 크리스토퍼는 동상에 흰색을 칠한 프로젝트 밑그림을 냈더라고. 근데 이게 환경문제하고 무슨 상관이 있어? 사실 내 그림도 리우를 겨냥해서 한 거는 아니었지. 국내에서 전시하려고 일 년을 준비했던 건데. 리우에서 한 컷을 보여 준 것에 불과했지.

<쓰레기들> 그림이 AP통신에 오르고 타임지에 실리면서 꽤 유명하게 되었는데 인터뷰하는 것 말고 리우에서는 달리 할 일은 없지 않았어?

AP하고 타임지에 실리니까 국내 언론에서도 다루기 시작했지. 돌아와서 한 달 동안 인터뷰를 했으니까. 브라질에서는 죽도록 고생한 기억밖에는 없어. 보름 동안 있으면서 12일간 걸고 떼는 짓만 했어. 그림이 워낙 크다 보니 불안해서 자리를 뜰 수 없었지. 넘어가기라도 하는 날에는 큰일이잖아? 부스도 없었고 실내도 아니고 한데다가 걸었으니 매일 관리를 해야 했어. 일주일이 지나서 안전하다

바닥에 펼쳐져 있는 걸개그림 〈쓰레기들〉 위에 아이들이 놀고 있는 모습

환경운동은 매우 긴 싸움이 될 거라는 생각을 했어.
이제 막 시작하는 환경운동에서 쓰레기는
직접적인 상황을 표현하는 것이지.
노동운동이나 민주화운동의 현장에 걸렸던
상징적이고 선동적인 그림에서 탈피해 보자는 생각도 있었어.
그림은 환경운동가가 아니라 일반대중들한테 초점이 맞추어졌지.

는 확신이 들어서야 겨우 코파카바나 해변을 갈 수 있었지. 거기서 정말 달력에 나오는 장면들을 많이 봤지. 늘씬한 여인들이 즐비한……. 그때 한국 사람들이 80명쯤 갔었어. 처음에 나는 정해진 부스에 작품을 걸면 끝이라고 생각했지. 그럼 나는 관광을 하며 돌아다니면 되겠군, 그랬지. 하지만 웬걸, 나는 꼼짝없이 그림에 매여 있어야 했고 다른 사람들은 어디 간다 그러고는 다 없어지는 거야. 어느 날 내 그림 앞에 인디오차림으로 보이는 남자가 좌판을 깔아 놓고 물건을 팔기 시작했어. 그런데 그게 좀 안돼 보였지. 그래서 남은 나무가 있어서 삼각대를 만들어주고 거기에 좌판을 새로 짜주었지. 그런데 이상하게 사람들이 내 그림 앞으로 몰려드는 거야. 그 근처에다 작품을 설치하는 거였지. 그때마다 패널도 짜주고 필요한 좌대를 만들어주기도 하고 합판이나 각목을 사다가 게시판도 만들어주고 그랬어. 어차피 나는 화가 대접도 못 받았으니까 거기서도 뚝딱거리며 목수일을 한 거지 뭐. 그러다 보니 거기에서 제일 큰 부스가 만들어졌어. 그 일대가 새로운 전시장이 되어버린 거야.

걸개그림이 중심이 되었던 거군.

그렇지. 그런데 그 외국작가들은 내가 화가인 줄 모르는 거야. 아티스트니 페인터니 얘기했는데도 못 알아듣는 것 같더라고. 그런데 그 친구들은 그림을 가지고 와서는 꼭 나한테 그림을 걸어달라는 거였지. 나는 몰랐어. 이 친구들이 왜 나한테만 자꾸 그림을 걸어달라는 걸까? 재네들은 아티스트들을 이렇게 대접하나 그런 생각만 들었지. 그런데 알고 보니 그 친구들은 날 작품을 걸기 위해 온 아르바이트생인줄 알았던 거라. 좌판도 짜주고 하니까 그들끼리 어디에 가면 그림을 걸어주는 사람이 있다고 소문이 난 것 같아.

열흘 정도 지나서였든가? 행사가 끝나기 이틀 남기고 통역을 하는 브라질의 백인 여자가 있었어. 그 여자는 10개 국어를 한다고 하더군. 일본말도 잘하고 한국말도 나보다 더 잘하는 느낌이 들 정도였지. 나를 보고는 따봉 따따봉 히로뽕 이래 가면서 농담을 할 정도였으니까. 그녀가 주위에 있는 친구들한테 걸개그림을 그린 사람이 나라고 말을 했나봐. 그런데 거기 있던 화가들이 다 놀라더라고. 새삼스럽게 이 그림을 당신이 그렸냐? 이러는 거야. 그들은 내가 그렇게 "나 아티스트야. 나 페인터라고." 할 때는 들은 척도 안하더니…… 도대체 함께 있던 풍물패들은 나를 어떻게 소개했기에 그들은 열흘이 지나도록 내가 누군지도 몰랐을까? 아무튼 내가 걸개그림을 그린 사람임을 확인하자 다들 당신이 정말 이거 그렸냐고 묻는 거 있지. 나 원 참. 그렇다고 하니까 화가들이 갑자기 어디로 가더니 술을 사오는 거야. 맥주를 캔으로 잔뜩 사와서 마시자고 하면서 자기들은 정말 내가 화가인 줄 몰랐다는 거야. 그리고 자기들은 이 그림이 너무 좋아서 모여들었는데 게다가 설치까지 해주는 사람이 있어서 더 좋았다는 거였지.

돌아와서 미술계의 반응은 어땠어?

없었어. 기사들만 엄청났지. 한 달 동안 인터뷰를 했으니까.

왜 그랬던 것 같아?

민중미술을 다룰 수 없었기 때문이겠지. 실제로 이한열 때도 그렇고 누구를 앞세우고 그런 게 중요하다고 생각하지 않았으니까.

현대미술처럼 이데올로기화한 미술도 드물지. 미술의 범주를 작가의 내면세계라는 틀 속에 가두었던 관례에서 보자면 최병수의 작품은 미술의 범주에 속하는 것이 아닌 것이지. 제도권미술이건 민중미술이건 이론이나 개념에서 얻어진 미술과 현실에서 파악하고 끄집어낸 미술과의 괴리는 똑같아. 기득권미술에서 이건 미술이 아니야 하고 젖혀버리면 아무것도 아닌 것이거든. 그러니까 미술계의 무반응은 당연해.

<월간 미술>인가에서 88년도에 인터뷰는 한 번 한 적이 있었지.

현장미술이 우리가 알고 있는 미술과 다른 점이 있다면 뭘까?

현장미술이라는 것은 광대와 비슷하다고 할 수 있어. 그 역할은 아주 대중적이지. 대중예술이라고 말할 수도 있는데 대중예술이라고 해서 일방적으로 공간을 만들어놓고 오라 가라 하는 것은 아니어야 하지. 그건 대중예술이 진정으로 가야할 길이 아니지. 대중적이라는 것은 현장 속으로 들어가는 것이라고 생각해. 몸이 아픈 곳을 정확하게 진단해서 그것에 맞는 예술을 하는 것이 진정한 대중예술이야. 하지만 감성적인 접근도 꼭 필요해. 그래야 사람의 마음을 움직일 수 있거든.

현장미술 말고 전시장미술은 어떻게 생각하지?

전시장 미술도 유효하지. 모두 자기의 전문분야가 있을 수 있어. 그림을 그리는 후배가 있었어. 그 친구가 생각도 아주 깊고, 다 좋은데. 어느 날 그러더라고 "형도 한쪽으로 하지 말고, 어느 정도 경계를 두고, 전시장미술도 해서 돈도 좀 벌고, 가정도 좀 꾸리고, 그리고 운동을 해야 하는 거 아냐?" 그랬어. 그 친구가 나를 걱정해서 하는 얘긴 거는 알겠지만 그런 식의 말이 나한테는 굉장히 불쾌하게 들렸어.

그런 고민은 미술운동이 더 이상 현실에서 힘을 잃어가고 있을 때 민중작가들이 그다음 단계에서 미술가로 살아가는 방식이 도대체 무엇인가를 고민하면서 나온 이야기가 아닐까? 하나의 현실적 대안으로써.

어쨌든 그건 그 사람들의 생존방법인 거지. 뭐 결혼도 했고 또 가정이 있는데, 그걸 모르는 바는 아니지. 하지만 난 화가로서 살아가는 건 아니었거든. 난 화가가 아냐. 날 화가로 보면 안 돼. 나는 운동을 한 거지. 그게 아니면 아무것도 아니지. 그런 식으로 정리할 수 있으면 그건 화가로서 살아남는 방법인 거야. 나하고는 관계없는 이야기지.

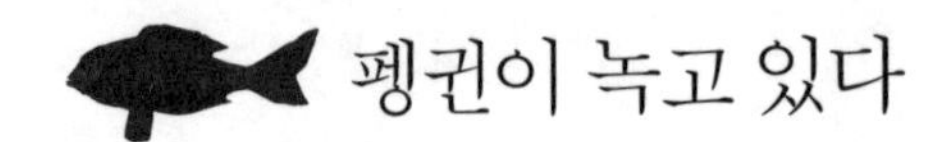

펭귄이 녹고 있다

그리고 그는 94년과 95년 즈음에는 고통스럽고 힘든 시기를 보내야 했다. 그가 마음을 겨우 추슬러 다시 작업을 시작한 것은 굴업도 핵폐기장문제가 불거지면서였다. 그와 나는 몇몇 작업을 함께 하기도 했는데 그가 생각한 아이디어와 들고 온 스케치를 내가 컴퓨터로 옮겨주는 작업이었다. 그는 폐기된 핵폐기물이 든 드럼통 사진을 들고 와서 피라미드(그 끔찍한!)를 만들어달라고 했고, 핵폭탄 아래 즐비한 해골을 그려달라고 했다. 그는 그렇게 생각하지 않았지만 나에게는 그가 피라미드의 고통에서 빠져나오기 위한 작업처럼 보였다. 하지만 그는 핵문제에 대해 생각한 것 이상으로 민감했다. 그는 이에 대해 늘 '핵은 대안이 없는 거니까.' 라고 말했다. 굴업도 핵폐기장문제로 그린피스가 들어오고 그럴 때 그는 환경단체와 함께 본격적으로 환경문제에 대한 걸개그림을 그리기 시작했다. 어느 날 외신을 타고 날아든 신문사진에는 얼음 펭귄을 깎고 있는 최병수의 모습이 커다랗게 실렸다.

최병수의 작품에는 핵문제를 다룬 일련의 작품들이 있어. 환경문제와 결합된 것이기도 하지만 핵은 조금 다른 각도에서 보아야 할 것 같아.

핵문제는 제국주의의 문제도 있고 패권주의와 군사주의의 문제도 있지. 물론 궁극적으로는 환경문제하고도 연결되지. 지금은 사진으로만 남아 있는 그림이 있는데 87년도에 그린 것이었어. 핵문제를 다룬 그림인데 좀 유치해, 동화적인 그림이거든. 우주공간에 도마가 있고 그 위에 지구가 있고 이쪽에는 달이 있고 저쪽엔 해가 있어. 도마에는 소련과 미국을 상징하는 미사일 칼이 콱 박혀 있지. 지구가 결국 핵이라는 칼날이 꽂히는 도마 위에 있는 위기를 표현한 것이었지.

88년도에 히로시마에서 걸렸던 <반전반핵도>도 대표작 중에 하나잖아?

그전에 바람맞이 공연 등에서 춤꾼인 서울대의 이애주 교수하고 몇 번 작업을 했었지. 그때 이애주 교수가 히로시마에서 초청공연을 하는데 배경으로 무대그림을 해줄 수 있겠느냐고 했어. 그게 공연 한 달 전이었어. 제의를 받고 바로 그리게 되었지. 그림은 히로시마에 원폭을 투하한 장면이 중심이 되었지만 현재의 핵문제를 담아보려고 했지. 처음 투하된 원폭의 장면 옆에 최근의 핵미사일들을 다시 배치해 그렸어. 핵은 히로시마로 끝난 게 아니다, 전쟁은 계속된다는 이미지를 그렸지. 일본에 갈 때는 비자가 늦게 나와서 히로시마는 못 갔고 오사카만 갔었는데 히로시마 사람들이 이 그림 누가 그렸냐고 많이 물어보았다는 말을 들었지.

<반전반핵도>는 많이 사용되었지. 책에도 많이 나왔었고. <쓰

레기들> 그림은 미학적인 완성도가 덜하지만 이 그림은 미학적으로 완성도가 높지. 말이 되는 이야긴지 모르겠지만 그림이 예쁘거든. 이 <반전반핵도>와 <최후의 만찬> 하고 <아담의 탄생>이 연결되어 있는 그림이라고 할 수 있을 것 같은데?

엄청난 양의 핵폭탄이 이 지구 위에 있지. 3만 몇 개라나. 우리는 이 문명의 저주받은 세계에서 계속 골치덩어리를 안고 살아야 하지. 문명은 야만의 성장에 불과한 것이지. <최후의 만찬>이나 <아담의 창조>나 그런 작품들도 '성장한 야만' 시리즈로 그려진 거였어.

'성장한 야만' 시리즈들은 다른 작품하고 다른 점이 있지. 문명, 특히 서구문명에 대한 야유가 들어 있어. <최후의 만찬>과 <아담의 창조>는 명화를 패러디하면서 이 그림들이 상징하는 문명을 조롱하고 비판하려는 의도가 보여.

'성장한 야만'은 이런 거였어. 핵무기를 거슬러 오르면 모든 무기가 쏟아져 나올 거고 그 끝에는 아마 돌도끼가 있겠지? 그 옛날 돌도끼는 첨단무기였을 거야. 여기에서부터 발달한 무기들은 의식주와 식생활을 위해서도 발전되었겠지만 다른 한편으로 다른 인간을 제압하는 무기로 더욱 발전한 것이지. 결국은 원시시대에서부터 시작된 야만의 문명은 오늘날까지 똑같이 지속되고 있어. 그야말로 야만의 성장일 뿐이지.

'성장한 야만'의 <핵도끼>는 나중에 부안의 방폐장에서도 사용했었지?

부안의 방사물폐기장 문제가 불거진 것은 북한산 사패산 터널 현장에 있을 때였어. 새만금방조제 문제가 해결되지도 않았는데 핵시설까지 들어온다고 하니까 황당한 거였지. 사패산 터널을 막기 위

걸개그림 〈반전반핵도〉 제작에 참여했던 화가 김성기와 함께 서 있는 최병수

처음 투하된 원폭의 장면 옆에 최근의 핵미사일들을
다시 배치해 그렸어. 핵은 히로시마로 끝난 게 아니다,
전쟁은 계속된다는 이미지를 그렸지.
일본에 갈 때는 비자가 늦게 나와서 히로시마는 못 갔고
오사카만 갔었는데 히로시마 사람들이
이 그림 누가 그렸냐고 많이 물어보았다는 말을 들었지.

해 지었던 망루를 스님들한테 맡기고 부안으로 갔어. 가서 제일 먼저 포스터를 그렸지. 부안군수하고 군의회 의장하고 산자부장관하고 셋이서 서류에 부안방사능폐기장 시설에 대한 합의를 했는데 그 사진에 해골바가지를 그려넣었지. 그 합의가 '죽음의 핵거래' 라는 걸 말하고 싶었어. 부안 방폐장 문제는 핵폐기물을 떠나서 주민들에 대한 배신이었지. 방폐장을 짓지 않겠다고 말해 놓고 그 다음날 합의한 것에 대해 주민들이 분노했던 거지. 부안에서 태극 무늬 대신 방사능 마크를 넣은 '핵깃발' 을 만들었어. 티셔츠에 디자인을 하면서 처음엔 방사능 마크를 넣었고 그 뒤에 '핵도끼' 를 그려 넣었는데 그게 많이 쓰였지. 반핵대책위원회에서 주문이 들어와서 한 3만 벌쯤 만들었을 거야. 부안 시내에 핵장승을 세우기도 했어.

95년부터 본격적으로 환경단체에 소속이 되어 일했던가?

95년도가 아니라 96년도. 환경운동연합하고는 환경이라는 공통의 과제가 있었으니 나한테 들어오라고 제의가 들어왔어. 하긴 현장미술 하는 사람 중에서 환경문제를 다루는 사람이 나 말고는 없었지. 나는 중요한 회의 때만 나가고 작업실에서 작업해야 한다고 했지만 결국은 이틀을 사무실 책상에 앉아 있어야 했지. 그때 내가 구상한 작품이 핵도끼를 그린 <성장한 야만>이었어. 또 <최후의 만찬>이나 <아담의 창조>, <골프공화국> 그런 작업을 했지. 이 그림들은 환경 관련 집회 때 쓰는 거지. 걸개그림들은 신문에 잘 났어. 어차피 신문에서도 이슈가 있으면 기사와 사진을 내보내야 하는데 걸개그림이 그럴듯하게 걸려 있으면 그걸 배경으로 삼아 찍는 게 당연하지. 그림 그리는 입장에서는 그런 것이 계산되어야 하는 것이었어.

교토의정서는 매우 중요한 의제였는데 교토에 참여하게 된 계기는 뭐였지?

교토의정서는 지구온난화 문제를 다루는 대단히 중요한 회의였지. 92년도에 브라질에 갔을 때, 그런 회의가 열린다는 이야기를 듣긴 했어. 그때는 기후협약에 대해서 깊이 몰랐어. 단순히 자본주의 제국의 본질을 환경문제로 다루겠다는 의식만 막연히 가지고 있었지. 환경련 문화기획위원으로 있을 때 교토의정서가 다음 해에 있다는 걸 알고 작품을 준비를 했었어. 일종의 설치물이었는데 구멍이 난 우산을 이용한 것이었지. 우산 속에 전쟁무기와 대기를 오염시키는 공장들을 만들고 가운데 뚫린 구멍을 오존층이 깨진 부분으로 표현한 것이었지. 미니어처까지 만들었어. 그걸 교토의정서 회의가 열리는 길목에다가 놓으면 좋겠다는 생각을 했어. 그때 제작비가 2,500만 원이가 들어가야 했는데, 사람들의 후원을 받아서 하기로 했지. 그런데 정작 환경연에서는 교토를 안 간다는 거야. 실망했지. 교토는 혼자라도 가고 싶었어. 중요한 회의였으니까. 마침 서울대 생태주의 동아리학생들이 있었는데 그들이 간다고 하더군. 그래서 나는 말도 못했고 통역은 있어야 하니까 학생들하고 같이 가기로 했어. 돈을 구하지 못할 것 같아서 우산 아이디어는 포기했지. 그때가 3개월이 남은 시점이었어. 비용이 많이 들지도 않으면서 효과적인 아이디어를 새로 내야 했지.

처음 지구온난화 문제를 다루었던 때부터 모아놓았던 자료를 다시 풀어놓고 보다가 남극 빙하에 조그만 펭귄 한 마리가 혼자 서 있는 자료를 발견했지. 그때 얼음 펭귄 아이디어가 나온 거야. 얼음이 녹으면 해수면이 상승하고, 해수면이 올라가면 펭귄도 사라진다는 두

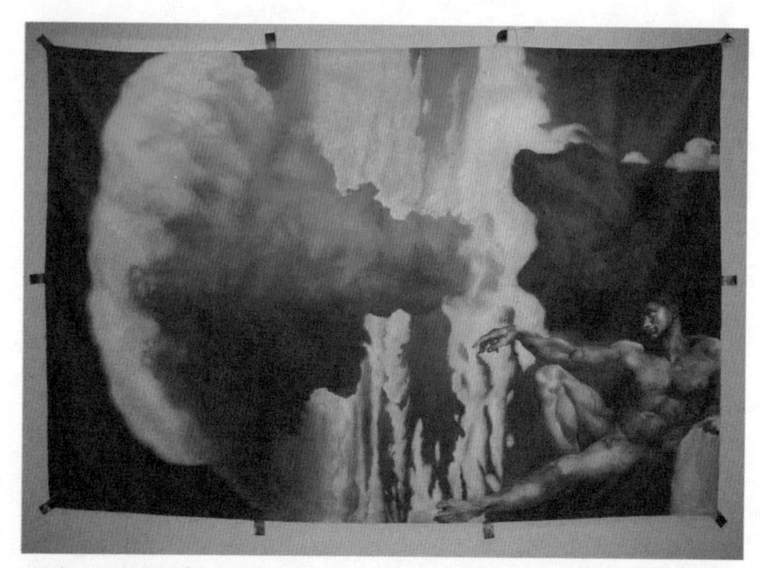

〈아담의 창조〉, 1996

〈최후의 만찬〉, 1996

핵무기를 거슬러 오르면
모든 무기가 쏟아져 나올 거고
그 끝에는 아마 돌도끼가
있겠지? 그 옛날 돌도끼는 첨단무기였을 거야.
여기에서부터 발달한 무기들은
의식주와 식생활을 위해서도 발전되었겠지만
다른 한편으로 다른 인간을 제압하는
무기로 더욱 발전한 것이지. 결국은
원시시대에서부터 시작된 야만의 문명은
오늘날까지 똑같이 지속되고 있어.
그야말로 야만의 성장일 뿐이지.

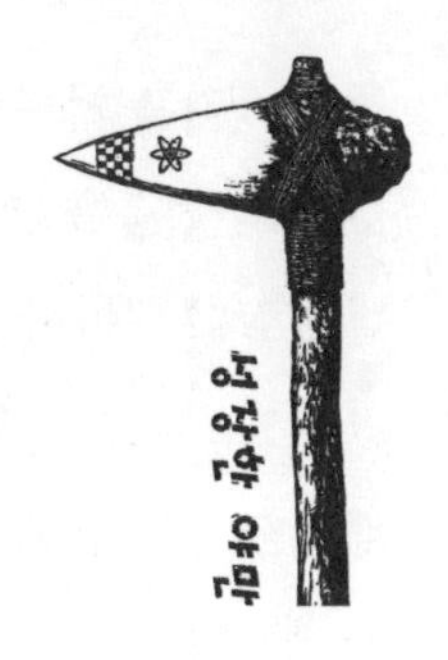

'성장한 야만' 시리즈 중 〈민중의 아픔〉

가지 생각을 하나의 이미지로 결합시켰던 거지. 냉동실에 있는 조그만 각 얼음을 꺼내다가 칼로 뾰족하게 깎아보았어. 그런데 그게 날개 끝이 되어서 물이 똑똑 떨어지는 거야.

그렇게 얼음 펭귄이 만들어진 거군.

펭귄 조각을 상상을 하니까 흥분이 되기 시작했어. 바로 이거다 라는 생각이 들었지. <장산곶매> 밑그림 나왔을 때도 그랬는데, 얼음 펭귄을 생각했을 때도 그랬어. 내가 생각해도 기특한 발상이었거든. 펭귄이 녹아 없어지는 과정 자체가 작품이 되고 그게 지구온난화를 경고하는 데 더할 나위 없는 표현이라고 생각했지. 그런데 얼음조각을 해보지도 않았던 것도 걱정이었지만 겨울에 얼음이 안 녹으면 어떡하나 하는 걱정을 하기도 했어. 그런데 문제는 그게 아니었지. 정작 가려니 호텔비며 비행기 삯이며 돈이 너무 많이 들겠더라고. 월급을 모으고 돈을 빌려서라도 갈 생각을 하고 있는데, 같이 가기로 한 학생들도 돈이 없으니까 봉천동에서 일일주점을 열기로 했지. 거기서 얼음을 사다가 펭귄을 깎아 보았어. 그런데 마침 그게 <한겨레21>에 소개가 됐지.

그때 환경운동연합에서 주최한 기금마련전이 있었어. 뒤풀이로 인사동 식당에서 밥을 먹는데 사람들이 많이 있었지. 거기 고철환이라고 서울대교수가 있는데, 아마 갯벌전문가였을 거야. 그가 나보고 지나가는 말로 "요즘은 뭐 해요?" 그래서 "요즘 얼음조각 하느라고 바빠요." 그랬는데 그분은 걸개그림 그리는 사람이 갑자기 얼음조각일까 그렇게 생각했었나 봐. 옆에 있던 임옥상(화가) 형이 지구가 녹는 것을 상징하는 얼음조각을 한다고 했어. 그분이 펭귄 이야기를 듣더니 갑자기 박수를 치더라고. 말이 되는 이야기라는 거였지. 그래서 술좌석의 안주가 펭귄이 되어버렸는데 그러다가 교토의정서 이야기가 나오자 모두들 일본 가자고 하는 거야. 교토에 가자고. 정말 나중에 거기 있던 사람들 반이 일본을 갔어. 그날이 회의가 열리기 29일 전이었는데 그다음 날로 환경연도 교토에 간다고 결정을 하니까 다른 단체들에 쭉 번져가지고 다 간다는 거야.

설마 펭귄 때문에 사람들이 교토에 가자고 결정했을라고?

정말이야. 펭귄 아이디어 하나 때문에 다 가게 된 거야. 어쩌면 나 혼자 빚내서 펭귄 깎다 왔을 텐데 그 얘기 하는 바람에 정식으로 가게 된 거라고. 이런 말하기 뭐하지만 하는 일들이 그렇게 주먹구구라니까. 아무튼 일본을 가기는 갔지. 그때는 테러문제가 별로 심각하지 않았기 때문에 일본에서 집회신고 없이도 작업을 할 수 있었어. 일본 경찰들이 말 타고 왔다 갔다하는 회의장에서 불과 30미터 떨어진 곳에 자리를 잡았지. 그때는 엔진톱을 쓸 줄 몰라 그냥 톱을 써야 했는데 얼음집에서 톱을 가져왔기에 빌려 달라고 했더니, 그냥 빌려주더라고. 그러고는 깎기 시작했지. 첫날, 오후 서너 시쯤에 <펭귄이 녹고 있다>를 작업하고 있는 사진이 일본의 신문 일면에 나왔어. 그리고 뒤이어 연일 기사가 나왔지. 그날 신문만 해도 여섯 군데 이상 났고, 일면만 두 군덴가 세 군데 났지. 펭귄 조각이 언론에 많이 나왔던 까닭은 지구온난화라는 이슈하고 맞았던 것이기도 했지만 일본 사람들이 펭귄을 매우 좋아한다는 거였지. 그때 일본의 자원봉사자들이 신문 보고 찾아와서 티셔츠를 팔아주기도 하고 그랬어.

교토를 갔을 때가 파주 작업실에 있을 때인 것 같은데 펭귄 자랑을 많이 했던 기억이 나.

교토에서 펭귄을 매일 두 마리씩 깎았어. 얼음을 시켰는데 우리나라에서 2만 원 정도하는 얼음 한 짝이 10만 원이야. 돈 없어서 더 하고 싶어도 못했지. 예산은 다 고갈되고, 티셔츠나 포스터 같은 걸 팔았지만, 팔리긴 했어도 얼음 값은 안 되는 거야. 원래는 하나만 깎으려고 했는데 일본 사람들이 얘기 듣고 얼음을 제공하기도 하고, 또 호주 환경단체들이 더 깎아야 된다고 해서 그나마 몇 개를 더 만들기는 했지. 거기에서 나를 보고 사람들이 '아이스 펭귄맨'이라고 불렀어. 그래서 그 당시 교토를 돌아다니면서 조각도나 필요한 물건을 살 때 아이스 펭귄맨이라고 그러면 세금을 깎아주었지. 얼음 깎는 톱을 선물 받기도 했어. 그걸 준 사람은 몇 십 년을 일한 얼음조각 전문가인데 펭귄을 보고 난 다음에 자기 팸플릿을 가져다주더라고. 그는 아주 정교한 탑 같은 걸 깎는 사람이었어. 그러니까 펭귄 조각은 아무것도 아니잖아. 그런데 마지막 날 그 사람한테서 전화가 온 거야. 전화를 받던 통역이 막 웃더라고. 그 사람이 톱을 준다고 하면서 지하철역으로 나오라고 한다는 거야. 그리고는 나보고 그 지하철역에 혼자 갈 수 있겠냐고 묻더라고. 몇 번 왔다 갔다 한 길이니까 어렵지는 않았지. 지하철 역에 가니까 그 얼음조각가가 톱을 들고 서 있는 거야. 이 사람이 텔레비전 뉴스에서 '펭귄이 녹고 있다' 는 것을 또 본 거지. 내가 자주 나오는 걸 보고, 그걸 주어야겠다고 생각했나 봐.

펭귄을 시작으로 생태적인 작품이 많이 등장하는 것 같아.

그렇지.

2002년 남아프리카공화국 요하네스버그에서 열린 '리우+10 세계정상회의' 행사장 앞에 설치된 얼음 펭귄조각. 펭귄조각의 목걸이에 '남극의 대표'라는 말이 쓰여 있다.

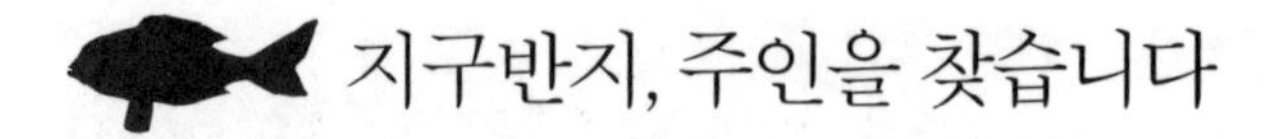

지구반지, 주인을 찾습니다

그는 98년도에 아르헨티나의 환경회의에 가서 <나침판이 녹고 있다> <지구반지 – 이 반지의 주인을 찾습니다 >를 발표했다. <지구반지>는 우주에 떠 있는 거대한 반지의 동그라미 안에 우리가 바라보아야 할 세계를 그려 넣은 것이다. 거기는 북극곰도 있고 펭귄도 있다. 그는 지구의 자연, 인간과 동물이 함께 어우러지는 세계를 보여 주고 싶어했다. "그들이 우리를 보고 있는 거야. 반지의 보석에는 맑고 푸른 지구가 있어. 우리 모두는 그걸 꿈꾸는 거지." 파주에서 그는 나에게 지구반지를 보여 주며 그렇게 말했다. 그는 <지구반지>로 하고 싶었던 게 많았다. 그는 능곡에서 파주로 다시 파주에서 무주로 작업실을 옮기며 끊임없이 자기가 본 세상을 말하고 싶어했다.

<지구반지>로 하고 싶은 일이 많았던 것 같은데?

지금도 포기하지 않았어. 일본에서 돌아와서는 환경운동의 연장선에서 펭귄을 유리로 조그맣게 만들어서 캐릭터로 만들어 팔아도 되겠다는 생각을 했어. 광고는 이미 충분이 되어 있는 셈이었지. 지구온난화 문제에 대한 인식을 좀 더 확산시키는 계기가 되었으면 했어. 하지만 그건 내 생각뿐이었고 실제로는 아무것도 이루어지지 않았지. 환경연도 그만두게 되었어. 그 뒤로 돈이란 것을 제대로 받아서 일해 본 적이 없었어. 그야말로 생활이 말이 아니었지. 쌀값도 벌 수 없었으니까. 어디서 돈을 받고 작업한다는 게 쉬운 일도 아니었고. 몇 개월 있다가 후배가 얻어준 능곡 작업실 집세보증금도 다 까먹어 가고, 그러다가 작업실을 일산 근처의 파주로 옮긴 거지. 시민단체의 어떤 사람이 미국교포가 땅을 사놓고 빈집으로 있는데 그 집을 무상으로 써도 된다고 해서 있게 되었어. 거기 있으면서 뭐 좀 해볼까 했는데 환경이 워낙 열악했지.

파주에 있으면서 이런저런 궁리를 해본 게 <지구반지>였어. 판화전을 하려 해도 몇 년을 준비해야 했고 <지구반지>를 기획상품으로 만들어서 돈을 만들어볼 생각을 했던 거였지. 아주 귀한 것들을 보석으로 치듯이 하나뿐인 지구를 반지로 만들어 유통시키면서 환경문제를 지속적으로 환기시킬 수도 있다고 생각했지. 지구반지를 끼는 사람이 지구의 주인이 된다는 의미가 있어. 환경문제는 지구의 주인이라는 생각에서 시작되어야 하는 것이잖아? 처음 반지를 스케치해 놓고 보니까 사람들이 이 반지를 낄 자격이 있을까 하는 생각이 들었지. 나부터라도 이 반지를 낄 자격이 있을까? 정말 자격이 있는 건 동물들뿐이 아닐까? 그래서 <지구반지>를 걸개그림으로 그릴 때 동물들을 많이 집어넣었던 거야. '반지주인 찾기 운동'을 하면서 이걸 인터넷으로 운영할 생각을 하고 있었지.

파주 작업실에서 아이들 대상으로 한 캠프장 같은 거 하지 않았나?

일산지역 전교조 학부모회에서 아이들을 위한 여름캠프를 한번 해보는 게 어떠냐는 제의가 들어왔어. 그런데 생각해 봐. 내가 배운 적이 있어야 가르치지. 그래서 생각을 해보고 할 수 있는지 없는지 판단을 해보겠다고 했지. 그리고는 한두 달 고민했던 것 같아. 내가 애들한테 무엇을 가르칠 수 있을까? 일단 기본적으로 걸개그림은 가르칠 수 있을 것 같았고 다른 건 할 수 있는 게 없었어. 그때 마침 화분에 '마음심기' 라는 작업을 하고 있었는데 그걸 아이들한테 가르치면 좋겠다고 생각했지. 심는 것은 간단하니까. 화분이라는 것은 물을 주어야 한다는 것, 그릇에는 물을 담을 수 있지만, 화분은 무엇을 자라게 한다는 의미였지. 사람들이 각자 자기 영혼에게 물을 줄 거 아냐? 사람이 계속 먹어야 하듯이, 지식이든 생각이든 꿈이든 그런 걸 심어보자는 것이었지. 화분을 나무로 만들면서 목공일도 가르칠 수 있었지.

또 아이들하고 말풍선 놀이를 할 수 있었어. 말풍선은 처음 96년도에 광화문을 지나가다가 거기 서 있는 은행나무를 보면서 생각했던 것이었어. 나무들이 매연에 섞여 있는 이산화탄소로 배가 불러 터져 죽을 것 같더라고. 그래서 나무들이 어떤 말들을 할까 생각해 보았더니, '방독면을 주세요.' 이럴 것 같았어. 그래서 나중에 시청 앞에서 환경관련 행사가 있을 때 <방독면을 주세요>라는 말풍선을 나무에다 달았지. 합판을 말풍선 모양으로 오려서 붙인 거지. 이 프

1998년에 컴퓨터그래픽으로 작업한 <지구반지>

로그램을 아이들을 가르치는 데 써먹을 수 있겠더라고. 나는 아이들한테 주절주절 이야기는 못하겠으니까 내가 느끼는 대로 배운 대로 하는 수밖에는 없었지. 그래서 여름방학 때 아이들을 40명씩 두 팀으로 나눠서 캠프를 하게 되었어.

파주에 갔을 때 꽃이나 숟가락, 호미 같은 것이 심어지기도 하고 수류탄 달린 철조망이 심어진 화분을 보여주며, 자기 마음에 품은 대로 최루탄이 되기도 하고 숟가락이 되기도 한다고 그랬지. 아이들 반응은 어땠어?

첫날은 화분을 만들게 했어. 그리고 쇠못이 아니라 나무못을 만들어 박는 방법을 가르쳐줬지.대나무를 자르고 쪼개서 거기에 구멍을 뚫은 다음 나무판에 박으니까 애들이 재미있어 하는 거야. 그걸로 화분을 만들고 난 다음 사포로 갈게 했는데 잘 가는 아이의 것은 반질반질해지고 힘없는 애들 것은 거칠 거 아냐. 그러니까 서로 경쟁이 막 붙는 거지. 신이 나서 하는 거야.

신날 게 뭐 있어.

아니, 아이들이 굉장히 재미있어 하더라고. 성취감이지. 손으로 만드는 것이 기계로 만든 것처럼 매끈하게 만들어지니까. 요번에도 학생들한테 숫대 갈게 했더니, 신기하다는 거야. 아이들한테는 거친 나무가 손을 대면서 점점 고와지는 게 재미있을 수 있는 거지. 3시간을 그렇게 집중력 있게 하더라고. 그러고는 화분에 마음을 심거나 꿈을 심으라고 말하면서 설명을 해주었어. 아이들은 화분에 칼이나 빗자루나 쓰레받기가 꽂혀 있는 의미를 처음엔 모르지. 그래서 '쓰레받기와 빗자루는 선생님의 화분이다. 세상이 더러워서 청소하려고 그러는 거야.' 그렇게 말했어. 화분에는 전구를 심어 놓은 화분도 있었어. 그걸 돌리면 불이 들어오게 돼 있었지. 불을 켜고는 '이건 누구 화분인 거 같냐?' 했더니, 한 놈이 '에디슨' 그러는 거야. 이제 아이들이 화분에 무엇을 심어야 하는지 이해를 한 거지. 다음 날에는 화분에 그림도 그리고 장식을 하고는 자신의 마음을 심고 발표하게 했지. 연필, 볼펜, 붓 뭐 그런 게 꽂혀 있었지. 물어보면, 볼펜을 심은 애는 기자가 되겠다고 하고 연필을 심은 애는 소설가가 되겠다고 하는 거였어. 그런데 한 애는 숟가락을 심었더라고. ' 왜 이걸 심었니? ' 하고 물어봤더니, '사랑을 퍼주려고 심었습니다.' 그러더라고.

시인이네.

응. 초등학교 3학년이 한 거야. 그런데 애가 원래는 많이 퍼주고 싶어서 엄마한테 국자를 달라고 했는데, 국자는 안 된다고 해서 할 수 없이 숟가락을 심었다는 거야. 또 한 애는 30센티 자를 심었기에, 물어보니까 '자처럼 꼿꼿이 살려고 심었습니다.' 그러는 거야. 또 다른 아이는 분명히 무얼 따로 준비해 온 것을 내가 알고 있는데, 화분 밀라고 준 사포를 똘똘 말아 심어놨더라고. 그게 궁금했었는데, 아이는 '저의 더러운 마음을 갈아내려고 심었습니다.' 그러는 거야. 아이들 대단하지?

가르친 보람이 있었겠네.

작업실 근처가 몹시 너저분했었어. 다른 선생들은 좀 치우고 하자 그러는데, 나는 있는 그대로 하자고 했지. 그게 현실이었으니까. 말풍선놀이를 했는데 그 너저분한 곳에서 자연의 입장이 되어보고, 쓰레기도 돼보고, 쓰레기 옆의 나무도 돼보고 하는 거였지. 캠프 마지막 날은 부모님들이 꽤 왔어. 부모들은 아이들이 캠프를 갔다 오면 아주 재미있어 했다는 거야. 그래서 부모들이 대체 어떤 시설이기에 아이들이 신이 나 했을까 궁금해서 와본 건데, 이건 뭐 벌판에, 들어오는 입구에 쓰레기가 잔뜩 있고, 거기에 애들이 써놓은 글이 걸려 있고, 난장판이었던 거지. 그래서 부모들이 와서 보고는 입이 이만큼 나와 있었어. 우리 애들을 이런 열악한 곳에서 가르쳤나 생각했는지 표정들이 정말 안 좋았어. 그런데 한쪽에 내 작품이 '천태만상' 이라는 제목으로 모아져 있었고, 그 앞에 애들 화분이 쭉 진열해 있었어. 그걸 보여 주면서 선생 입장에서 한마디를 했어. "솔직히 말해서 애들을 처음 가르쳐보았다. 그런데 가르쳤다는 표현이 적절치 않은 것 같다." 화분 몇 개를 꺼내 보여 주면서 연필, 숟가락, 자, 사포 이야기를 해주니까 부모들도 전부 놀라는 거였지. "나는 정말 아이들한테 약간 힌트만 준 거다. 그랬더니 아이들이 우주같이 되더라. 내가 일일이 가르쳐준 게 아니었는데도 아이들이 이렇게 크게 되돌려 주더라. 가르친다는 것은 서로 교환하는 거 같더라. 그래서 아이들한테 많이 배웠다. "그렇게 말했지. 그제야 부모들이 무슨 말인지 이해하는 것 같았어. 그때 마지막 날 감자하고 고구마 구워 먹고 있었는데 부모들이 두부 사오고 막걸리 사오고 그래서 갑자기 이야기꽃을 피운 술판이 되어버렸어. 그때 정말 기분 좋은 캠프를 했어.

최병수

넷째 날

- 새만금, 해창 갯벌의 망둥어
- 초심불심 그리고 예수의 십자가
- 사패산 망루에서
- 요하네스버그의 칵테일파티
- 구름에 실어 보낸 평화의 솟대

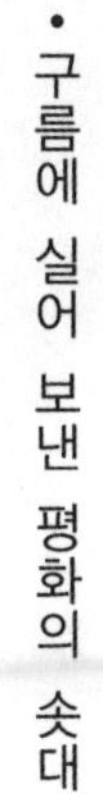

새만금 해창 갯벌에 세워진 장승과 솟대

8월 3일 강화도 온수리 최병수 집 1시 30분 도착. 비가 내렸다. 최병수는 모처럼 한가한 날을 보내고 있었지만 그에게 한가하다는 것은 있을 수 없는 일이다. 그는 대문간에 쇠판을 놓고 산소용접을 하고 있었다. 그는 방학이면 아이들을 위한 캠프를 열곤 했다. 그걸 준비하는 모양이다. 게다가 여기저기서 전화가 오는 게 곧 바빠질 것이 틀림없었다. 아마 곧 폐쇄될 매향리 사격장과 관련된 일이었을 게다.

비가 주룩주룩 내렸고 집 안은 여전히 어수선했다. 발 디딜 틈도 없이 잡동사니가 널려 있는 방 안에는 종이가 너저분하게 쌓여 있다. 얼마 전 있었던 '평화의 배 띄우기 행사' 때 실향민들과 배 위에 탔던 사람들이 붙였던 종이였다. 거기에는 저마다의 소원이 적혀 있다. 통일을 기원하는 글들? 아니다. 통일을 기원하는 글들만 있었던 건 아니다. 놀랍게도 거기에는 부자가 되게 해달라거나 대학에 붙게 해달라거나 가족의 안녕을 기원하는 글이 가득했다. 최병수는 그걸 들여다보며 혀를 끌끌 찼다. 평화와 통일을 열기 위한 뱃길에서도 사람들은 부귀영화를 기원하고 있었던 모양이다.

그는 또 컴퓨터가 작동이 안 된다고 구시렁거렸다. 못하는 게 거의 없는 그도 컴퓨터는 익숙치 않았다. 물론 그는 그렇게 말하지 않는다. 그거 차분하게 앉아서 할 시간이 없다고. 반만 맞는 말이다. 일단 고쳐주긴 했지만 그 혼자 다시 부팅시키기는 쉽지 않을 것이다. 그는 아인슈타인 사진을 합성하는 작업을 하고 있었다. 물론 그가 하지는 않는다. 그를 돕는 전문가들에 의해 만들어진다. 사진의 합성은 원폭피해자를 위한 그림이었다. 칠판 앞에 있는 아인슈타인의 사진 위에 $E=MC^2$이라고 쓰고는 아인슈타인의 어록을 찾아 넣었다. '나는 미래의 일을 절대로 생각하지 않는다. 그것은 틀림없이 곧 오게 될 테니까.' 그 글 위에 원폭피해자의 얼굴이 오버랩되는 사진이었다. 그의 일은 끝을 모르고 진행되고 있었다.

방 안에는 개미가 들끓었다. 과자부스러기를 쫓아온 개미들이 새카맣게 몰려다녔다. 나는 수백 마리의 개미를 전멸시키고 그 자리에 과일접시를 놓았다. 그는 용접하던 손으로 흙바닥을 만지고 또 그 손으로 과일을 집어 들었다. 그 모습이 익숙치 않은 사람들에게는 불결하고 끔찍한 모습이었을 것이다. 하지만 그는 전혀 개의치 않았다. 그의 손은 아니 그의 몸은 일을 하기 위한 것이다. 언제든 어떤 일이든 할 수 있어야 하기 때문이다. 그는 몸을 연장처럼 다뤘다. 아니 그의 손은 연필이나 조각도 혹은 도구를 다루는 몸의 일부가 아니라 연장 그 자체였다. 그는 메모를 할 때조차 종이를 찾지 못하면 손바닥이나 팔뚝에 사인펜으로 직직 그어댔다. 대책 없는 사람이다. 때로 그의 그런 무지막지한 모습은 기가 질리게 한다. 군대 아니 전쟁터라면 또 모르겠다. 거침없고 거리낌 없는 그의 몸은 슬프다. 그는 사는 게 늘 전쟁이었을 것이다. 아니 그는 전쟁을 치루 듯이 살아왔다. 그리고 모두 다 철수한 전쟁터에서 그는 여전히 치열하게 전투를 벌이고 있다.

최병수를 가까이 바라볼 때 나역시 가난하고 배우지 못했으며 무작스러운 행동을 천연덕스럽게 보여 주는 그의 태도를 자꾸 마음에 걸려 했다. 그러나 이런 나의 시각이 최병수의 작은 일면이라는 것을 모르지 않는다. 조금 떨어져 그를 바라보면 그에 대한 경외의 시선을 나 역시 숨길 수 없다.

그가 작품을 메고 등장하는 순간 그는 노동자이자 운동가이며 예술가로 변신한다. 때로는 로프를 둘러메고 건물과 가로수를 오르며, 때로는 엔진톱을 들고 얼음과 나무를 깎아대고, 때로는 가면을 뒤집어쓰고 거리를 나서며, 때로는 포크레인을 타고 하늘에 매달린다. 그의 행동은 거침없지만 치밀하고 계산적이다. 그의 이미지들을 '더 높이, 더 빠르게, 더 멀리' 도달시키기 위한 질주가 시작된다. 그의 작업을 스스로 무기라고 부르기를 주저하지 않는 것처럼 그는 완전무장을 하고 적진을 향해 돌격하는 병사처럼 민첩하고 단호하다. 그는 그렇게 살아왔다.

그는 주저함이 없다. 그의 작업은 매우 순간적이며 즉각적이다. 가장 먼저 그의 촉수에 도달한 정보에서 사태의 핵심을 추려내고 단순하고 명백한 이미지를 그려낸다. 그의 작업은 저항과 투쟁과 반발과 호소의 감정에 순식간에 도달할 수 있는 가장 호소력 있는 표현에 집중된다. 앞뒤를 재고 논리를 따지고 평가를 가늠하는 따위의 모든 행위는 사치스러울 뿐이다. 그 대신 그는 그가 만든 이미지를 확산시킬 수 있는 가장 효율적인 방법을 찾아 나선다. 돈을 구하러 다니고 적절한 장소를 물색하며 도움을 줄 사람들과 연대를 시작한다. 그의 작업은 판화가 될 수도 있고 인쇄물일 수도 있으며 복사지일 수도 있다. 형식은 중요하지 않다. 그의 작업은 걸개그림이 되기도 하고, 조각이 되기도 하고, 퍼포먼스일 수도 있다. 그가 다루는 재료도 문제가 될 것이 없다. 종이, 캔버스, 나무, 쇠, 심지어 얼음까지, 가장 적확하고 효율적이며, 주어진 예산에서 가능한 최대한의 효과적인 형식이라면 그 어떤 것이든 개의치 않는다. 그는 군대로 치자면 게릴라전에 능숙한 특수부대의 정예요원일 것이다.

그는 늘 움직인다. 그의 손과 머리는 늘 분주하다. 그의 생각과 행동에는 선후가 없다. 움직이는 동시에 생각하고 생각하는 동시에 실천한다. 고민과 사색과 미적거림은 그의 행동 속에 끼어들 여지가 없다. 그는 전국을 누비고 세계를 제집처럼 드나든다. 인간에게 서슴없이 가해지는 온갖 폭력적인 문명을 향해 그의 무기인 붓과 칼과 톱과 연장을 챙겨 들고 일어선다. 인간의 더러운 욕망이 빚은 파괴의 현장, 인간의 어리석음으로 벌어진 자연의 재앙이 있는 곳, 경제적 이익을 좇아 서슴없이 벌이는 살육의 현장, 그는 충돌과 투쟁과 저주와 폭력과 분노가 부딪히는 곳이면 달려가 어느 한편이 되기를 주저하지 않는다. 거기서 그는 전사가 된다. 싸움이 있는 곳이면 어디든 달려가 기꺼이 용병을 자처한다. 폭력과 파괴와 전쟁과 욕망의 반대편에서 평화와 반전과 자연의 편이 되기를 두려워하지 않는다. 그럴 때 미술은 그의 강력한 무기가 된다. 명쾌하고 단호한 이미지의 힘으로 때로 그는 적들에게 섬뜩한 경고의 메시지를 보내고 때로 아군에게 희망과 용기를 불어주며 때로 구경꾼들에게 분노의 불을 지핀다.

그의 칼끝은 예리하다. 핵심을 정면으로 겨누는 그의 이미지들은 쉽고 빠르고 정확하다. 그의 상징과 은유는 그렇게 만들어진다. 누구도 도무지 피해갈 수 없는 정서와 감정과 의식의 밑바닥을 훑어 올리는 그의 표현은 그렇게 명료하게 이루어진다.

그리하여 그의 작품들은 현장에 있을 때 빛을 발한다. 오랜 사색과 고뇌를 거쳐 예술혼을 불어넣은 심오한 작품이 거리에 나와 앉아 생뚱맞은 애물단지가 되어버리는 천박스러운 코미디는 그의 아이템이 아니다. 그 반대로 그의 작품은 울고 싶은 놈에게 한껏 후

려갈기는 일격(一擊)의 통쾌함이다. 깊은 슬픔과 고통을 분노로 떨쳐버리게 하는 소리 없는 함성이다. 슬픔이 필요할 때 눈물을 보여주고, 저항이 필요할 때 분노를 드러내며, 저주가 필요할 때 주술의 이미지를 보여 주는 것이 그의 그림이다.

그의 작품이 보여 주는 명쾌하고 분명한 이미지의 효과들은 그가 미술의 언어와 문법을 간단히 틀어쥐고 있음을 말해 준다. 어느 누구도 그의 작품의 의미를 묻지 않는다. 상징을 해설하고 은유를 설명할 이유가 없다. 그의 작품은 있는 그대로, 보는 그대로의 의미 이외에 숨김과 뒤틀림의 미학이 깃들지 않는다. 그런 건 다른 데 가서 알아볼 일이다.

현장미술로서 그의 작품이 미학적으로 혹은 예술적으로 고려되지 않는다는 말이 아니다. 오히려 그는 미술 혹은 이미지의 언어를 다루는 데 능숙하다. 단지 그가 던지는 이미지의 언어들은 미술의 문법을 비껴나갈 뿐이다. 미술을 위한 미술, 예술을 위한 예술의 문법을 그는 배격한다. 아니 그런 걸 배운 적도 없다. 그의 손끝은 미술을 향해 있지 않다. 미술이 스스로도 알 수 없는 독백을 주절거리는 증세를 그는 간단히 무시하거나 지나쳐버린다. 그러나 이미지의 힘을 그는 믿는다. 그는 다른 어떤 예술적인 장르보다 직접적이고 물질적인 이미지의 강력한 힘에 의존한다.

그는 작품이 아니라 작업으로써 자신을 보여 주고 있다. 예술적 행위의 결과로서가 아니라 사회적 행위의 과정으로써의 이미지 생산작업이 그의 일이다. 어쩌면 그가 해온 많은 작품들의 미학적 판단이나 비평적 접근은 처음부터 불가능한 것일지도 모른다. 그의 작품은 그의 행위이자 과정 그 자체다. 그런 면에서 그를 탁월한 행동주의 작가라고 말해도 틀리지 않는다. 그의 말들은 그의 행동에 미치지 못한다. 그 스스로 그가 던지는 말의 공간을 따라 행동할 뿐이다. 그게 내가 아는 최병수다.

그는 귀엽다. 빡빡 깎은 머리와 불끈 솟은 핏줄, 새카맣게 그을린 얼굴은 얼핏 험악스러울 것처럼 보이지만 그런 모습 뒤에는 수줍어하고 부끄러움을 많이 타는 어린 소년의 모습이 숨어 있다. 그에겐 고뇌하는 작가의 내면적인 깊이보다는 천진하고 순수한 장난꾸러기의 단순함이 더 두드러진다. 그는 걸핏하면 화를 낸다. 못마땅한 게 세상엔 너무 많다. 하지만 누구나 그를 만나면 그의 불만이 그 안에서 나오는 것이 아니라는 것을 안다. 그는 오히려 지나칠 정도로 낙천적이고 긍정적이다. 세상을 향한 불만은 그의 안에서 나오는 것이 아니라 세상이 그에게 털어놓는 칭얼거림이다. 일상적인 삶에서 그는 항상 웃는 낯을 하고 즐거운 표정을 짓는다. 아마 그가 평범한 일상을 영위하는 삶을 살았다면 화를 낼 일이 많지는 않았을 것이다. 그러나 그에게는 일상이 따로 없다. 아마 일상이 거세된 삶의 모습이 최병수의 삶일 것이다. 그래서 그의 거침없이 달려가는 모습을 바라보는 마음이 편치 않다. 그것이 일상에 매몰된 나의 천박스러운 심성에서 나온 것에 지나지 않을지라도.

처음 그와 대담을 시작하며 나는 차분하게 그와 대화를 나누고 싶었다. 그러나 그의 이야기에 내가 끼어들 여지는 많지 않았다. 그는 할 말이 너무 많았고 나는 달리 할 말이 없었다.

다시 전투대형으로! 그의 이야기가 막 시작되었다.

새만금, 해창 갯벌의 망둥어

새만금으로 가기 전 최병수는 무주에 머물렀다. 여름 휴가 겸 하여 그의 무주 작업실을 방문했을 때 그는 어마어마하게 큰 작업실을 혼자 쓰고 있었다. 그는 전북 무주군의 의뢰로 반딧불이 행사를 준비하고 있었고 그 비어 있는 관공서 건물을 전시장과 캠프장으로 쓸 생각으로 가득 차 있었다. 하지만 그의 꿈이 펼칠 곳은 그곳이 아니었다. 그러기에는 그가 할 일이 너무 많았다. 그가 부안으로 작업실을 옮긴 건 2000년 4월이다. 부안 해창 마을 앞 갯벌에서는 새만금 간척 사업을 반대하는 장승제가 있었다. 새만금 간척사업을 막기 위한 장승제를 열자는 환경단체의 제의를 받고 주저 없이 무주의 작업장을 정리하고 부안으로 갔다. 간척사업으로 사라질 위기에 처한 해창 갯벌이 그의 새로운 작업터가 되었다. 그는 해창 갯벌에 '바다 대장군'과 '갯벌 여장군'을 세우고 망둥어와 꽃게, 갯지렁이 솟대를 세우고 하늘로 올라가는 '새만금호'를 띄웠다. 그곳 마을사람들이 제공한 문 닫은 김 공장이 그의 집이자 작업실이 되었다.

무주에서 '꿩 먹고 알 먹으면 멸종한다'는 구호를 내걸었던 것 같기도 한데?

자연을 거스르며 달려가다가는 문명이든 사람이든 다 망한다는 의미였지. 무주에서도 파주에서 했던 것과 똑같은 프로그램을 했어. 아이들 반응도 좋았었고. 그거 말고는 내내 도 닦듯이 작업만 하고 있었지. 해골 바가지 같은 거 깎고, 반딧불이도 깎아보고. 2000년에는 광화문에서 열린 지구의 날 준비하느라고 조금 내가 바빠지기 시작했어. 그때쯤인가 환경운동연합에 있는 친구한테서 3년 만에 연락이 온 거지. 새만금문제라는 거야. 다른 문제였다면 거들떠도 안 봤을 텐데.

그전에 새만금에 대해서 알고 있었나?

새만금은 94년 무렵 처음 접하게 되었어. 서해를 따라서 거제도까지 여행하던 중에 바다를 갈라놓은 새만금을 본 거지. 그때 백합조개를 처음 먹어보았어. 이렇게 맛있는 조개가 다 있구나 했는데 거기서만 잡힌다는 거야. 그 바다를 덤프트럭이 배처럼 지나가는 게 보였지. 뽀얀 먼지를 내면서 바다를 내지르는 트럭을 보고 함께 간 사람한테 저게 뭐냐고 했더니 방조제를 쌓는 거라고 했어. 그건 내가 보기에도 미친 짓이었지. 그걸 처음 본 거였지. 그때 새만금에 대한 인상이 매우 강했어. 그러던 차에 환경단체에서 전화가 온 거였어. 새만금이라고 해서 일단 이야기를 들었더니 바다에다 장승을 세우는 데 장승꾼이 필요하다는 것이었지. 나는 장승을 깎아본 적이 없었어. 하지만 장승을 깎는 것이 그렇게 어려운 작업은 아니잖아? 장승을 바다에 세운다는 생각이 마음에 들어서 새만금으로 향했지. 바다를 보면서 상상을 해보니 너무 멋진 거야. 마침 거기 갯벌에 풀이 자라고 물이 들락날락하는 모습이 너무 그럴듯해서 상상만 해도 작품을 만들고 싶은 욕구가 생겼어. 무주로 돌아와서는 스케치를 했지. 다양하게 해보았어. 온갖 장승들을 생각하다가 솟대를 장승 사이에다 그려봤지. 갯벌과 바다의 주인을 세워보고 싶었어. 그곳의 주인은 갯벌 속에서 꿈틀거리는 갯지렁이고 기어 다니는 게 게고 뛰어다니는 게 망둥어고 소라며 굴이었지. 그런 바다의 주인들을 솟대로 그려보니까 재밌는 거야. 스케치를 거기 출신 어민에게 보여 주니까 자기들은 장승을 세우려던 건데 솟대까지 세워지면 정말 좋겠다고 하더라고.

장승제인데 솟대가 더 돋보였던 거군.

3월 26일이 장승제였는데 일주일 전에 육송이 한 차 실려 왔어. 장승제니까 대장군 여장군 깎고, 바다의 장군, 갯벌여장군 깎고, 그다음에 게하고 망둥어를 깎았지. 갯지렁이를 만들 나무감이 없었는데 마침 그곳 사람이 자기 제실에 5, 600년 된 목백일홍의 가지를 잘라 놓은 게 있다는 거야. 그걸로 허리 뚫고 아가리 따고 꽂으니까 꿈틀꿈틀거리는 갯지렁이가 된 거지. 장승제 하루 전날에야 겨우 솟대를 다 깎아 세워놓았어. 그러곤 지쳐서 술 한잔하면서 세워놓은 갯지렁이를 보니 갯지렁이가 하늘의 용이 된 거 같았지. 사람들이 하찮게 생각했던 갯지렁이가 버젓이 바다의 주인이 된 것이거든. 땅속에서 제 입을 더럽히면서 험한 일 다 하는 놈이 하늘로 오르는 용이 된 거지. 그걸 보니 기분이 좋아지면서 술이 또 넘어가더라고.

부안에서 계속 있었지? 새만금은 아주 장기적인 싸움이었고.

그랬어. 지구의 날 행사를 하고 나서 부안에 있던 한 친구가 나보고

해창 갯벌에 세울 장승과 솟대 스케치

온갖 장승들을 생각하다가 솟대를 장승 사이에다 그려봤지.
갯벌과 바다의 주인을 세워보고 싶었어.
그곳의 주인은 갯벌 속에서 꿈틀거리는 갯지렁이고 기어 다니는 게고
뛰어다니는 게 망둥어고 소라며 굴이었지.
그런 바다의 주인들을 솟대로 그려보니까 재밌는 거야.
스케치를 거기 출신 어민에게 보여 주니까
자기들은 장승을 세우려던 건데 솟대까지 세워지면 정말 좋겠다고 하더라고.

사진 | 허철희

새만금 해창 갯벌에 세워진 장승과 갯지렁이솟대, 망둥어솟대, 게솟대

새만금 해창 갯벌에 배솟대, 구름솟대, 저어새솟대, 검은머리 갈매기솟대 등으로 이루어진 〈하늘마음 자연마음〉

내려와서 자기들 대신 복수 좀 해달라고 그랬어. 그 친구는 김 공장을 했었는데, 농업기반공사에서 보상금으로 한 동에 1억씩 해 2억을 받은 거야. 그걸 가지고 사업하다가 망한 거지. 그러다 자동차 세일을 하고 있었던 친구였어. 그가 부안에 와서 싸워주면 무상으로 집을 빌려준다고 해서 거기를 작업실로 쓰게 된 거지.

2000년 5월쯤에 돈지 앞바다에서 머구릿배 한 척을 끌어올렸어. 새만금호를 만들기 위해서였지. '새만금호'는 '바다의 날'을 하루 앞 둔 5월 30일 새벽 1시에 전북 부안을 출발해 이날 아침 서울 대학로 마로니에공원에 도착했지. 그리고 부안에서 한 작품으로 <갯벌의 꿈>이 있어. 어느 날 바닷가에서 떠내려 온 큰 나무토막을 발견했지. 높이 3미터가 넘었는데 갯벌에 떠밀려 온 그 나무를 끌고 와 조각을 했지. 그걸로 숭어를 만들고 갯벌에 박았어. 그 자리가 물고기가 있어야 할 자리였지.

망둥어를 수레로 싣고 오는 행사가 있었던가?

행사는 내가 한 게 아니고 서울대 생태모임 학생들이 한 것이지. 새만금문제를 널리 알리기 위한 행사였는데 새만금에서 서울까지 행진을 벌이는데 수레에 실을 짱뚱어를 만들어준 거지. 그건 사패산에서 깎은 거야. 2002년이었으니까.

새만금에 있으면서 자연에 대한 시각이 훨씬 더 깊어진 것 같아. <연어의 꿈>은 언제 만든 거였지?

그전에 남대천에서 연어들이 돌아오면 사람들이 몽둥이로 때려잡는 걸 보았어. 알을 배어 가지고 왔는데 몽둥이로 때려잡아 구워 먹는단 말이야. 너무나 잔인했지. 2001년도쯤에 잡지를 보는데, 섬진강에 연어가 들어왔다는 거야. 남획으로 사라진 연어들이 돌아왔다

2001년에 그린 <연어의 꿈> 스케치

봐라. 연어들이 손님 아니냐?

3, 4년 동안 대해를 돌며 고생하다가 겨우 생명을 잉태해서 돌아오는데

이걸 때려잡아 버리면 되겠는가?

그렇게 말하고 싶었어.

는 거였지. 연어 하면 이국적인 이미지잖아. 알래스카니 미국 쪽에만 오는 걸로 알려져 있던 게 섬진강에 돌아온다고 하니까 흥분이 되었어. 그때는 이 그림이 아니었지. 큰 물고기가 강으로 오르면 그 아래 치어들이 바다로 돌아가는 모습을 그렸지. 이걸 솟대로 만들어 섬진강에다 세우면 좋겠다는 생각이었어. 이 그림은 연어들이 알을 품고 오는 모습을 더 시각적으로 응축시키는 방법을 생각해서 그려진 거야. 이걸 걸개그림으로 그려서 남대천에서 물고기 때려잡은 곳에다가 걸고 싶었어. 봐라. 연어들이 손님 아니냐? 3, 4년 동안 대해를 돌며 고생하다가 겨우 생명을 잉태해서 돌아오는데 이걸 때려잡아 버리면 되겠는가? 그렇게 말하고 싶었어.

새만금은 어떻게 해결되어야 할 것 같아?

서해의 리아스식 해안을 계속 두면 그게 언젠가는 땅이 될 수 있어. 갯벌이 점점 육지로 될 수도 있는 거지. 자연적으로 계속 황사가 날아오고 토사가 내려가면서 땅이 되는 거라고. 거기에 둑을 쌓고 시멘트를 바르면 조속(潮速)이 오히려 땅을 깎아 먹는 결과를 가져올 수도 있어. 새만금 개발은 오히려 땅을 없애는 거야. 새만금은 대통령선거 공약으로 내걸려 타당성 검토조차 제대로 만들어지지 않고 시작되었잖아? 처음부터 잘못된 것이었지. 몇 년 동안 새만금을 막기 위해 노력했는데 결국은 물길을 막는 쪽으로 진행되는 것 같아. 그런 걸 보면서 스스로 반성을 많이 하게 되었어. 그동안 무얼 했나 하는 반성 말이야. 우리는 힘이 너무 약해.

위도 핵폐기장 반대 퍼포먼스는 언제쯤 한 거지?

2003년 여름일 거야. 비가 오는 날 인사동에서 했었지. 핵폐기장 부지로 확정한 전라북도 부안군 위도의 지도를 걸개그림으로 걸었

조개를 캐 나오고 있는 어민들이 새만금 계화도 갯벌에 세워진 짱뚱어솟대 앞을 지나가고 있다.

사진 | 허철희

고, 바닥에 1톤가량의 모래를 깔았지. 그 옆으로는 핵폐기물 저장 드럼통을 쌓아놓았어. 퍼포먼스의 주제는 '사상누각(砂上樓閣)'이었지. 안정성이 전혀 고려되지 않은 부지에 핵폐기장을 건설하려는 정부의 결정에 항의하려 한 거지. 나는 해골모양의 탈을 쓰고 있었고 사람들이 모래로 핵폐기물 드럼통을 덮는 거였어. 부안 위도에 핵폐기장을 짓는다는 것은 모래 위에 집을 짓는 것과 마찬가지라는 의미를 상징화하기 위한 행사였지. 위도는 처음에 고려되지 않았던 지역이었는데, 불과 한 달을 조사하고 폐기장을 만들겠다는 거였어.

펭귄 이후에 환경과 생태문제를 동물로 표현한 작품이 많아졌어. 고래를 그린 <우리는 당신들을 떠난다(We are leaving you)>는 그림이 대표적이지. 매우 슬픈 그림인데 어떻게 그리게 된 거지?

스케치를 한 것은 95년의 <성장한 야만> 그다음이었어. 그리기는 2000년 부안에서 그렸지. <우리는 당신들을 떠난다>를 구상한 것은 능곡 작업실에 있을 때 교육방송에서 하는 '자연과 인간'이라는 프로를 보고 나서였지. 그 프로의 사회가 올리비아 뉴튼 존이었어. 호주방송에서 만든 프로그램이었는데, 세계에서 일어나는 인간과 자연과 동물들이 어우러진 생명운동, 자연운동 하는 사람들을 소개하는 프로그램이었어. 내가 보았던 프로그램은 이집트 카이로가 배경이었지. 거기서 당나귀나 노새의 무릎이 아스팔트에 긁혀 뼈가 튀어나오고 피가 흐르는 장면이 나오는 거야. 짐 끌다가 부러져서 그렇게 된 거지. 그러면서 카이로에서 노새들을 보호하고 치료해 주는 사람들을 소개하는 거였어. 이집트에는 동물이 끄는 수레가 많았는데 엄청 큰 수레 위에 두 사람이 타고 있고 작은 노새가 그걸

2000년에 제작한 걸개그림 〈우리는 당신들을 떠난다〉

끄는 거지. 가다가 노새가 지쳐 무릎을 꿇으면 수레가 그대로 밀려서 뼈가 부러지지. 그러면 마부가 주먹으로 노새의 얼굴을 막 때리는 거였어. 어떤 나귀는 하도 맞아서 눈에서 고름이 흐르기도 했어. 그거 보면서도 화가 났는데 정작 노새나 나귀를 치료하는 놈들 보고 더 화가 나기 시작했지.

아니 왜?

그렇게밖에 할 수 없는 마부들도 미웠지만 이해는 할 수 있어. 왜냐하면 수레는 그 사람들의 생활이자 생존의 문제니까. 그런데 카이로의 수의사들과 자원봉사대의 경우는 달라. 그들은 더 이상 일을 할 수 없는 노새와 나귀들을 깨끗이 치료하고 일주일 동안 잘 먹이고는 안락사를 시키는 거야. 완치되어 일할 수 있는 나귀들은 다시 또 내보내는 거지. 거기까지는 이해할 수 있어. 나귀들을 치료하는 자원봉사대를 지원하는 단체가 영국이었어. 설립한 사람은 죽었대. 자원봉사대의 수의사 대표가 설립자의 묘지에 가서 꽃을 바치는 그림이 나오더군. 그런데 그들이 하는 말이 가관이었어. 그들은 동물을 치료했다는 서류만 제출하면 영국의 돈 있는 부자들한테서 자금을 받는다는 거야. 자기들은 재정문제가 전혀 없다고 자랑하는 거였지. 그게 화가 났어. 저런 우라질 놈들! 마부만 해도 나귀와 수레에 딸린 식구들이 열둘이라고. 이집트는 빈부격차가 심하지. 그런데 그 빈부격차를 만든 주범이 누구야. 영국놈들이었잖아. 이집트의 보물들은 전부 다 대영박물관에 갖다 놓고, 다 도적질 한 놈들이 이제와서 몇 푼 주면서 생색을 내는 거 아냐. 먼저 가난한 사람들이 없었다면 노새들이 그 고생을 하지 않아도 되잖아 안 그래?

제국주의의 전형적인 방법이지, 쥐꼬리만 한 걸로 보상하면서 자비와 은혜를 베푸는 듯이 구는 것. 그 프로를 본 대부분의 사람들은 영국에 대해서 고마워하겠지.

사람들이 저런 프로그램들을 보고 있다 생각하니, 또 나도 저걸 보고 있다고 생각하니까 화가 막 나는 거야. 내 자신도 부끄러웠어. 내가 이런 문명에서 이런 말도 안 되는 걸 보고 있는 자체가 진짜 부끄러웠지. 저 그림(<<우리는 당신들을 떠난다>>)에 사람들이 하나도 없는 것도 그 때문이지. 동물들, 너희들은 그냥 떠나라. 다 떠나라. 동물을 사랑한다는 이름으로 벌어지는 이런 거짓말들. 살짝만 들춰봐도 다 보이는 저 속을 어떻게 부끄러워하지 않을 수 있겠어.

문명의 허위와 기만에 대한 혐오를 표현한 거군. 저 그림에서 고래가 새로운 노아의 방주가 되어 지구에 있는 동물 다 데리고 다 떠나잖아? 떠나보내지 않을 수 없었을까? 저렇게 떠나야 한다는 게 너무 슬픈 생각이 드는데.

원체 인간들이 다닥다닥 붙어 제 욕심만 차리고 있으니 '차라리 우리가 떠나마, 너희 인간들끼리 잘살아라.' 그리고 떠나는 거지. 인간들이 지구를 너무 버려놓았어. 인간들 보고 떠나라고 하면 떠나겠어? 동물들이 이런 지구에서 인간들과 어떻게 살아? 그런 이야기야. 동물들한테 미안하기도 하고 인간의 문명에 대한 혐오감이 너무 커서 저걸 그리게 되었어. 인간이 만든 오염 때문에 종의 다양성이 점점 줄어들고 있어. 인간은 그 흔적만 그렸어. 고래의 배에 꽂힌 작살. 저걸 보는 사람들이 다 슬퍼해. 끝난 거니까, 결별이니까. 인간의 흔적인 작살이 결별을 의미하는 거지. 어떤 사람은 여기에 자기도 그려달라고 했어, 자기도 고래와 함께 떠나고 싶다는 거였지. 저걸 스케치한 것은 96년이었지만 그리지는 못했지. 또 저걸 그리려면 돈이 있어야 했는데 나중으로 미루다 2000년이 되어서야 그리게 되었지. 그림은 유재현이라는 친구가 도와주었어. 잘 그렸지. 나중에 더 크게 그려서 순회전을 할 계획이야.

이 그림이 2000년 겨울 헤이그에서 걸렸었나? 그 헤이그에서 열린 회의는 기후문제가 아니라 동물에 관한 문제였어?

헤이그 COP6(6차 기후변화협약)은 동물보호가 주제는 아니었어. 역시 지구온난화 문제였지. 그때 저 그림하고 햄버거 속에 담긴 아마존을 그린 그림과 함께 걸개그림 세 개 갖고 갔지. <우리는 당신들을 떠난다>는 그림이 동물을 주제로 한 거지만 지구의 운명과 관계있으니까 사람들도 그렇게 받아들였어. 함께 가져간 다른 그림은 회의장 앞에 걸었는데 저 그림은 회의장 안 무대에다 걸었어. 그림을 원래 돌려가면서 전시를 하려고 했는데 그쪽 NGO들이 저 그림이 마음에 들었는지 그림 주인인 나조차 손도 못 대게 하는 거야. 내가 다른 행사가 있어서 가져가야 한다고 했는데도 자기들도 행사가 있다고 못 떼게 해. 그리고는 시 낭송이나 세미나, 공연을 할 때도 배경으로 썼어. 내 그림이 아니라 자기들 그림이라고 내주지도 않았어.

환경문제를 다루면서 동물은 중요한 소재이긴 하지만 단순히 소재의 문제로 말할 수는 없잖아?

어릴 때 늘 자연에서 놀았던 것이 어떤 도움을 준 것 같기는 해. 하늘을 보고 공상 같은 것도 많이 했었고. 학교 빼먹고 산에 가면 누워서 내가 왜 여기 누워 있지 그런 생각으로 보내다가 공중으로 새처럼 날아다니기도 했어. 자연은 늘 나한테 위안이 되었고 자유로움을 주었지. 요즈음 이곳에 아침마다 박새가 날아오는데, 걔들만 보면 옛날 생각이 나서 미안해지지. 어릴 때 새총으로 새를 잘 잡았어. 그놈들은 진짜 착했어. 약아빠진 참새들이야 금방 도망가 버리는데 박새들은 멀리 안 날아가. 그러니까 잘 잡혔지. 그놈들을 많이 잡았거든. 많이 구워 먹었고. 그게 미안해.

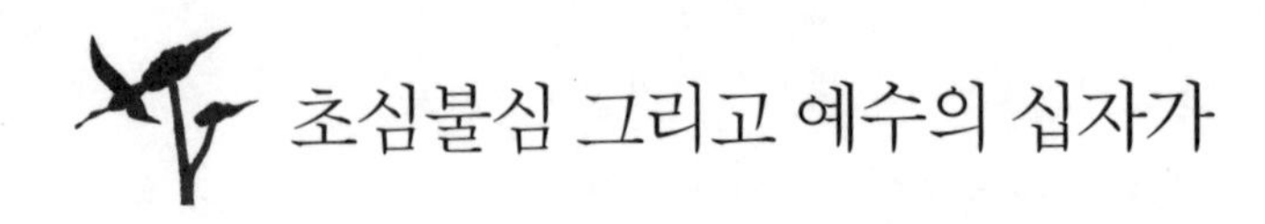

초심불심 그리고 예수의 십자가

부안에 머물면서 그는 많은 작업을 쏟아냈다. 전시와 행사로 분주했고 국제적인 환경회의 행사장에 모습을 나타냈다. 환경주의 작가로서 실천하고 행동하는 작가로서 정신없이 뛰어다녔다. 그러나 그럴수록 그의 내면의 눈은 오히려 담담하고 차분하게 세상을 바라보고 있었다. 생태와 자연에 밀착될수록 그의 작품은 근원적인 물음을 담아냈다. 종교적인 물음을 던지는 작품 속에서 그는 인간의 욕망을 읽어내고 이를 씻어내는 의식을 벌이고 싶었을지도 모른다. 하지만 그는 세속적인 종교가 품는 희망을 말하지 않는다. 오히려 회의와 의구심을 숨기지 않는다. 그의 시선이 좀 더 멀리 가 닿았던 까닭이다.

생태문제가 종교적인 문제로 이해되는 경우도 있던 것 같은데? 이를테면 <초심불심> 같은 작품처럼 말이지.

불상을 깎았던 게 불심이 있어서는 아니지. 십자가를 주제로 한 작품도 있었지. 못을 쌓아놓고 그 위에 십자가를 설치한 작품이었는데 십자가에 박힌 못의 의미를 생각해 보자는 거였지. 2001년 4월 조계사 마당에서 <초심불심>이란 작품을 설치했는데, 큰 항아리를 가운데 두고 솟대를 주위에 세웠지. 항아리는 깨진 것이었어. 그 안에 부처님이 자리 잡고 있지. 그리고 항아리 위에는 물이 차 있고 거기에 연꽃이 피어나고 있어. 밑 빠진 독에 물 붓기라는 말도 있지? 사람의 욕망이 그와 같다는 거지. 바로 우리가 비어야 할 자리에 불심이 자리 잡고 있어야 한다는 뜻이지. 자연문제나 환경문제는 다 인간의 욕망에서 비롯하는 것이잖아? 그걸 잡지 않고서 단지 찬성이니 반대니 하는 말을 앞세우는 것은 허황된 일이라고 할 수 있어.

불교와 관련이 있었던가?

그건 아니고. 절에 가보면 부처가 만날 금방석에 앉아 있으니까 부처님이 깨달음을 얻기 위해 처음 보리수 밑에 앉은 곳을 찾아서 앉혀 놓은 것뿐이지. 어떻게 보면 불교에 대한 모독쯤으로 보일 수도 있는 건데, 전시했을 때 신도들의 반응은 매우 좋았어. 연장전시까지 했으니까. <초심불심>은 실제로 불교계를 향한 것이 아니라 사람들의 생각이 너무 황폐해지고 물질적으로 변한 것을 표현한 것이지.

처음부터 불상을 주제로 생각했던 것은 아니었어. 95년인가 작업실 쓰레기통 옆에 밑이 빠진 항아리를 보게 되었어. 그때 마침 <동

냥그릇>이라는 단편집을 읽고 있었지. 내용은 이런 거야. 왕이 행차에서 돌아오는 길에 궁궐 입구에서 깡통을 들고 한푼 줍쇼 하는 거지를 보았어. 왕이 금화를 던져주었는데 금화가 깡통에 들어가는 순간에 없어지는 거야. 그래서 다시 던졌는데 또 없어지는 거야. 주머니에 있는 돈을 다 던졌는데 전부 사라져버리는 거였지. 그래서 왕이 거지한테 도대체 그게 무슨 통이 뭐냐고 물으니 거지가 하는 말이 이 깡통은 인간의 욕망이라고 말하는 거야.
밑 빠진 독이란 인간의 욕망을 말하는 것이지. 밑 빠진 독에다가 뭐가 어울릴까 하고 생각하니까. 권력과 욕망을 버린 부처를 생각하게 된 거지. 처음엔 백팔번뇌를 표현할 생각으로 항아리를 동네에서 긁어모았지. 욕망을 상징하는 항아리 108개를 깨서 절간에다가 전시하면 좋겠다는 생각으로. 그러다가 아래가 깨진 독의 지름을 재서 동그랗게 합판을 오려서 실리콘으로 막았지. 그 위에 물을 붓고. 그 아래에 불상을 놓았던 거지. 그게 <초심불심>이야. 처음의 생각으로 돌아가는 것이 부처님의 뜻이라고 읽히기도 하잖아?

새만금공사를 항의하는 행사에서도 밑 빠진 독에 물 붓기가 있었던 것 같은데?

그랬어. 생각은 아주 단순했어. 그냥 인간의 욕망을 막지 않으면 새만금이든 뭐든 끊임없이 밑 빠진 독에 물 붓기가 되어버리지. 정말로 밑 빠진 독을 막아보기도 했어. 모아놓은 항아리를 큰 차로 실어 여의도로 올라온 거야. 그래서 국민혈세를 무한히 쏟아 부어도 결국 자연만 황폐하게 하는 새만금사업을 비판하는 퍼포먼스를 벌이게 되었지. 어쨌든 인간의 밑 빠진 마음 상태를 막아야 하는 것이지. 물질세계와 정신세계의 균형을 상실한, 너무나 물질로만 쏠려

사진 ▌허철희 디자인 ▌문현정

2001년에 제작한 〈초심불심〉

가는 현실은 밑 빠진 독과 다를 바 없지.

작품 중에서 이해가 안 되는 작품이 하나 있어. 쌓아놓은 못 위에 누워 있는 예수. 그거 뭔 뜻이야?

98년도에 아르헨티나에 갔을 때였어. 거기 부에노스아이레스의 어느 묘지를 갈 기회가 있었지. 에바 페론의 무덤이 있던 곳일 거야. 그곳의 묘지들은 마치 조각전시장처럼 보였지. 특히 그 나라의 부자들은 조형물로 무덤을 장식하고 있었어. 무덤 입구에 대포도 있고 총을 든 병사의 동상도 있고 그리고 거의 다 예수를 자기 무덤 문짝에다가 커다랗게 박아 놓았더라고. 관리가 안 되어 문짝이 떨어져 나간 무덤에 들어가 보았는데 어떤 곳은 지하 3, 4층까지 있더군. 그 안에 관이 있는데 작은 것부터 큰 것까지 3, 4대 사람들이 누워 있었지. 그들은 아마 너무 많은 죄를 지어서 천국은 못 가니까 여기서 살려고 무덤 앞에 보초도 세우고 대포도 만들어놓았구나 하는 생각이 들었지. 거기 십자가에 매달린 예수를 보면서 무덤 하나 만드는 데 그 많은 돈을 들인다는 게 한심해 보였고 그게 예수정신하고는 관계없는 것이라는 생각이 들었어.

예수정신은 뭔데?

민중들하고 함께하는 것 아냐? 오늘날 대부분의 기독교인들은 예수하고 반대된 행동을 하는 것처럼 보여. 그러니까 내 생각으로는 그들은 지난 2천 년 동안 예수를 십자가에 박기만 했다는 거지. 거기 무덤 로터리에서 한참 서서 그런 생각을 했었어. 나는 그렇게 화려한 무덤은 처음 봤거든. 도대체 이게 어떻게 된 것일까? 화려한 무덤을 장식하는 십자가의 형상이라니! 그러다가 2천 년 전으로 가본 거지. 상상 속에서. 그때 처음 예수의 몸이 십자가에 박혔지. 그

1998년에 제작한 〈예수〉

2천 년 전 바로 그 예수의 십자가에 박힌 못 세 개를 뽑아보았어.
그렇게 상상한 거지. 그 십자가의 못을 뽑으니까
전 세계의 교회에 걸려 있는 십자가의 못들이 동시에 뽑히는 거야.
그러자 2천 년 동안 박혀 있던 못들이
여기 태산처럼 쌓이게 된 거지.

이후로 십자가는 많아졌어. 수많은 사람들이 예수를 기리기 위해 십자가를 만들고 예수를 거기 매달았지. 나는 십자가가 싫어. 그건 로마인들이 만들었던 잔인한 형틀이잖아. 십자가가 아니라 십자가에서 내려 모셔진 예수를 기리는 것이 더 나을 것 같은데 말이야. 나의 눈에는 십자가를 세우고 예수를 거기 매다는 것이 종교적 상징과는 달리 누군가를 협박하는 것처럼 보였어. 오늘날 세속의 기독교가 보여 주는 모습이 처음 십자가에 매달릴 때 예수가 바라던 그런 모습일까? 그래서 2천 년 전 바로 그 예수의 십자가에 박힌 못 세 개를 뽑아보았어. 그렇게 상상한 거지. 그 십자가의 못을 뽑으니까 전 세계의 교회에 걸려 있는 십자가의 못들이 동시에 뽑히는 거야. 그러자 2천 년 동안 박혀 있던 못들이 여기 태산처럼 쌓이게 된 거지. 부에노스아이레스의 묘지에서 상상하던 것이 그런 것이었어. 그 뒤로 한국에 돌아와서 명동성당에서 십자가를 하나 샀어. 그래서 무주에 있는 작업실에 와서, 십자가에 박혀 있는 못 세 개를 뽑고 작업실에 있는 못을 모아놓고 그 위에 예수를 올려놓았지. 세상의 모든 못 위에 놓여 있는 예수. 그게 98년 작품이야. 어느 날 아는 누님이 천주교 신자 두 분을 데리고 작업실로 왔지. 작품을 보다가 갑자기 예수를 가리키면서 왜 예수가 못 위에 누워 있냐고 물어서 그 이야기를 해줬지. 그랬더니 그 분들은 여기에도 자기들이 박아놓은 못이 많을 거라고 말하는 거야. 그리고는 나에게 돈을 줬어. 그 작품을 사진으로 찍어서 엽서를 만들어달라고, 연말에 친구들한테 보냈으면 좋겠다고……. 그 후에 새만금으로 가게 되었는데 거기서 만난 신부님한테 남은 엽서를 가져다줬지. 신부님이 그 엽서를 받은 적이 있다고 했어. 그 신자들이 보낸 거였지. 그 신부는 신도들한테 예수님을 뉘어놓고 잘못했을 때마다 못을 가져오라고 했대. 신자들은 못의 의미를 그렇게 이해하는 거지. 실제로 내가 생각했던 것은 당신들은 못질만 했으니까 이제 그 못을 뽑아낸 더미가 얼마나 쌓여 있는지를 말하려고 했던 거였어. 십자가라는 잔인한 형틀을 계속 상징화시키는 게 마음에 안 들어서 예수를 뉘어놓은 거였지. 누구는 예수가 십자가를 짊어졌기 때문에 상징이 되었다고 하는데, 그렇다면 예수가 관 속에 갇혔으면 관을 상징물로 쓸 건가?

종교에 대한 생각들은 어때? 힘들 때 종교를 가져보려는 생각은 없었어?

불교는 철학에 가깝잖아. 자연과 자신을 1대1로 결합해야 하는 환경운동 입장에선 불교의 정신이 맞을 수는 있지. 하지만 본질에서는 다 마찬가지라고 생각해. 예수 그분 역시 신전에 가서 인간의 욕망을 상징하는 돈을 다 팽개치잖아? 부처의 초심과 같은 것이지. 지금의 종교적 행태는 그 어떤 것이든 너무 멀리 와 있는 것 같아.

최병수

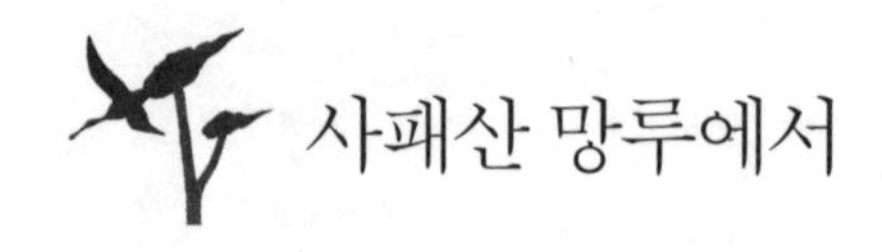

사패산 망루에서

2002년 7월 북한산 관통도로의 일부 구간에 대해 법원이 공사중지 결정을 내렸다. 이에 앞선 7월 11일쯤 승복을 입은 폭력배 160여명이 건설사 직원과 굴삭기 2대를 앞세우고 북한산 터널관통도로를 반대하는 '북한산 살리기 정진도량'을 침탈하려는 시도를 했다. 그때 사패산 터널로 가는 입구에는 10여 미터 높이의 망루가 설치되어 있었다. 최병수가 세워놓은 것이다. 농성장은 만일의 사태에 대비해 스님들과 환경단체의 대학생들이 지키고 있었다. 농성장에는 임시로 만들어놓은 선원이 있었고 거기에서 그는 스님들과 함께 묵으면서 망루를 지켰다.

그날이었던가 그다음 날이었던가. 텔레비전 뉴스를 보다가 병원으로 실려 간 그를 보았다. 그는 들것에 실려 병실로 들어갔다. 뉴스는 사패산 터널에서 일어난 일들을 대강만 전하고 있었고 강제로 철거하려는 건설회사 측과의 충돌로 환경미술가 최병수가 다쳤다는 이야기를 전했다. 그다음 날 그에게 전화를 했다. 어찌된 일인지 그는 예의 쾌활한 목소리를 들려주었다.

사패산에 대한 이야기 좀 해줘. 어떻게 시작된 일인지.

새만금에 있을 때였어. 장승제를 추진하는 일도 잘 안 되고 그럴 때였지. 북한산 관통터널 문제가 불거졌을 때 불교단체에서 연락이 왔어. 새만금에서처럼 솟대나 장승을 만들어줄 수 있겠냐고. 그래서 서울로 올라갔지. 현장에 가보니까 산에 있는 나무들이 다 누워 있었지. 머리털이 뽑힌 것처럼 다 잘라버렸더라고. 나무들이 먼저 도륙당하고 있었던 거야. 그걸 보면서 많은 생각을 했어. 그동안 해왔던 일들. 나는 환경을 앞세워 싸움을 해왔지만 변변히 이루어낸 것도 없었지. 패배는 아니었지만 그렇다고 성취해 놓은 것도 없잖아? 새만금은 싸움의 전선이 모호한데 사패산은 전선이 분명한 곳이었지. 정부와 건설업체 그리고 시민단체와 종교단체들과의 경계가 명확하게 그어져 있었던 거지. 사패산 그곳은 후미진 곳이기도 했고 어디나 그렇지만 소문 없이 당할 수도 있는 곳이라는 생각이 들었어. 처음부터 쉬운 싸움이 아닐 거라는 생각이었지만 그래서 한번 붙어보자는 생각이 더 앞섰지. 게릴라전 같은 경험을 할 수 있겠다는 생각이 들기도 했어.

거기서 제일 먼저 한 것이 잘려나간 나무 그루터기에 빨간 페인트를 칠하는 작업이었어. 스님들과 자원봉사로 온 사람들과 함께 붉은 페인트를 칠하며 잘려 나간 자연의 피를 표현했지. 그러면서 먼저 산솟대를 세우고, 딱따구리솟대, 구름솟대, 생명솟대, 잎새솟대를 세웠어. 그러던 차에 집달관 대표가 왔어. 법원 판결문을 들고 와서는 4, 5일 후에 농성장을 헐겠다는 거였지. 밤새 잠을 못 잤어. 스님들하고 한방에서 지냈는데 새벽 다섯 시가 지났나? 스님들이 좋은 생각 없을까? 그렇게 물었어. 그때 망루가 생각났지. 망루를 세우자고 했어. 거기 있던 사람들의 의견이 나누어졌어. 이만큼 싸웠으면 됐다. 그렇게 말하는 사람들도 있었고 망루를 짓고 끝까지 싸우자는 사람들도 있었지. 망루를 세우기로 하고 다음 날부터 긴 나무를 모아놓았지. 정보가 새나가면 안 되니까 몰래 해야 했어. 건설회사에서 매일 현장상황 기록하고 있었거든. 처음엔 간벌한 나무도 이용하기도 하고 또 사오기도 했어. 13미터쯤 되는 큰 아카시아 나무를 솟대처럼 세우고 거기에 2, 3미터짜리 나무를 이어서 세우고, 비게목을 구입해서 재빨리 조립했지. 꼭대기에 나뭇가지를 둥지처럼 설치했어. 처음 솟대인 줄로 알고 있던 게 느닷없이 망루가 된 거지. 망루를 세웠던 것은 집달관이 오면 거기에 올라가서 버텨보자는 거였어. 사생결단을 내려는 거였지.

<노 터널!>이란 설치물은 망루였군.

망루를 지어놓고 있는데 건설회사 사람들이 와서 물어보는 거야. '저 작품은 무엇입니까?' 그래서 '생명을 지키는 둥지'라고 말해줬어. 스님들한테 물어보면, 스님들은 '다비장이야.' 하고 말했지. 다비장이라고 말하니까 그들도 신경을 곤두세우더라고. 사패산터널 입구를 완전히 요새 같이 만들어놓으니까 서울 시경에서 헬기가 뜨더라고.(사람들이 와서 보고 그때 국회의원들도 왔었는데. 무슨 아파치 요새 같다는 그런 말들을 했지.) 나는 계속 망루를 보강했지. 처음 장승이나 솟대로 시작된 게 망루로 바꾸면서 계속 보강했어. 그랬더니 사람들이 올 때마다 망루를 보고 '저거 매일 높아지는 거 같아.' 그랬어. 그럴 때마다 '음. 아침마다 내가 여기다 물을 주거든. 그럼 자라.' 그렇게 말했지. 나중에는 20미터까지 올려 지었지. 집달관은 높다랗게 설치된 망루 위에 시너까지 올려놓았으니

"북한산 허리 못자른다" 불교 조계종 승려와 신도 및 환경단체 회원 30여명이 12일 오전 경기도 양주군 장흥면 별내리에서 시공사가 강제 철거를 강행하려고 하자 터널 공사를 반대하는 영어 문구를 망루에 설치하고 있다. 이곳에서는 지난해 11월부터 북한산 국립공원을 관통하는 도로 건설이 생태계와 수행 환경을 파괴한다고 주장하면서 불교 및 환경 단체 회원들이 230여일 동안 농성을 벌이고 있다. 양주/김봉규 기자 bong9@hani.co.kr

2002년 7월 13일 〈한겨레신문〉에 실린 북한산 사패봉 농성장의 〈NO TUNNEL〉 장면

들어오지도 못했어. 일단 승리를 한 것이었지. 결국은 집달관으로 안 되니까 나중에 가짜 승려를 보냈던 거지.

사패산 터널을 정부나 건설회사 측에서는 왜 그렇게 강행하려는 거지?

북한산 관통도로 공사가 얼마나 많은 이권이 걸려 있는 줄 사람들은 잘 모를 거야. 북한산 관통도로 공사로 인해 얻어지는 화강암이 양질이어서 그 값어치가 엄청나다는 것이었지. 민자유치로 인해 거둬들일 수 있는 도로세와 교통세는 이보다 훨씬 더 많지. 이런 사실들은 건설사가 전방위 로비를 해서 언론에 잘 나지도 않았어.

그때 사건은 어떻게 된 거야?

집달관이 돌아가고 나서 승려들이 한 150명이 몰려왔었어. 가짜 승려들이었지. 정보에 따르면 회사 측에서 불러 모은 사람들이라고 했어. 스님들끼리 싸움을 하는 것처럼 보이게 하느라고 가짜 승려들을 불러 모았다더군. 각목을 들고 왔는데 나도 준비를 단단히 해두었지. 망루에 돌멩이도 올려놓고, 신나도 올려놓았으니 그들이라고 무슨 수로 접근을 해. 한 시간쯤 구경 하다가 돌아가더라고. 20여 일이 지난 새벽 망루에서 자고 있는데 갑자기 무슨 소리가 나기에 나가 보았지. 그들이 다시 쳐들어온 거야. 낮에 왔다가 안 되니까 새벽 두 시에 다시 들어온 거지. 새벽에 들어올지는 몰랐어. 나는 접근을 못하도록 엔진톱으로 구름다리 두 개를 모두 잘라버렸어. 그리고 발전기를 돌리고 신나통 몇 개를 열어서 마당과 난간에 다 뿌렸지. 그러면서 거기서 50분 버텼나? 앞에서 대치하고 있는데 그들이 뒤에서 올라와 나를 덮쳤지. 뒤쪽 구름다리 쪽 기둥을 타고 올라온 거야. 올라와서 나를 붙잡아 팔을 꺾었어. 그리고 두들겨 패더라고. 그들도 죽기 살기로 하더군. 일당을 많이 받았나 봐. 나도 버틸 때까지 버티는데 나중에는 그중에 한 놈이 '아저씨 부탁해요. 우리도 일당 받고 왔어요.' 하며 사정을 하더군. 순간 그 말을 듣고 부아가 더 났어. 그들 때문은 아니었지. 돈 주고 고용한 놈들은 발 뻗고 잠을 자고 있는데 고용된 그들과 나는 그 새벽에 싸우고 있어야 한다는 사실이 슬펐지. 그들과 나 어느 쪽도 대리전을 치루고 있는 것일 뿐이었지. 이놈들도 사람이 다칠 정도로는 패지 않더라고, 전문가란 얘기지. 나를 끄집어내서 다섯 놈이 붙들고 내려왔는데 철조망에 여기저기 찢기기도 했어. 하지만 많이 다친 건 아니었어. 버티느라고 그냥 다친 척했지. 내가 내려올 때쯤에 언론이 오니까 그제야 경찰들이 나타났어. 경찰 병력들은 5분이면 오는 거리를 40분 만에 온 거야. 그들끼리 짜고 치는 고스톱이었지.

다친 게 아니었다고? 누워서 병원에 실려 가는 걸 보고 나는 또 크게 다친 줄 알았는데.

그때 119 구급차가 들어왔어. 기절한 척하면서 마루에 누워 있는데 소방대원이 와서는 '아저씨 눈 돌아가는 거 다 아니까 빨리 일어나 가시죠?' 그러더군. 그래서 '짜식 난 지금 기절중이야, 임마.' 그랬지. 그때 끌려 나갔던 스님들이 철조망에다 담요를 치고 다시 넘어 오는 거야. 그러면서 전세가 바뀐 거지. 경찰들도 오고 언론들도 다 오고 그랬는데 나는 크게 다친 데도 없었고 119에서 치료하고 그래서 병원 안 가도 되는데, 억지로 가게 되었지.

사패산 투쟁은 어떻게 되었지?

어쨌든 사패산 싸움은 승리를 한 거지. 망루 짓고 거기서 버티다가 재탈환하기까지 했으니까. 그랬는데 망루를 철거해야 한다고 했어.

보름 있다가 합의서라는 것을 만들었다는데 그 합의서 내용이 12월 말까지 노선을 재검토한다, 그리고 8월 30일까지 망루를 철거한다, 그리고 합의가 안 되었을 시 정부가 직접 해결한다는 거였어. 그게 무슨 합의서야? 그리고 왜 12월 말까지 노선을 재검토를 한다면서 망루를 그 전에 철거하냐고. 나는 그때 망루를 걷어야 한다는 말을 듣고 기가 막혔어. 북한산문제를 그렇게 처리하고 삼보일배는 또 왜 하는 지 모르겠어. 아니 그렇게 끝낼 거면 왜 나를 불러들여? 그 합의서에 대한 질문서를 보냈는데도 답변이 아직까지 없어. 왜 끝까지 못 하는 걸까? 합심해도 성공할까 말까 하는데.

망루는 사라졌나?

그 망루는 2004년에 철거됐지. 부안에서 핵폐기장 반대운동 하고 있는데 텔레비전 보니까 노무현 대통령이 터널문제로 해인사 종정 만나고 난 그다음 장면이 포크레인으로 망루를 폭 찍어 넘어뜨리는 거였지. 대통령이 철거반 노릇을 한 거였지.

2002년 베트남 평화공원에 설치하기 위해 미니어처로 만든 〈진실과 우정의 둥지〉

요하네스버그의 칵테일파티

그는 전 세계를 돌아다녔다. 환경회의가 열리는 곳마다 때로는 단체의 일원으로 때로는 자비를 들여서 쫓아가 지구온난화와 환경오염의 문제를 주제로 한 걸개그림을 내걸고 퍼포먼스를 벌였다. 2002년 남아프리카공화국 요하네스버그에서는 지구온난화 문제를 경고하고 그 주범인 미국, 일본 등 선진국들에 대해 기후변화협약을 이행할 교토의정서 비준을 요구하기 위한 '지속가능한 발전을 위한 세계정상회의(WSSD)가 열렸다. 그는 회의 기간 내내 4일 동안 무려 250여 개의 펭귄을 조각했다. 그 기간에 그는 외국 언론의 집중적인 조명을 받았다.

검정 선글라스와 커다란 귀마개에 장갑을 끼고 엔진 톱으로 무장한 그가 얼음덩이를 깎는다. 그는 기본적인 안전장비를 철저히 챙긴다. 그가 몸을 아끼지 않는다고 해서 어설프게 작업에 달려드는 것을 상상하면 오산이다. 그는 일에 관한 한 프로임을 자부한다. 장갑이며 귀마개며 안전마스크들을 정확히 챙기고 나서야 그는 작업을 시작한다. 엔진 톱 소리가 요란하게 들리면 순식간에 얼음펭귄 한 마리가 탄생한다.

지구온난화 문제에 대한 회의가 열리면 거의 한 번도 안 빠지고 다 갔었구먼.

중요한 회의는 거의 다 갔지. 남아공에서 열린 회의를 위해 여러 단체들이 모여 한국위원회를 꾸렸는데, 그때 제의가 들어온 거지. 남아공은 원래 내가 가려고 했었던 곳이었어. 그쪽에서 돈이 안 나오더라도 내가 빚을 얻어서라도 가려고 했던 거지. 요하네스버그 세계정상회의가 '리우+10' 인데, 92년도에 리우회의에서 10년 후에 열린다는 이야기를 그때 들은 거였지. <칵테일 잔>은 원래 97년에 구상한 것이었지. 이 그림을 그려놓고선 5년 후 그 회의가 열릴 때 쓸 생각을 했었어. 이 작품에는 칵테일 잔에 지구가 꽂혀 있는 그림이잖아? 이런 의미지. 세계의 주요 정상들이 다 모여서 회의를 한다고 하는데 그 대통령들이 모여서 뭘 하겠어? 유감스럽게도 그들 대부분은 자본주의 사회의 수장들이지. 그들을 하나하나 살펴보면 대개는 기업들 돈 받아서 대통령 된 자들이지. 그러니까 이 사람들은 기본적으로 경제를 우선적으로 고려할 뿐, 환경을 우선하는 정책을 펼칠 수 없는 사람들이야. 환경은 정치적인 수사일 뿐이지. 독일 같은 경우에도 녹색당이 연정으로 해서 된 게 얼마 안 된 거잖아? 환경문제를 다루는 정상회의라고 해봐야 나올 것은 뻔한 거였지. 그걸 풍자한 작품이 <칵테일 잔>이지. 이 작품을 컴퓨터로 합성작업을 하고 있었을 때, 요하네스버그에 같이 가자는 제의가 들어온 거였지. 하긴 미술 쪽에서 환경운동을 하는 사람이 없었으니까 할 수 없이 내가 가게 된 것이긴 하지만.

거의 독점기업이네? 환경운동걸개사업 최병수.

그렇지. 경쟁상대가 없어. 경쟁 하면 나는 머리에 쥐 나는 사람이야.

2002년 남아프리카공화국 요하네스버그에서 열린 '리우+10 세계정상회의' 행사장 앞에 설치된 얼음펭귄 조각들

2002년 '리우+10 세계정상회의'를 위해 제작한 〈잔치를 벌이시렵니까, 칵테일 잔〉

디자인 ❙ 문현정

디자인 ❙ 문현정

2002년 '리우+10 세계정상회의'를 위해 제작한, 물 위에 떠 있는 설치작품 〈떠도는 대륙〉

난 경쟁한 건 아니지. 독점한 것도 아니고. 그냥 한 거야. 이 그림하고 <떠도는 대륙> 이란 작품 두 점을 공식적으로 포스터로 만들어 가기로 하고 걸개도 그리려고 했지. 중간쯤에서 점검하기 위해서 환경단체에 이 그림을 보여 줬더니 반응이 대번에 부정적이었지. 나는 속으로 실망했어. 어떻게 내가 아이디어만 내놓으면 무조건 반대 하는지 모르겠어. 어떻게 된 게 비즈니스에 조금이라도 부담스러운 내용은 전부 다 반대였던 거지. 그래서 공식적으로는 그림을 내놓지 말자 생각하고는 내가 만든 포스터나 스티커에서 한국위원회 이름을 다 빼버렸어. 또 완전히 왕따 된 기분이었지. 그러고선 남아공을 갔어. 그런데 가서 보니 한국위원회 부스는 있었지만 내가 전시할 공간은 없었어. 10년 전 리우에 갔을 때하고 다를 게 없었어. 항상 그런 식이야. 늘 그랬으니까 그렇게 준비 없는 것에도 익숙해졌지. 그래서 어떻게 해. 부스에 들어가지 못한 채 행사장 바깥에서 걸개그림을 걸고 퍼포먼스를 할 수밖에 없었어.

(8월 24일, 26일 로이터와 AFP 등 세계 주요 통신사를 통해서 그의 <펭귄조각>과 <칵테일 잔>이 전 세계 언론에 뿌려졌다. 그가 행한 퍼포먼스를 찍은 사진도 매일처럼 언론에 등장했다. 신문에는 부시 미국 대통령의 가면을 쓰고 와인 잔에 담긴 지구의 피를 마시는 퍼포먼스를 통해 온실가스 배출을 억제하는 교토의정서에서 탈퇴한 미국을 비판하려는 내용으로 각국 참가단과 NGO의 공감을 얻었다는 기사가 실렸다.)

그때도 펭귄을 깎은 거야? <펭귄이 녹고 있다>를?

<칵테일 잔>은 세계 정상들이 칵테일을 즐기는 시간에도 계속 지구환경이 파괴되고 있다는 경고의 메시지를 담고 있는 거였어. 사실 나는 회의장에서 깽판을 놓기 위해 간 거였어. 퍼포먼스를 벌였던 게 그런 내용이지. 프레스센터 앞에서 부시 가면을 쓰고 앉아 있었지. 그러고 옆에 있던 통역한테, "부시가 요하네스버그에 왔다." 이렇게 소리를 지르라고 했어. 그런데 함께 간 친구들이 긴장한 얼굴로, "형, 괜찮을까요?" 그러더라고. "뭐가 어떻다는 거야? 부시가 왔다는 것뿐인데", 그러고는 앉아 있었지. 그때 로이터통신 기잔가 몇몇 기자들이 나를 쫓아다니면서 사진을 찍기 시작했어. 그러고 나서 얼음을 주문해서 펭귄을 조각하기 시작했지. 처음에는 30여 마리로 끝내려 했는데, 마지막 날에는 회의결과에 화가 나서 100마리를 깍았지. 결국 모두 250마리를 깎았어. 지금 생각해 보면 그때는 그냥 화가 나서 깎았던 기억뿐이었어. 나중에는 정말 1분 만에 펭귄 한 마리를 깎게 되더라고. 하루 종일 펭귄을 깎은 그날 엔진톱 가스 때문에 그만 뻗어버렸지. 그런데 그때 100마리를 깎는 동안 미리 깎아둔 남극의 대표 펭귄들이 녹고 있었는데, 이것을 본 각국의 NGO들 중에서 눈물을 훔치는 사람들도 있더라고.

첫날 어떤 NGO들이 와서 내가 펭귄 깎는 모습을 보고 얼음조각으로 SOS를 깎아달라고 부탁했어. 가운데 O를 지구로 해달라는 거였지. 얼음만 가져오면 그냥 해주겠다고 했지. 다음 날 그들이 왔는데 알고 보니 WWF(세계자연보호기금)이었어. 그린피스하고 거의 쌍벽을 이루는 규모의 동물보호단체였지. 길에서 얼음조각을 하려는데, 경찰들이 와서는 정식 부스가 아니면 길에서 깎을 수 없다는 거야. 진퇴양난이었지. 한국위원회에선 부스도 안 정해 놨지. 갈 곳도

없었지. 작업도 못 하고 서 있는데 WWF의 회원이 와서 내 사정이 야기를 들은 거지. 자기들이 부스를 한번 알아봐주겠다 하고는 돌아가서 한 시간 만에 왔어. 자기들도 부스를 못 구하겠으니까 자기들하고 같이 하자고 그러더라고. 자기들 장소를 쓰라는 거였지. 그래서 가봤더니, 중앙에 제일 넓은 장소야. 그래서 그리 옮겨서 깎기 시작했지. 거기서 작업을 하고 있는데 한국위원회 단체들이 자기들도 여기서 같이하면 안 되느냐? 이러는 거야. 정말 어이가 없더군.

그 단체에서 의뢰한 SOS 깎은 사진은 보지 못한 것 같은데?

그 친구들이 얼음을 못 구했어. 요하네스버그에는 큰 얼음이 없더라고. 나는 펭귄만 냅다 깎았지. 조금 미안하기도 했는데 그쪽에서는 당신 때문에 우리도 잘나가고 있으니까 상관없다는 거야.

그쪽은 동물보호단체니까 펭귄이 자기들 내용과 맞았던 거겠지. 마치 자기들이 기획한 것처럼 보이기도 하고, 그러고 보면 남 좋은 일만 하고 왔네.

남 좋은 일은 뭐. 그쪽하고는 이미지가 딱 맞았지. 나는 공간을 얻었고 작품을 할 수 있으니 서로 좋았던 거지. 나머지 걸개그림 <칵테일 잔>도 그 자리에 설치했어.

구름에 실어 보낸 평화의 솟대

2002년 내가 목수전을 열고 있을 때 그도 바로 옆 미술관에서 전시를 열었다. 관훈미술관에서 기획한 최병수 기획전이었다. 오랜만에 만난 그는 막 커다란 솟대를 차에서 내려 미술관 앞마당에 설치하고 있는 중이었다. 솟대는 구름이 똬리를 틀며 하늘에서 내려오는 거대한 조각이었다. 그 전해 그는 뉴질랜드를 다녀온 후 그해 4월에는 지구의 날 행사로 광화문에서 '북한산' 설치 전을 열었고 이어 새만금(군산 내초도)에 조형물 '갯벌'을 설치하고 사패산에서 농성을 벌였으며 8월에 '리우+10', 남아프리카공화국의 요하네스버그를 다녀오고 10월에는 베트남에 가서 '미안해요! 베트남' 조형물을 설치했다. 그는 말 그대로 몸이 열 개로도 모자랄 정신없는 한 해를 보냈다.

요하네스버그에 다녀와서 이라크에 갔었나? 그 전에 베트남도 다녀온 것 같은데?

<한겨레 21>에서 베트남 푸옌성에 있는 '한-베 평화공원'에 조형물을 세워 달라고 요청이 왔어. 한겨레에서 그때 베트남에 대한 특집을 했었는데 미국이 우리한테 했던 것과 똑같은 짓을, 이를테면 노근리 사건 같은 짓을 우리가 베트남에서 저지른 사실이 폭로되었지. 이에 대한 사죄의 뜻을 담아 베트남에 참회를 하기 위해 조성된 것이었어. 푸옌성의 평화공원 터는 민간인을 엄청 죽인 곳이었지. 20일 동안 8m 높이의 '생명의 솟대' 세 기를 세우고 미래의 평화를 상징하는 알을 주제로 한 '진실과 우정의 돌'을 제작하고 평화를 상징하는 주춧돌을 만드는 작업을 해주고 돌아왔어.

베트남 평화공원에 세워진 솟대와 뉴질랜드에 세워진 솟대의 형태가 비슷해. 왜 그렇게 되었지?

새만금에 있을 때였는데, 마오리족 장승과 우리나라의 장승을 교환하는 프로그램이 있었어. 뉴질랜드의 마오리족이 제안한 문화교류 행사였지. 그쪽에서 요구한 것은 장승이었는데 나는 도요새솟대를 만들자고 제안했지. 도요새는 우리나라에서 뉴질랜드까지 가니까 새만금운동도 알릴 겸 그렇게 하자고 전했는데 그쪽에서 좋다고 한 거지. 그래서 뉴질랜드로 가게 되었어.

그런데 솟대가 좀 이상해. 기둥에 조각이 되어 있거든. 이런 형태는 알레스카나 캐나다 북부에 사는 에스키모 조각처럼 보이거든. 그 조각에서 영향을 받은 건가?

아니야. 나는 사실 그런 조각을 본 적이 없었어. 이게 어떻게 만들어진 거냐면 새만금 솟대처럼 기둥으로 쓸 수 있는 구불구불한 나무를 구해 달라고 그쪽에다 미리 요청했었어. 그런데 뉴질렌드에 가서 보니 그들이 구해 놓은 나무는 곧바르고 단단한 나무였지. 도저히 솟대의 기둥으로는 쓸 수 없는, 전봇대로나 쓸 나무였지. 뉴질랜드는 나무를 보호하는 정책이 잘 되어 있었는지 자연상태의 구불구불한 나무는 오히려 구하기 어렵고 재단이 된 기성 목재를 구할 수밖에 없었던 거였지. 아이러니잖아? 하지만 아무래도 그 나무를 도요새 한 마리가 구름에 앉아 있는 솟대를 받치는 기둥으로는 쓸 수 없었지. 전봇대에 조각을 덜렁 올려놓으면 말이 안 되잖아? 하는 수 없이 그 자리에서 작품을 다시 구상해야 했어. 나무 위에 올려놓을 조각에 구름이 있으니까 거기서 구름이 흘러 내려오는 형상을 깎으면 어떨까 해서 그렇게 만들게 된 거지.

그런데 조각할 시간이 2, 3일밖에 없었어. 원래는 하루면 되는 일을 전봇대를 주는 바람에 거기다 조각을 하게 되니 꼬박 사흘이 걸렸지. 겨우 시간에 대어 깎아놓았는데 그 작품이 반향을 불러일으켰어. 마오리족 사람들이 매우 좋아하는 거야. 그 모습이 토템이나 샤먼하고도 연결이 되었던 거고. 그런데 그 사람들이 좋아하는 이유는 따로 있었지. '아오테아로아(Aotearoa)'가 마오리의 원래 국명이야. 그 뜻이 '길고 흰 구름의 나라'라는 뜻이지. 처음 공항에 도착했을 때 공항청사에 작은 타일로 구름을 모자이크로 해놓은 이유가 그 때문이었지. 그러니까 내가 우연히 깎게 된 구름을 좋아하는 거였어.

구름솟대는 원래 2001년에 새만금에서 썼던 거였지. '구름은 생명수의 전령'이라는 뜻으로 세웠던 거였어. 마오리족은 구름솟대를 너무 좋아했어. 꼬마들이 이걸 종이에 그려서 거기에 '슈퍼 코리 안' 라고 쓴 엽서를 만들어 나에게 주기도 했지. 거대한 솟대를 며칠 만에 깎는 것을 보고 그렇게 말하는 것 같았어. 그런데 그 사람들은 정말 느리고 태평이야. 원래는 마오리족 사람들도 도요새를 깎아 나한테 주기로 했는데 "당신이 간 다음에 보내주겠다."고만 하는 거야. 그래서 "당신들이 만든 솟대를 새만금에 가져다가 세워야 한다."고 말해서 겨우 하나 깎아서 가져왔지. 나중에 두 개 더 보내주긴 했지. 느려서 그렇지 약속은 철저하게 지키는 사람들이지. 그때 마오리족들이 내겐 너무 인상적이었어.

그때 만든 솟대를 베트남 평화공원에서 다시 만든 거군.

그즈음 <한겨레21>에서 한국 군인에 의한 베트남 양민학살 기사를 다루고 있었어. 한겨레신문사에서 평화공원에 세울 조형물 제의가 왔었지. 묘비같이 생긴 조형물은 마음에 들지 않아서 생명의 알을 상징하는 스케치를 보냈어. 평화를 잉태하는 알을 주제로 삼았지. 제안이 통과되었고, 원혼을 달래는 의미로 솟대를 함께 세우기로 했지. 그때는 예산도 풍부하지 않은 상태에서 베트남에 혼자 갔는데 그래서 긴장을 많이 했지. 공항에서 통역이 마중 나오고 다시 비행기로 한 시간, 차를 타고 네 시간 정도 가서 푸옌성에 도착했어. 베트남은 아직 개발이 덜 되어서인지 우리의 6, 70년대 분위기더라고. 푸옌성에 도착하니 나를 해외에서 활동을 많이 한 유명작가라고 소개했는지 서기장(군수)까지 나와서 영접을 하는 거야. 그런데 자기들이 보기엔 새파란 놈이었거든. 조금 실망하는 눈치였지. 하지만 예우는 극진했어. 말을 들어보니 그렇게 예우를 해본 적이 없었대. 여장을 대충 풀고 작업을 시작했지. 스케치를 보여 주고는 돌과 나무를 주문하고 나서 목각을 하는 장인 서너 명하고 석공

사진 ❙ Lê Minh

2002년 베트남 평화공원에 세워진 〈생명솟대〉

들 다섯 명과 함께 작업을 했어. 공원에 텐트를 치고 나무를 깎는데 거긴 너무 더워서 하루에 네 시간밖에 작업을 못했지. 일주일은 통역이 있었지만 나중엔 혼자 있었어. 그러다 보니 말이 안 통해서 곤욕을 치루기도 했지.

베트남 가기 전에 큰형한테 전화를 했었어. 큰형은 베트남전에 참전했었거든. 제일 큰형이 나하고 15년 차이가 나는데, 그때 형이 베트남에서 군수물품 통조림이나 야전음식을 많이 보내줬지. 그땐 멋도 모르고 맛있게 먹었어. 우리 형은 베트남에서 운전병으로 있었대. 말로는 사람을 죽인 적은 없었다고 하는데 맞는 말일 거야. 출발하기 전에 형한테 전화했지. 나 이러저러한 일로 가는데 형 생각은 어떠냐? 그랬더니 형도 베트남에서 벌인 행위는 잘못된 거라고 말하더군. 나도 운동하면서 알게 된 것이지만 우리는 베트남에 어떤 식으로든 사과해야 하는 입장인 건 틀림없어.

작품을 하는 동안 여러 가지 생각이 들었겠네.

푸옌성의 평화공원이 들어선 자리는 원래 한국군에 의해 양민의 학살이 있었던 곳이야. 모래땅이었는데 그곳에 거대한 구덩이를 파게하고 학살을 해 묻었다는 곳이었지. 솟대를 깎으면서 정말 그들에게 조금이라도 위안이 되었으면 했어. 그런 뜻을 그곳 사람들한테 전했더니 의외로 그들은 담담하더라고. 그들은 한국보다 미국이 더 나쁜 놈들이라고 생각하고 있었어. 베트남 사람들은 민족에 대한 자부심이 굉장해. 그만큼 다른 나라 사람에 대한 이해의 폭도 넓지. 그들은 호치민에 대한 존경심이 대단한데 그럴 만한 이유가 있었지. 호치민은 베트남민족을 이끈 민족의 지도자일 뿐 아니라 매우 친근한 동네 아저씨와 같은 이미지를 가지고 있어.

베트남 사람들이 식민지 종주국이었던 프랑스를 물리친 일화 중에 이런 게 있어. 마지막으로 프랑스와 싸움을 한 곳이 어느 분지였는데 프랑스군이 거기에 야전기지를 세웠다는 거야. 원래 분지에는 군사시설을 짓지 않는데 그곳은 주변의 지형이 매우 험해서 그들은 안전하다고 생각했던 거지. 프랑스군은 분지를 둘러싸고 있는 높은 협곡 위에서는 총알 한방 내려오지 않을 거라고 판단했지. 그런데 거기서 대포알이 날아온 거지. 총알이 아니라 대포알이 날아와 결국 프랑스가 패배했다는 거야. 베트남 사람들이 대포를 협곡 위에 올려놓은 이야기가 기가 막혀. 총을 들고 올라가기도 힘든데 대포를 올렸으니 얼마나 힘들었겠어. 한 시간에 불과 몇 센티를 올렸다던가? 대포를 올리다가 뒤로 밀리면 그 바퀴 아래 자기 가슴을 대고 그래도 밀리면 머리를 들이밀고 그랬다는 거야. 그런 수많은 희생 끝에 마침내 대포를 협곡 위에 올려놓았고 거기서 포탄을 쏠 수 있었다는 거지. 프랑스가 패배해서 본국으로 돌아갈 때 모습을 찍은 사진을 보았어. 프랑스군은 패배했음에도 말쑥한 정장을 차려입고 배에 오르는데 그 뒤로 베트남사람은 찢어진 농민복에 구식총 들고 씩 웃으면서 손을 흔드는 모습이 정말 인상적이었어.

적과 타협하지 않으면서 끝까지 싸우고 또 승리한 뒤에 적에게 관대한 그들의 품성에 대해 들은 적이 있어. 아마 호치민이라는 인물의 영향이 컸을 것인데 베트남 사람들이 호치민에 대해 호 아저씨라고 부르며 진심으로 존경하는 모습은 아름답지.

정말 호치민은 생각했던 것 이상으로 굉장한 인물이었던 것 같아. 평생 권력을 가졌으면서 한 번도 자신을 위해 권력을 행사해 본적이 없는 인물이었지. 베트남 사람들이 웃을 수 있는 것도 그런 지도 자를 가졌기 때문이 아니었을까?

그곳에 갈 때 엔진톱 네 대를 포함해서 연장을 많이 가져갔는데 내 연장을 매일 지켜주는 분이 있었어. 그곳 공무원의 장인이었는데 60대 아저씨였지. 그 아저씨가 이야기를 들려주었는데 뭐냐면 북베트남 군에도 문선대가 있었대. 문화선전대 말이야. 문선대가 병사들의 사기를 높이니까 미군들이 그들을 타깃으로 공격을 하곤 했대. 자기도 문화공연을 하는 걸 봤는데 거기의 여자들이 너무 예쁘더라는 거야, 보석처럼. 공연을 보고 있을 때 갑자기 미군비행기가 나타나면 병사들이 허름한 옷을 문선대 대원에게 입히고 그들의 무대 옷을 병사들이 입는다는 거야. 그리곤 미군들이 보라고 벌판을 달린다는 거지. 아리따운 문선대 대원들을 살리기 위해서 그렇게 희생당한다는 거지. 그런 이야기를 들려주면서 눈물을 흘리더라고. 이런 이야기를 들을 때마다 나는 조형물을 조각하면서 조심스럽지 않을 수 없었어. 함부로 다뤄서는 안 되는 거였지. 그래서였는지 조각은 짧은 시간이었지만 잘 나왔어. 서기장도 그걸 보고 표정이 달라졌어. 나를 대하는 태도도 달라졌고. 베트남에 가서 배운 게 많아. 그 사람들이 부당한 침략에 맞서 싸운 이야기가 처절하고 아름다웠지.

사실 나는 요즈음 곳곳에 '베트남 처녀와 결혼하세요' 혹은 '베트남 며느리 착해요', 이런 현수막을 볼 때마다 덜컥 가슴이 내려앉아. 왠지 모르게.

베트남의 호텔에서 텔레비전을 켜면 60년대 연극처럼 드라마가 방영되고 있었어. 소품들도 종이로 만들어놓은 것같이 이상한 모양이고 배우들도 인민복 입고 있으니 연극 같아. 한류라고 해서 <겨울

연가>가 나오는데 돈이 없어서 성우도 없고 자막으로 대사가 나오는 거야. 여기 사람들은 한국 사람들은 전부 다 호텔에 사는 줄 알아. 그걸 보고 <겨울연가>가 어떤 면에서 폭력적인 드라마라는 생각이 들었어. 자본주의에 대한 환상을 무자비하게 쏟아 붓는 드라마인 거지.

베트남 사람들이 웃음을 다시 잃는 일이 없었으면 좋겠어. 그 사람들은 웃음이 많아. 그냥 쳐다보아도 웃어. 하도 웃어서 모두 눈가에 주름이 쫙쫙 가 있지. 작업을 하면서 몹시 덥고 힘들었는데 그 사람들은 나보고도 그렇게 무표정하게 있지 말고 웃으라고 그러는 거야. 이 사람들은 무표정하게 있으면 오해를 해. 그렇게 고통을 받고 산 사람들인데도 너무 밝아. 그들은 싸움을 해도 낭만적으로 싸웠다고 말하는 사람들이지. 한국 들어와 보니 나를 만난 친구들이 내 얼굴이 바뀌었다고 그랬어. 20일 동안 얼마나 웃었던지 내 얼굴마저 그렇게 변했던 거지.

다섯째 날

- 이라크, 너의 넋이 꽃이 되어
- 병 그리고 그 후

북한산 관통도로 저지를 위한 농성장 사패봉에 세워진 〈山솟대〉

그의 이야기를 들으면서 한편으로 그를 바라보는 나의 시각에 몇 가지 심각한 오류가 있다는 것을 받아들여야 했다. 그가 매우 단순하고 직설적으로 자신을 풀어내고 있다고 할지라도 그의 작품에서 단순하고 직설적인 의미만을 읽어내려고 해서는 안되는 것이다. 솔직히 말하자면 아직까지도 나는 그의 생각을 풀어내는 근원을 알 수 없었으며 그의 행동을 설명할 적절한 동기를 발견하지 못했다. 그리고 그의 작품이 일관되게 지향하는 세계를 어떻게 받아들여야 하는지도 알지 못했다. 어쩌면 나의 오류는 처음부터 막연하게 그의 말을 끝까지 들어보겠다고 작정한 나의 무책임한 태도에서 비롯한 것일 수 있었다. 아니면 그에 대한 객관적인 거리두기를 할 수 없었기 때문일까?

그의 작품이 단호하고 명쾌한 의미를 전달하고 있었던 것처럼 나 역시 그의 작품에서 분명하고 단호한 호소력에 매몰되었을 것이다. 하지만 그를 이해하는 것은 그리고 그의 작품을 이해한다는 것은 생각 이상으로 단순하고 생각 이상으로 복잡한 '절차'를 요구했다. 그의 생각 속에서 서로 충돌하는 논리의 모순 혹은 지극히 단순하고 도식화된 신념에서는 발견할 수 없는 그의 말과 행동 그리고 작품의 골간은 무엇인가?

그는 개인적으로 받아들인 현상과 사회적으로 벌어지는 현상을 너무 쉽게 일치시키려는 경향이 있다. 그와의 대화가 난감했던 부분이다. 이를테면 개인의 처지를 자본주의의 모순으로 설명하고 자본주의에 대한 부정적 시각을 인간의 문명 자체를 부정하는 시각으로 옮아가는 단순한 도식은 좀처럼 받아들이기 어렵다. 그는 지식이나 이론 혹은 논리적인 영역들을 자신이 벼리고 다듬은 칼로 싹둑 베어놓곤 했다. 때로 나는 그의 말이 던지는 단순함에 대해서는 이의를 걸고 싶어졌다. 때로 신념은 아집으로 둔갑하고 확신은 독선으로 돌변하는 것 아니었던가? 그러나 그에게는 상투적인 논리로 가늠할 수 없는 그만의 어법이 존재하고 있다는 것을 받아들여야 했다. 그의 말이나 행동이 아니라 그의 작품이 그걸 더 잘 말해 준다. 분명 그의 작품은 일반적인 예술작품과 다르다. 그는 한 번도 자신을 표현하기 위해 작품을 한 적이 없다. 사회가, 대중이, 정치적 올바름이나 가치가 말하는 대로 대응했을 뿐인 '도구적인 미술'에 '불과하다.' 그가 가졌던 무기로서의 미술을 현실주의나 사회적 리얼리즘의 도식으로 설명한다면 얼마든지 가능한 일이다. 하지만 그의 작품은 그의 말이 미처 설명하지 못한, 그의 행동이 미처 말하지 못한 그의 또 다른 질서를 드러내고 있다.

그는 지적으로 세련되게 말하거나 논리를 다루는 데 능숙한 편은 아니다. 그래서 그의 작품과 그의 말이 일치하지 못하는 지점을 발견할 수도 있다. 반드시 그렇다고 할 수는 없지만 지식이 많다는 것은 한편으로 그만큼 생각이나 사고가 그만큼 정형화되어 있다는 것을 뜻하기도 한다. 최병수는 그런 게 없다. 그는 작품을 생각하고 만들어가면서 사물의 조합과 논리를 생각하는 것이 아니라 사물이 발생한 원인들을 자신의 감정이나 느낌과 일치시키려는 태도를 지니고 있다. 그는 사물의 논리적 구조에서 이미지를 풀어내기보다는 자신의 '신화적 상상력'을 작동시키는 데 능숙하다. 신화적 상상력? 신화와 상상을 들추어낸다고 해서 최병수의 작품 속에서 불가지론의 속성을 찾아내려거나 있지도 않은 아우라를 말하려는 것이 아니다.

신화적인 세계 속에서는 사물 혹은 동물은 인간과 항상 동등한 위치에 놓인다. 인간과 자연의 대화가 자연스럽게 이루어지는 세계다. 우리들이 흔히 오해하듯이, 신화 속에서 곰이나 호랑이가 나타나는 것은 그 영물들이 오래전에 살았던 어느 부족이나 세력을 상징하기 때문이 아니다. 신화적 세계에서는 자연이나 동물들이 인간과 다름없이 말을 주고받거나 인간과 유사한 생각과 행동을 지니고 있거나 혹은 인간이 신과 엇비슷하게 변신하거나 신이 인간의 곁에서 더불어 살아간다. 그러나 그 세계가 인간세계의 은유와 상징으로 만들어지는 것은 아니다. 실제로 인간과 곰이 동등한 입장에 있지 않는 세계 속에서는 신화가 창조되지 않는다. 다시 말하면 신화적 상상력은 사물과 현상에 대한 인간을 중심으로 이루어진 '지적 편견'이 가득한 곳에서는 자라지 않는다. 오늘날 신화가 창조되지 않는 이유이기도 하다.

인간과 자연 혹은 인간과 동물을 동일한 시각으로 대하는 이런 시선은 얼핏 천진한 동화적 상상력이자 원시적인 발상인 것처럼 보인다. 그러나 돌이니 나무니 하늘이니 사람이니 하는 것들에 대한 인간중심적 지적 편견이 없으면 인간의 상상력은 사물의 본질에 접목하게 된다.

최병수의 작품에 신화적 세계가 자주 등장하는 것은 우연이 아니다. 신이나 신적인 존재가 등장한다는 뜻이 아니다. 그의 짱뚱어와 갯지렁이, 펭귄과 곰, 고래와 연어들은 단순히 환경과 자연의 친화적 요소로 등장하는 것이 아니라 인간과 자연이 동등한 지위를 갖는 신화적 세계에 대한 갈망에서 나타난다. 그리고 두말할 것 없이 환경운동가로서 그의 신화적 세계의 접목은 매우 자연스러운 현상이기도 하고 필연적인 논리의 귀결점이기도 하다.

인간이 자연을 지배하는 문명적 사고로는 지구환경이 직면한 위기를 풀어낼 방도가 없다는 것은 최근 그뿐 아니라 수많은 학자들에 의해서도 제기되고 있다. <곰에서 왕으로>에서 나카자와 신이치가 말하는 인간과 자연이 균형을 이루는 대칭적 사회라는 개념이 그러하고, <가공된 신화, 인간>에서 틸 바스티안이 줄기차게 주장하는 부분도 바로 그러하다. 틸 바스티안은 동물과 자연에 대한 해악을 저질러온 인간이 '목적 합리성의 테두리 안에서 사고하고 행동하는 것을 거부할 수 있어야 한다.'고 말한다. 인간중심의 지적 합리성 속에 최병수가 놓여 있지 않은 이유이기도 하다.

최병수 아니 그의 작업과 작품에 담긴 생각들은 사람들이 요구하는 방식대로 나오는 게 아니라 그 스스로 요구하는 방향에서 이끌어진 것이다. 그가 기존의 사고와 이성이 만들어놓은 질서에 충돌하는 것은 어찌 보면 당연한 일이다. 그는 장승을 주문받아도 천하대장군이나 지하여장군을 멋지게 잘 깎는 데 관심이 없다. 그건 사람들의 요구다. 그는 갯벌을 바라보고 거기 꿈틀거리는 생명을 자신의 마음에 담아 생명의 솟대를 무수히 깎아놓는다. 그건 단순한 아이디어나 기발한 착상과는 거리가 멀다. 또한 자연이나 환경을 주제로 했기 때문에 동물을 등장시키는 발상과도 거리가 있다. 어떻게 하면 멋있고 그럴듯하게 보일까를 고민하는 작가적 욕심과도 다르다.

그의 고래, <우리는 당신들을 떠난다>는 최병수가 가지고 있는 기본적인 상상력의 본질들을 거의 갖추어놓고 있다. 신화적인 상상력과 가장 잘 연결되어 있는 작품이기도 하다. '우리는 당신들을 떠난다'는 말처럼 그 그림은 인간과 더불어 살 수 없는 동물들의 절망을 이야기한다. 인간의 오만한 지식으로 축적된 문명으로 도저히 떠날 수 없는 상황에 맞닥뜨렸을 때 그 역시 아랫배에 작살을 맞은 커다란 고래와 함께 어디론가 떠나고 싶은 심정이었을 것이다. 그림에서 인간의 손에 의해 깊은 상처를 입은 고래 한 마리가 새끼를 데리고 유영하고 있다. 조금 가까이에서 보면 고래의 등과 꼬리에 이르기까지 무수한 동물들이 올라타고 있다. 여기서 고래는 자연과 생태를 파괴하는 인간을 벗어나는 거대한 노아의 방주다. 왜 그들이 우리를 떠나야 하는지는 말하지 않는다. 하늘에는 별이 가득 반짝인다. 오른쪽에는 미지의 행성이 떠 있다. 그들은 절망의 우주를 유영하고 있다. 지구를 벗어나 아예 인간이 살지 않는 새로운 행성을 찾아 나선 그들에게 그렇게까지 해야 하니? 하고 말을 걸고 싶다. 그럴 수밖에 없었어. 고래는 침묵으로 답한다. 나는 그 그림을 7, 8여 년 전 파주 작업실에서 처음 보았다. 그는 낡은 농막에 그림을 걸어두고 얼음펭귄에 대한 이야기를 했다. 그는 일본의 교토의정서 회의가 열린 행사장 앞에서 얼음펭귄을 깎는 퍼포먼스를 벌이고 막 돌아와 있었다. 그는 행사장에서 벌어진 일들과 녹아내린 펭귄을 깎았던 이야기를 어린아이처럼 떠들어댔다. 나는 그때 그의 천진한 생각과 행동이 신화적 상상력으로 가득한 고래그림을 그릴 수 있었으리라고 생각했다.

동물이든 식물이든 자연에 자기의 생각이나 의식과 감정을 전이시키는 방식은 단순히 상징과 은유로 전이되는 것이 아니다. 그게 자신이라고 생각하지 않으면, 자기와 동류라고 생각하지 않으면 전이는 불가능하다. 그의 <펭귄이 녹고 있다>는 생각이나 아이디어가 아니라 펭귄의 입장에서 세상을 바라보는 시각에서 등장할 수 있다. 새만금의 솟대들에서 망둥이나 갯지렁이가 쉽게 나오는 것은 그리고 배를 세워 하늘로 오르게 하는 것은 갯벌에 살고 있는 물고기와 어부들을 생각하지 않으면 쉽게 나오지 않는다. 미술이나 운동이나 투쟁이 아니라 거기에 살아가는 사람들과 동물들의 생각 속에서 저절로 솟대가 세워지고 하늘로 올라가고 싶은 배가 세워지는 것이다. 그래서 그가 깎은 '얼음펭귄'은 호텔의 그럴듯한 파티와 행사장에 놓이는 얼음조각보다 낳을 리 없지만 뜨거운 한낮의 내리쬐는 태양 아래 놓여 녹아내리면 지구의 온난화를 말하는데 더 이상의 말이 필요 없는 '사라져가는' 펭귄이 된다.

다섯 번째로 그의 작업실을 찾을 즈음 미국의 뉴올리언스 지방을 급습한 허리케인 카트리나 소식이 들려왔다. 아프간내전, 9 · 11 테러에 무너진 뉴욕의 쌍둥이빌딩, 이라크전에 쏟아 부은 수만 톤의 포탄으로 죽어간 20만 명의 시민들, 쓰나미로 초토화된 동남아시아, 미국의 문명조차 비껴갈 수 없는 허리케인의 공세. 숨 돌릴 틈 없이 인류의 역사와 문명은 인간의 또 다른 문명과 자연의 보복으로 순식간에 폐허로 변한다. 죽음의 공포에 익숙해지는 법을 새로운 문명이 가르쳐야 할 지경이다.

환경운동가이자 반전평화운동가로서 최병수는 세계가 죽음의 아수라로 변해 버리는 현상을 바라본다. 그의 촉수는 재앙과 분노의 현장으로 뻗쳐 있다. 그는 미심쩍고 불확실한 논리로 중언부언

하는 말들보다 항상 몇 발자국 앞서 있다. 그의 작품들은 그렇게 아무도 피해갈 수 없는 상황, 도무지 외면할 수 없는 상황을 담아낸다. 말보다 더 먼저 머리에 닿고 행동보다 더 빨리 가슴에 닿는 그림들을 민첩하고 조직적으로 그려내는 일이 그의 작업이다.

그 자리에서 그의 명쾌하고 단호한 단순함은 그의 또 다른 무기다. 논리적 정교함과 치밀한 서사는 그의 몫이 아니다. 문명을 바라보는 시각도 마찬가지다. 그는 문명이 점점 발달하고 있고 그러다 모두 성장한 문명에 치어 죽을 거라고 느끼는 순간 문명은 '성장한 야만' 이 되어버린다. 그는 그렇다고 말할 뿐이다. 돌도끼에서 돌멩이를 빼버리고 대신 핵무기를 달아맨 <핵도끼>는 문명의 야만스러움이 석기시대의 그것에서 한치도 벗어나지 못한다는 아니 그것보다 더 '치명적으로 야만적' 이라는 사실을 보여 준다. 그것이 단순함인가?

그는 지금 문명에 대한 격렬한 항의를 하고 있는 중이다. 문명, 특히 기계문명을 둘러싼 발전과 개발과 성장중심적 사고에 대한 치명적인 약점을 그는 집요하게 파헤치고 있다. "어떤 유기체의 종도 인간처럼 전 세계적으로, 지속적으로 엄청난 결과를 가져오면서까지 개입한 적은 없다. 인간이라는 종은 그 특유의 사고력과 거기에서 발전된 기술 덕분에 무서운 속도로 자연을 마구 휘젓고 다닌다는 사실이다." 프란츠 M. 부케티츠가 <멸종> 에서 그렇게 말하듯이, 레이첼 카슨이 <침묵의 봄>에서 인간의 문명이란 다른 종들의 침묵을 강요하는 폭력이라고 말하듯이 최병수는, 최병수의 작품은 야만스러운 인간 문명의 폭력성을 말하고 있는 중이다.

그는 <한열이를 살려내라!>를 시작으로 거침없이 시대의 들판을 달려왔다. 때로 <노동해방>을 꿈꾸기도 했고 <장산곶매>가 되어 역사의 산맥을 넘나들기도 했다. <반전반핵>을 외치고 <성장한 야만>에 조소를 보냈다. 그리고 <쓰레기들>로 가득 찬 세상을 바라보며 녹아내린 <남극의 나침반>과 <떠다니는 대륙>을 안타깝게 넘나들었다. 전쟁을 막기 위한 인간방패가 되어 <야만의 둥지> 속으로 서슴없이 들어가기도 했다.

그는 파국을 바라보고 있다. 누구보다 더 안달하며 위기의식에 가득 차 있다. 그는 사람들을 이해할 수 없다. 인류가 환경위기를 넘어 재앙의 현실에 그대로 맞닥뜨려 있음에도 불구하고 손을 놓고 있는 것처럼 보이는 사람들의 행동들을 그는 이해할 수 없다. 그의 분노는 거기서 다시 시작된다. 영원한 파국을 향해 몰아치는 어리석은 군상들을 향해 그는 제발 더 이상 자멸의 길을 가지 말라고 외치고 있다.

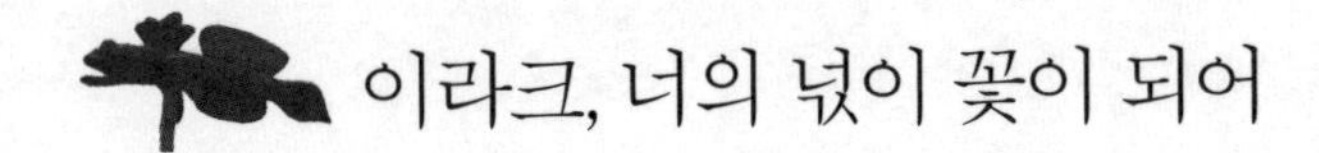

이라크, 너의 넋이 꽃이 되어

2003년 2월 14일, 최병수는 '오일깡패 부시'로 분장하고 광화문에 나타났다. 그리고 달포 후 그는 '온 몸으로 전쟁을 막겠다'며 이라크 반전평화팀의 일원으로 요르단으로 떠났다. 후세인 정권하의 이라크는 전쟁이 임박하여 입국조차 쉽지 않았다. 그는 반전평화팀 활동가 다섯 명과 함께 요르단에 도착해 이라크 상황을 파악한 다음, 육로를 통해 이라크 바그다드로 들어갈 예정이었다. 그 길에서 그는 병을 얻었다. 아니 병을 토해 냈다. 그의 배낭 속에는 걸개그림 <야만의 둥지>가 들어 있었고 자신의 병조차 막지 못한 그는 전쟁을 막겠다고 바그다드로 들어갔다.

이라크는 어떻게 가게 되었지?

광화문에서 이라크 반전 평화시위를 했던 게 계기가 되었어. 그때 나는 부시로 분장했지. 부시 가면 쓰고 달러무늬가 찍힌 넥타이 매고 군용 야전잠바를 이태원에서 사서 입고는 드럼통에 이라크라고 쓰고는 행진을 했어. 부시를 '오일깡패'로 표현한 것이었지. 신문에 나왔던 사진은 효과만점이었어. 내가 경찰에 잡혀가는 모습이 마치 부시를 잡아가는 것처럼 나왔거든. 그 사진이 외신에 많이 났대. '오일 깡패, 부시' 퍼포먼스는 두 번 했지. 다행히 경찰서에 끌려 들어가지 않은 바람에 대학에서 광화문까지 걸어오는 행렬에서 또 했어. 그때 이라크 반전평화팀에서 이라크에 가자는 말이 나왔지. 그때쯤이면 이라크에 갔던 인간방패들이 빠져나올 때였어. 사태가 급박하게 돌아가고 있었거든. 들어가길 포기하는 사람들이 있어서 내가 갈 수 있었어. 아는 분이 이라크에 인간방패로 가지 않겠냐고 하기에 그러자고 했지. 더 생각할 필요도 없었어. 나는 혼자잖아? 이야기를 듣는 순간 두말없이 받아들였어. 그때 가져갔던 <야만의 둥지>는 미리 2년 전에 스케치를 해놓은 거였어. 걸개그림으로 그릴 제작비가 나오기로 했는데 비행기 삯이나 체류비는 나왔지만 제작비는 없었지. 어찌어찌 그림을 만들어 요르단으로 향했어. 요르단에는 먼저 왔던 반전평화팀의 베이스캠프가 있었고 우리도 거기에 합류했지. 그런 다음 다섯 명으로 이루어진 팀을 새로 꾸려서 이라크로 향했지.

이라크 들어가기 직전 요르단에서 피를 쏟았어. 나는 짐이 많아서 호텔에서 혼자 방을 쓰고 있었지. 전날만 해도 멀쩡했는데 새벽 한

시에 갑자기 배가 쥐어짜듯이 뒤틀리면서 아프고 식은땀이 나는 거야. 그다음에 정신을 잃었지. 얼마가 지나 정신 차려보니까 얼굴에 피가 범벅이 되어 있었어. 자장 같은 진득한 피를 엄청 쏟았어. 당혹스러웠지. 그날 아침에 이라크대사를 만나야 했거든. 대강 수습하고 이라크 대사를 만나서 그림을 보여 주고 반전평화활동에 대해 설명을 하니까 호의적인 관심을 보였고 비자를 쉽게 내주었어. 다음 날 요르단대학병원에 갔지. 내시경을 보니까 위에서 피가 나온다는 거였지. 링거 좀 맞으면서 한 3일 굶으면 낫겠지 그렇게 생각했는데 병원에서는 피를 그렇게 많이 쏟았으니 조직검사를 하고 나서 수술을 해야 한다고 했어. 그때 바그다드로 향하는 지프차가 벌써 와 있었어. 이라크로 들어갈 팀원들이 다 선별이 돼 있었는데 나만 빠질 수가 없잖아? 그림을 걸 수 있는 사람은 나뿐이었으니까. 병원을 몰래 나왔지. 맞고 있던 링거가 아까워서 손에 들고 나왔어. 그러다 들켰지. 병원에서 등치가 산만 한 친구들이 나타나서 못 나가게 막는 거야. '나 치료비 다 냈어.' 그러고 나가려는데 안 된다는 거였지. 나는 죽을 거라고는 생각을 안 했어. 암이라는 생각도 하지 못했고. 내 목숨 내가 책임지는 거니까 내보내달라고 사정해서 결국 바그다드로 향했어. 이라크로 들어가는데도 하루가 걸렸지.

열 시간 넘게 지프를 타고 이라크로 들어갔어. 나는 계속 위출혈이 있는 상태였지. 그래서 이라크로 들어가서도 3일을 내리 굶었어. 전쟁이 임박한 속에서도 도중에 만났던 사람들 표정이 굉장히 태연했던 게 떠올라. 그런데 거기 특산물로 옛날 전통방식으로 구운

14일 서울 종로구 광화문 미국대사관 앞 거리에서 행위예술가인 최병수씨가 조지 부시 미국 대통령을 풍자한 가면을 쓰고 이라크전 반대 퍼포먼스를 펼치다 경찰에 연행되고 있다.
탁기형 기자 khtak@hani.co.kr

2003년 2월 14일 광화문 미국대사관 앞에서 최병수가 부시 미국대통령 가면을 쓰고 이라크전 반대 퍼포먼스를 하다가 경찰에 연행되고 있는 장면이 실린 〈한겨레신문〉의 기사

광화문에서 이라크 반전 평화시위를 했던 게 계기가 되었어.
그때 나는 부시로 분장했지.
부시 가면 쓰고 달러무늬가 찍힌 넥타이 매고
군용 야전잠바를 이태원에서 사서 입고는
드럼통에 이라크라고 쓰고는 행진을 했어.
부시를 '오일깡패'로 표현한 것이었지.
신문에 나왔던 사진은 효과만점이었어.
내가 경찰에 잡혀가는 모습이 마치 부시를 잡아가는 것처럼 나왔거든.

"부시 미워" 한국 반전평화팀의 일원인 퍼포먼스 작가 최병수씨가 지난 16일 이라크 수도 바그다드 사둔거리의 해방광장에서 조지 부시 미국 대통령의 가면을 쓴 채 모형 미사일을 들고 나오자 이라크 청소년들이 달려들어 말리는 시늉을 하고 있다. 뒤쪽의 걸개그림도 최씨가 그린 것이다.
바그다드/임종진 기자

2003년 3월 16일 이라크 바그다드의 해방광장에서 최병수가 부시 미국 대통령 가면을 쓴 채 이라크전 반대 퍼포먼스를 하고 있는 장면이 실린 〈한겨레신문〉의 기사

이라크 해방광장에서 걸개그림 〈야만의 둥지〉 앞에서 퍼포먼스를 하는 인간방패로 참가했던 NGO활동가 유은하 씨

잉어요리가 있었어. 티그리스 강에서 잡은 잉어야. 전통방식으로 요리를 하는 것이었는데 모닥불에다가 세 시간 동안 익히는 거지. 맛있었어. 부드럽고 보통 맛있는 게 아니야. 그걸 먹으니까 힘이 붙더라고. 그 힘으로 퍼포먼스를 할 수 있었지.

그 전에 바스라 지역을 먼저 갔었어. 그곳 아이들은 열화우라늄탄에 오염되어 끔찍한 모습이었지. 바스라 지역은 어마어마한 양의 질 좋은 석유가 매장되어 있는 곳이라더군. 쿠웨이트 쪽에서 시추를 할 때 바스라 지역을 향해 대각선으로 뚫는다고 해. 그러면서 그 지역을 계속 폭격해 왔다는 거지. 그러니까 어린아이들이 그런 모습으로 태어나는 거였어. 나중에 <메두사 부시> 그림의 부시 머리에 그려놓은 아이들이 바스라 지역의 아이들이야. 바스라에서 부서진 탱크 위에 올라 부시 가면을 쓰고 사진을 찍었지.

이라크는 후세인 초기 때 교육에 투자를 해서 삼사십 대는 비교적 지적인 느낌을 받았어. 아이들은 교육을 거의 받지 못한 것 같았고. 공습 4일전에 시장을 갔을 때도 폭격시한이 얼마 안 남았는데 사람들이 제법 많이 있더라고. 떠날 사람들은 떠났지. 돈 많은 사람들은 떠나고 갈 수 없는 사람들은 남았지. 전쟁에 익숙해서 그런지 아니면 포기해서 그런지 남아 있는 사람들의 모습은 태연했어. 행사는 바그다드 해방광장에서 하기로 하고 그림은 야자수에 걸기로 했지. 같이 갔던 유은하 씨가 아랍어를 할 줄 알았어. 둘이서 필요한 물품, 그림을 걸 도르래 같은 걸 사러 시장을 돌아다녔어. 이라크 사람들이 무슨 일을 하냐고 물어서 그림을 보여 주며 전시와 행사에 쓸 거라고 했더니 그 비싼 도르래를 그냥 주더라고. 거기는 그런 공산품이 무척 비쌌거든. 겉으로는 평온했지만 사람들의 표정에서 도와달라고 말하는 듯한 절실함이 묻어 있었지. 서민들의 소박한 간절함이 절절하게 느껴졌어. 그때 외국인들은 거의 빠져 나갔을 때야. 그때 우리 들어갈 때도 유엔이 철수하고 있다는 이야기를 들었지. 인간방패들 소수만이 남아 있었어.

걸개그림 <야만의 둥지>를 바그다드의 타흐리 해방광장에 있는 야자수 나무에 기어올라 가서 걸어놓고 퍼포먼스를 할 때 그 둘레에 모여든 사람들이 크게 호응을 하던 모습이 기억에 남아. 부시가면을 쓰고 미사일 둥지를 만들어놓고 지구를 파멸시키는 퍼포먼스를 하는데 바그다드 사람들 특히 아이들도 많이 참여했지. 그래서 퍼포먼스는 제대로 하게 되었어.
공습 개시 예상일을 하루 앞둔 저녁(2003년 3월 17일), 바그다드에 모인 온 나라 평화활동가들이 모여 티그리스 강에 촛불 배를 띄우는 행사가 있었어. 일본 승려들이 주도를 한 건데 그때도 그 그림을 티그리스 강가에다 걸었지. 평화를 기원하는 배를 만들기도 했고. 그러고 나서 요르단으로 나왔어. 거의 피난민처럼 나왔어. 긴박한 상황이었는지 차들이 빨리 빠져나오려고 한데로 몰렸지. 그런데 우리는 특혜를 받았어. 그동안 벌였던 우리들의 활동에 호감을 가지고 있어서였는지 바그다드시 측에서 통행증을 확실하게 만들어 주었거든. 그래서 버스 한 대에 끼어 타고 쉽게 나올 수 있었지.

이라크에서 나올 때 심정이 어땠어?

만감이 교차했지. 실제 공습 이틀 전에 이라크에서 요르단으로 나오면서 마음이 착잡하기 이를 데 없었어. 이러지도 못하고 저러지

이라크 티그리스 강에 띄워진 〈평화의 배〉

(반대편) 2003년에 제작한 걸개그림 〈너의 몸이 꽃이 되어〉

너의 몸이 꽃이 되어

외마디 절규로, 지린 고통으로
피 흘리며 잠을 자고, 피 흘리며 잠을 깨며
저 하늘로 날아갔지

아이들아 용서해라! 애원한다 아이들아!
잔인한 현실, 탐욕스러운 현실을
살육을 설교하고 자행하는 자들의 총과 칼을

너의 몸이 꽃이 되어, 누천년 누만년
너의 넋이 꽃이 되어
너의 넋이 꽃이 되어

— 최병수

도 못하고. 세 명이 남았는데 그 친구들을 두고 나온다는 것도 마음에 걸렸고. 그때 걸개그림 <야만의 둥지>를 남아 있던 사람들한테 줬어. 그래서 그 그림은 지금 나한테 없지. 그때 통역을 해주고 길을 안내하던 사람 집에 지금도 보관되어 있다는 말은 들었어. 부시 가면이나 플래카드에 그린 그림도 계속 걸어놓고 시위를 계속하라고 다 줬어. 실제로 박기범 씨와 유은하 씨가 외국 NGO들과 함께 남아서 시위를 했지. 그들은 미군들이 왔을 때도 시위를 계속했어. 그림을 탱크 앞에 깔아놓고 평화시위를 했는데 미군 병사들도 그건 건들지 못했대. 그들도 그 행위가 무얼 말하는지는 알고 있었겠지. 그들도 개인적으로 대하면 모두 통하는 평범한 인간이잖아? 전쟁에 참가해 총을 쏠 때는 눈에 보이는 게 없을 테지만 마주 대하면 우리와 똑같은 사람들이잖아?
요르단 암만의 베이스캠프로 돌아왔을 때 CNN에서 방영되는 공습 장면을 보게 되었지. 이틀 전만 해도 대화를 나누었던 사람들이 있는 바그다드가 불길에 휩싸이는 모습을 보면서 분노가 끓었지. 거기서 <메두사 부시>를 그렸어. 그 상황에서는, 정말 그때의 느낌은 부시가 악마 같더라고. 그 그림을 확대 복사해서 계속 시위할 때 사용했지. 요르단 주재 한국대사관 앞에서 시위할 때도 쓰고, 팔레스타인들 반전집회할 때도 가서 사람들에게 나눠주고 그랬어.

이라크를 빠져 나와 요르단에 왔을 때 사람들이 나보고 "축하합니다." 그러는 거야. 그래서 "뭘 축하해. 축하할 게 뭐가 있냐 지금, 인간들이 방패 하고 인간들이 폭탄을 퍼붓고 지랄을 하고 있는데." 그렇게 대꾸했는데 사실 나는 그때 기분이 정말 좋지 않았어. 이라크

1999년 '꿩 먹고 알 먹으면 멸종이다' 여름 어린이 환경캠프에 참가한 어린이와 부모들이 〈나침판이 녹고 있다〉 위에서 행한 퍼포먼스 장면

평택 대추리 마을에 세워진 <생명 그리고 희망>.
폐기된 포탄으로 만들었다.

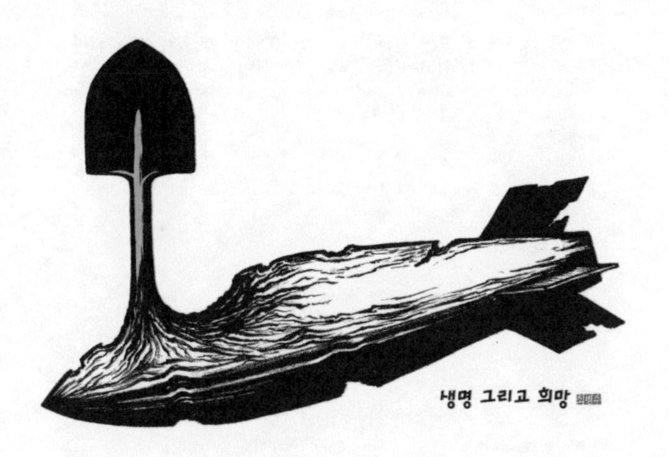

에 들어가서 전시만 하고 나왔지 아무것도 한 것이 없다는 생각이 들었거든. 착잡했고 분노가 일었고 자괴감이 들었지. 그런데 얘기가 뭐냐면 교보생명인가에서 상을 준다는 거야. 문화부문 대상을 준다는 것이었지. 내가 어디 있는지 수배를 해보니까 요르단에 있다고 하니 그리로 연락이 왔던 것이었지. 상금이 적지 않았는데 그걸로 그림을 그릴 생각을 하니 기분이 좀 나아지기는 했어.

이라크에 다녀와서 바로 전시하지 않았었나?

2003년 7월 문화일보 갤러리에서 초대전으로 열렸지. 평화를 기원하는 솟대를 세우는 거였고 걸개그림과 솟대, 그리고 사진들을 걸었어.

그럼 <너의 몸이 꽃이 되어>는 돌아와서 그린 건가?

보름 만에 돌아왔는데 그다음 날인가 그날인가 신문 1면에 이 사진이, 할아버지가 아이를 안고 있는 이 사진이 난 거지. 폭격에 아이의 다리가 너덜너덜해진 이 사진이 AP통신인가 어디서 난 거야. 그걸 보고 바로 작업에 들어갔지. 그런데 아이의 헤진 살덩어리를 도저히 그릴 수 없었어. 너무 끔찍해서 어떻게 해야 하나 그런 생각만 들었지. 한참을 사진만 그렇게 들여다보고 있었는데 죽은 아이의 표정을 보니 놀랍게도 편안한 모습이었어. 그제야 생각이 좀 나더라고. 잘라진 아이의 다리에서 꽃잎이 휘날려 세상을 덮는 모습이 떠올랐지. 그때 그 아이를 위한 시를 한편 썼어.

김선일 씨 납치사건이 난 건 조금 후의 일이었지?

이라크 갔다 와서 사패산에서 잠시 떠나 방폐장문제 때문에 부안에 있었는데, 김선일 씨가 이라크에서 인질로 잡혔다는 소식이 들려왔어. 이라크에 가서 일을 하고 있던 한 젊은이가 이라크 무장단체에 납치되었던 거지. 무장단체가 만든 비디오에서 그가 '살려 달라, 살고 싶다' 고 애원하는 외침을 들어야 했어. 그건 외면할 수 없는 절규였지. 그럼에도 이 나라의 정부는 '테러범들하고는 타협할 수 없다' 면서 파병원칙만 되뇌고 있었어. 정말 너무하더군. 김선일이 자기 자신이고 형제고 자식이라도 그런 말이 나올까?

밤을 샜어. 저녁 열한 시경부터 새벽까지. 이한열 때가 떠올랐지. 그림은 일부러 판화를 택했어. 판화가 사람들한테 더 충격적일 거라는 생각을 했지. 긴박할 때는 흑백이 더 효과적이지. 밤을 새워 판화를 만들어 서울로 올라오는 첫 차를 탔지. 판화가 채 마르지도 않아서 고속버스 옆자리에 그림을 놓았는데, 한 군인이 그걸 보더니, 김선일 씨 아냐? 그러면서 그림이 매우 강렬하고 호소력이 있다는 거야. 비몽사몽 정신이 하나도 없이 만들어서 자신이 없었는데 그 친구 말을 들으니 그때는 좀 힘이 나더라고.

서울에 와서 바로 마스터인쇄로 떠서 집회 때 뿌렸는데 그때 김선일 씨가 죽었다는 소식이 날아들었지. 그 그림에다 이라크 파병 찬성한 사람들, 국회의원 이름들을 거기에 적고 다시 마스터를 떠서 서울하고 부산에 뿌렸어. 또 실사로 크게 뽑아서 거리에 붙이기도 하고 그랬어.

김선일 씨 납치사건을 보고 밤을 새워 작업을 할 수 있게 하는 그 힘은 뭐지? 울분이야? 분노인가?

울분도 있고 알 수 없는 분노에 휩싸이기도 했지. 이런 일을 여러 차례 하다보니까 어떤 일이 터졌을 때 막연히 하지 않으면 안 된다는 절실함에 빠지게 돼. 그게 버릇 같은 것일지도 몰라. 아무튼 결국 김선일 씨는 죽었지. 일련의 과정을 보면서 우리나라가 식민국

가라는 생각을 지울 수 없었어. 김선일 씨의 경우에서 분명히 보여주고 있지만 정부는 미국의 꼭두각시놀음만 하고 있었지. 분명 이라크의 주권을 침략한 우리는 전범국으로 전락할 수밖에 없잖아? 이런 것들이 한없이 부끄러워져. 반전운동을 하면서 너무 부족한 걸 실감하게 돼. 반성도 많이 하게 됐지. 자국의 국민을 죽여야 하는 정부에도 분개했지만, 이에 효과적으로 대응하지 못한 우리들의 모습이 정말 안타까웠고 회의도 많이 들었어.

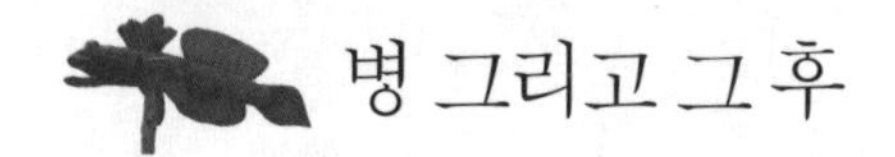

병 그리고 그 후

어느 가을 날 그가 다시 피를 토했다. 강철 같던 그가 쓰러지고 나서 그 해 겨울에 최병수를 위한 모임이 있었다. 그 모임을 위한 포스터에는 이렇게 적혀 있었다.

최병수가 쓰러졌다.

선량한 목수에서 '우연히' / 화가가 된 최병수 / 최루탄 뿌연 80년대 우리 등 뒤에 / 의연하게 걸려 있던 / 걸개그림처럼 항상 현장에 서 있던 / 최병수가 쓰러졌다.

북한산 나무와 동물들 곁에 / 망루를 세우고 새만금 갯벌에 / 장승과 솟대를 꽂고 / 대추리 들녘에 평화의 / 방패를 만들러 달려가고 / 지구반지와 얼음펭귄으로 / 생명의 공존을 노래하던 / 최병수가 쓰러졌다.

전쟁을 막기 위해 이라크로 / 달려가 아픈 배를 부여잡고 / 평화의 촛불을 밝혔던 / 차돌멩이 최병수가 쓰러졌다.

위암3기, 3분지2의 위를 도려내고 / 험하고도 먼, 외로운 싸움을 / 시작한 최병수를 살려내자.

최병수의 벽화와 망루 앞에서, / 그의 걸개와 솟대를 보면서 / 내달려온 우리들이…… / 이제 그의 걸개가 되고, / 솟대가 되고, 망루가 되자.

그동안 너무 바빴던 거 아냐?

2003년도는 정신없이 바빴어. 마침 교보환경대상을 받은 돈으로 그림을 많이 그리게 되었어. 개인전(최병수 현장전)을 열었고 시청 광장에서 6 · 10 항쟁을 기념하는 통일솟대 세우고 <장산곶매>도 걸고. 가을쯤 되면서부터 배가 차가워지기 시작했어. 견딜 수 없이 아플 때는 약을 먹으면서 지냈지. 2004년 9월 전에는 계속 부안에 있었어. 거기 있으면서 광주비엔날레에서 솟대를 세우기도 하고 평택 미군기지 집결을 반대하는 5 · 29 평택 평화축제에서 걸개그림 <너의 몸이 꽃이 되어>를 걸었어. 평택에서는 나무로 깎은 미사일에 낫과 삽 그리고 쟁기가 꽂혀 있는 작품을 만들어 대추리의 논에 심었지.

그게 <생명 그리고 희망>인가?

그렇지. 사람이 흙을 떠나서는 살 길이 없잖아. 미사일은 생명을 죽이는 쇠고, 삽은 생명을 살리는 쇠잖아? '무기를 녹여 쟁기로' 라는 말이 있듯이 생명의 이미지에 희망을 담은 거지. 핵의 위기는 인류의 위기야. 지구에게 남은 시간이 7분이라는 이야기도 있지. 우리가 사는 세상이 얼마 남지 않았다는 건 누구나 다 알고 있잖아? 그런데도 끊임없이 무기를 만들어놓고 경쟁을 벌이니 결국은 우리가 만든 그 무기로 전멸하고 마는 거지.

미군기지 확장 반대와 환경운동은 어떻게 연결되는 거지?

세계에서 가장 많은 CO^2를 배출하는 나라가 미국이지. 지구온난화의 주범국이자 부도덕한 전쟁을 일삼는 미 제국주의를 고발하기 위한 작업이야. 우리나라가 힘이 없다는 이유로 언제까지 미국이 하라는 대로 해야 하는지 답답하기만 해.

몸이 아픈 줄도 모르게 계속 일만 해댔군.

2004년 9월쯤인가 어느 날 새벽에 피를 쏟았지. 그리고 거의 움직이질 못했어. 하루 종일 피만 쏟고 있었지. 기진맥진하다가 24시간이 지나서 겨우 동네 후배한테 전화를 할 수 있었어. 병원에 갔더니 의사가 의료보험증이 있냐고 묻더라고 없으면 빨리 만들라고. 큰 병이라는 이야기지. 어찌어찌 보험증을 만들고 병원을 여기저기 다녔는데, 처음엔 위선암이라는 진단이 나오기도 했어. 그러다 암 선고를 받고 결국은 수술까지 하게 된 거지.

아프고 나서 무슨 생각이 들었어?

수술 받고 나니 정말 무지하게 아프더군. 아프고 나서는 오히려 담담했어. 죽을지도 모른다는 생각에 조금 놀라기는 했지. 하지만 남아 있는 아쉬움이나 한 같은 것은 없었어. 그래서 그런지 마음이 편했어. 죽으면 또 죽는 거지, 죽는 게 무섭지도 않았어. 어쨌든 한이 많았던 나였는데 어찌 보면 그동안 맺혔던 한은 풀었다고도 할 수 있잖아? 그림을 하게 된 것도 그렇지. 그림이 아니라 운동을 하겠다는 것이었지만 그 자체가 복수였고 분노였지. 그동안 이것저것 참 많이도 했어. 만평을 그리는 작가의 그림 수보다는 적겠지만 현장 미술로 치면 적은 양이라고 할 수는 없잖아? 현장을 그렇게 쫓아다녔던 것은 아무래도 내가 도시빈민 출신이라는 의식이 작용했던 것 같아. 그 입장에서 보면 화가 나는 일이 너무 많았던 거지. 함께 했던 사람들과 똑같이 화를 낼 수 있었다는 게 여기까지 오게 만든 것 같아. 그리고 어떻게 보면 가진 것 하나 없는 내가 그나마 가진 걸 모두 다 쏟아냈다는 생각이 들었어.

최병수가 원래 그랬던 게 아니라 운동권에 들어와 현실을 다시 보게 되면서 자기를 스스로 추동한 거라고 말해야 하는 거 아닌가?
어떻게 보면 그게 맞는 말이지. 나는 집 한 칸 마련해서 결혼하고 자식 낳고 행복하게 살겠다는 평범한 생각밖에 할 줄 몰랐던 사람인데 느닷없이 경찰에 끌려 들어가 화가가 된 거 아냐. 그러고 나서 비로소 이 사회의 모순을 알게 된 계기였으니까 그 말이 맞겠지. 하지만 내가 여기까지 올 수 있었던 것은 많은 직업을 전전한 경험이 있었기 때문일 거야. 나는 간혹 내가 프랑켄슈타인 같다는 생각을 해. 몸 이쪽은 보일러공이고 여기는 목수고 여기는 잡역부고 여기는 웨이터이기도 하고, 이런 것들이 내 몸에 잔뜩 들러붙어 있지. 별의별게 다 붙어 있는 인간이 느닷없이 강제로 화가라는 주사를 맞은 거야. 이 몸이 생존을 위해서 덕지덕지 기워 입었던 것들이 스스로 움직이기 시작한 거였지. 그게 갑옷이 될 줄은 몰랐지. 거기다가 프랑켄슈타인처럼 성질도 포악스럽고…….

(프랑켄슈타인이라! 그는 자신에 대한 적절한 비유를 찾아냈다. 자신의 모습이 무엇인지도 모를 수많은 타인의 살로 이루어진 거대한 육체, 프랑켄슈타인 박사의 오만한 지식이 낳은 괴물. 이 사회가 프랑켄슈타인 박사라면 그는 이 사회가 만든 괴물일지도 몰랐다. 그러나 그의 비유는 지나치게 과장되어 있다. 그는 스스로 위악적인 존재로 만들어놓고 그 안에서 모든 걸 합리화하는 구실을 만들어 놓고 있을지도 모른다. 그는 어쩌면 프랑켄슈타인이 만든 괴물이 아니라 또 다른 프랑케슈타인이 되고 싶었을 지도 모르겠다.)

그런 살덩이들이 예술적인 언어가 되고 표현의 문법이 되고 행동의 방식이 되었는데 스스로 점점 더 혹사시키다가, 프랑켄슈타인처럼, 비극으로 끝난다면 그건 슬픈 일이 아니겠어?

맞아. 이제는 그렇게까지는 할 수 없을지도 몰라. 지금 사람들을 만나면 만날수록 비참해지는 느낌이 많아. 그동안 미술운동, 사회운동, 환경운동이라는 걸 해왔지만 함께했던 사람들에 대한 좌절 아니면 분노, 아니 그런 것보다 나로서는 도저히 이해할 수 없고 납득할 수 없는 문제들이 너무 많아. 나도 이제 사람들 만나는 게 겁이나. 서로 앞자리 나서려고 하는 모습이 끔찍해. 그동안 다양한 경험을 한 건 사실이지. 돈 안 되는 일만 골라서 했고, 어떤 경우는 결과적으로 운동을 하면서 이득을 취한 사람들 앞잡이 노릇만 한 경우도 있었지. 물론 그런 것들을 모르지 않았어. 사람들이 나를 불렀을 때는 어떻든 필요하기 때문에 불렀던 거지. 내가 필요한 게 아니라 내가 하는 일이 필요했던 거였지. 나를 미워하거나 싫어할 수도 있었지만 나의 일을 물리칠 수는 없었을 거야.

어쩌면 개인적으로 이 책이 나오면 졸업장 같은 느낌이 들 거야. 스스로 정리할 부분이 많을 거야. 이제는 예전처럼 일할 수는 없을 것 같아. 도저히 하지 않을 수 없는 엄청난 사안이 터져서 어쩔 수 없을 때가 아니면 나설 수 없을지 몰라. 나도 좀 지친 것 같아. 그동안 노동운동하는 게 임금투쟁으로 변질되고 환경운동 하는 게 이권사업으로 판명되고 농민운동 하는 게 땅값 올리자는 것으로 결판나 버리는 걸 몇 번 보았지. 그런 운동을 하면서 희생과 자발성을 끊임없이 강요하는 분위기는 더 이상 참을 수가 없어. 돈을 벌려고 이 일을 하는 건 아니잖아? 지향점이 올바른 현장운동에서도 효율적이고 조직적인 방안을 찾아 과학적이고 체계적인 대안을 찾는 일에는 너무 소홀해. 옳은 일이라고 무조건 와서 도와주기만 바라는 것은 너무 무책임 해. 그런 소모적인 일이 너무 많아.

작업하고 싶은 것이 아직 많이 남았어? 정말 하고 싶은 거.

환경문제를 다루면서 느끼는 건데, 이 지구의 문명이 야만스럽게 진행되는 이유를 그려보고 싶었어. 분명 문명에 대한 회의가 있어. 예전에 '성장한 야만' 을 주제로 그림을 그린 것도 그런 이유 때문이었지. 이라크전이 터지는 걸 보면서 대체 이 문명이 어디로 가고 있나 싶었어. 그때부터 '문명의 외도' 라는 작품 구상을 시작했지. 그런 문제를 느낄 때마다 '컨베이어 벨트' 를 떠올리곤 해. 도대체 끝은 어디인가? 우리나라도 4 · 19에서 80년 광주로 또 6월항쟁으로 진행되어온 것 같지만 꼭 컨베이어 벨트처럼 끊임없이 제자리로 오는 것 같거든. 컨베이어 벨트를 그리고, 여기에 모든 걸 담아보려고 해. 환경문제부터, 사회문제, 지식인, 예술가의 문제 그리고 자본의 문제, 국가의 문제까지 그리고 여기에 그런 인류의 문명과 역사를 담아내고 싶어. 그러고 나서 그 끊임없이 반복되는 문명의 벨트에 쐐기를 박아버리고 싶어. 그런 그림을 그려볼까 해.

이런 답답함이 나 혼자 가지고 있는 것은 분명 아닐 거야. 많은 반전활동가나 생태운동가들이 우리의 문명을 향해 그쪽 길이 아니다, U턴하자 하고 계속 외치고 있지. 물론 사람들은 꿈쩍 하지 않아. 하지만 외치고 싶어. 어차피 막다른 곳까지 이른 것 같지만 그래도 그걸 알리는 것 말고는 다른 방법이 없지.

투발루공화국에 가서 하려는 일도 그 연장에 있는 일이지?

투발루는 남태평양의 섬나라로 매년 상승하는 해수면으로 국토가 좁아지는 나라야. 조금 있으면 아마 없어질 거야. 26㎢의 면적에 인구 1만 명의 작은 섬 국가 투발루는 해발고도가 3.5미터밖에 되지 않아. 앞으로 100년 후 지구상에서 영원히 사라지게 될 위기에 놓여 있는 그 곳은 돈도 없고 힘도 없는 나라라 아무 대책 없이 보내고 있어. 여기서 자유의 여신상을 만들어 가지고 갈 계획을 하고 있어. 자유의 여신상을 만들어 그곳에 연도별 수위를 나타낼 거야. 지구의 온난화로 해수면이 점점 상승하는 것을 표현하는 거지. 자유의 여신상이 있는 미국 사람들은 기겁을 할 거야. 뉴욕도 지구온난화 위기에 예외가 아니라는 것을 보여주는 것이거든. 투발루공화국 전 총리한테도 이런 계획을 가지고 있는 우리의 의사가 전달되기는 했지만 직접 한 번 찾아가 봐야 해. 온난화로 해수면이 상승하는 것은 투발루공화국 문제만이 아니야. 정말 이제는 이대로 방치하면 안 돼. 실제로 해수면이 상승하면 인류 모두가 피해를 받는 건 자명한 일이지. 10년에 4.8센티 오른다니까 느끼지 못하지만 이제는 슬슬 섬이 잠기기 시작할 거야. 하루빨리 대안을 모색해야 해.

왜 그런 문제를 떠안으려고 하는 거지?

답답해서. 아이들이 자기 엄마가 아프니까 내 꿈은 의사야 이렇게 말하는 것처럼 나도 그런 마음이 있어. 굶주리고 고통 받는 사람들을 보고 외면하고 싶지 않아. 문명과 개발의 논리로 끊임없이 고통받고 있는 지구를 외면할 수 없어, 아이들이 그런 것처럼. 그럼에도 이 나라의 교육은 적자생존 방식을 가르치려는 데 집중되어 있는 것 같아. 교육 많이 받고 권력을 잡았거나 탐하는 사람들은 교활하고 탐욕스러움만 가득하지. 자연을 파괴하고 무시하면서 결국 야생의 법칙 중에서 최고 꼭대기에 자리 잡고 있는 맹수의 야만을 쫓는

디자인 ▌문현정

2002년에 구상한 투발루 프로젝트

어리석음이 반복되고 있어.

나는 무지 답답해. 만약에 50년 후에 육지의 상당수가 잠긴다고 하면 그걸 막아야 하는 것 아냐? 설원에 사는 흰곰이 수은중독에 걸려 죽는다면 그게 그들만의 이야기는 아니잖아? 인간은 이런 지경에 이르렀는데도 전쟁을 벌이고 끊임없이 생산하고 엄청나게 소비하고 마구 버리고 그러는 거지? 그런 인간의 미래가 한심해 보여. 만약에 이대로 쓰나미 같은 게 한반도에 오면 나도 다른 사람들과 똑같이 거기에 쓸려서 고기밥이 될 수도 있어. 그래도 그런 게 올 수 있다는 걸 알고 있다는 것은 다르다고 생각해. 옛날에 독립군들이 나라가 없어지려는 걸 알면서도 지켜보려고 애쓰는 거잖아? 미리 아는 사람들이 움직여야 하는 거 아냐? 그런데 모든 사람들은 다 알면서도 여전히 똑같이 행동하지. 그게 여전히 답답해.

그냥 놔두면 안 될까? 물에 잠기게.(슬쩍 어깃장 놓는 말에 그가 또 발끈했다.)

뭘 놔둬 놔두기는! 그럼 지금 이야기는 뭐 하러 해? 나도 알아, 나도 못 막는다는 걸 알아. 지구가 시작될 때 먼지들이 모여서 만들어졌듯이 언젠가는 먼지처럼 사라질 거야. 뜨거운 마그마 같은 게 한번 지나가면 싹 사라지는 거잖아. 그건 알지만 분명히 우리는 자신에게 물어보아야 할 물음표가 있잖아. 왜 왔는지? 왜 싸워야 하는지? 왜 살아야 하는지? 왜 진실을 말해야 하는지? 인간이 인간으로서의 삶을 살 수 없게 되는 것은 막아야 하잖아? 그런 면에서도 모든 사람들은 지구의 환경과 기후변화에 좀 더 민감할 필요가 있어. 헤이그 갔을 때 네덜란드 사람들은 산을 좋아하더라고. 해수면이 상승하면 그들도 산위로 올라가 살아야 한다는 것을 알고 있겠지. 문명이 스스로를 되돌아보지 않는다면 이른 시일 안에 방글라데시가 잠기고 뉴욕도 잠기고 서울도 잠기겠지. 어쩌면 항공모함 가진 사람들만 살게 될 거야. 환경을 파괴하면 결국 사람들이 살 곳도 없어. 이런 것들을 왜 알지 못하는 거지? 왜 다들 모른 척하는 거지?

왜 그런 거 같아? 왜 모른 척하는 것 같아?

나도 궁금해 죽겠어. 그래서 계속 하는 거지. 더 알고 싶어. 실제로 몸으로 느끼고 싶은 게 너무 많아. 다른 사람들은 알고 있는지 몰라도 나는 아직 모르겠어. 그러니까 더 가보고 싶어. 지구 나이가 50억 년이 넘고 우주 나이는 160억 년이라고 그러잖아. 그런데 사람 수명은 얼마나 짧아? 그 미약한 존재들이 문화와 문명을 말하면서 지구를 끝장내려 하고 있어. 자유니 평화니 진실이니 휴머니즘이니 하는 말들이 인쇄문자로만 존재하는 문명, 끊임없는 모순만 확인하게 되는 인간사회가 그 문명에 숨이 막혀 끝장난다면 부끄러운 일이 아닐까? 물론 거대한 문명의 흐름을 막을 수는 없겠지. 상식적으로 계산해 봐도 지금 못 막아. 내가 할 수 있는 건 없어. 나는 여기에 작은 돌 하나를 박아서 막는 시늉만 하고 있는 것인지도 몰라. 하지만 내가 갈 수 있는 데까지 가보는 거야. 작은 행동에 불과하지만 내가 할 수 있는 일을 하고 싶어.

인간사회에 대한 회의를 문명 혹은 과학 자체를 부정하는 시각으로 이어질 이유는 없는 것 아닌가?

나도 그렇게는 생각하지. 하지만 문명이 엇나가고 있다는 사실만은 분명하잖아? 이를테면 아인슈타인의 공식이 없었다면 핵폭탄은 만들어지지 않았을 것 아냐? 아인슈타인은 과학적 진리를 발견했지만 그것으로 인해 핵이 만들어지고 너무 많은 사람들이 고통을 받고 있다면 그걸 다시 생각해야 해. 과학은 도구적 이성뿐 아니라 비판적 이성까지 겸비해야 한다는 말에 나는 동의해. 지금 아인슈타인 100주년을 얘기하면서 전부 다 아인슈타인을 평화주의자로만 얘기하고 있어. 많은 사람들이 아인슈타인에 대해 열광하는 그 순간에도 원폭 피해자들은 고통을 받고 있어. 물론 아인슈타인이 나중에 원자폭탄을 개발하는 것에 대해 비판하기도 했지만 그가 시작한 일의 결과에 대해서도 계산했어야 했지. 그것이 궁극적으로 인간이 필요한 과학적 이성 아닌가?

얼마 전 작업한 그림에 아인슈타인의 $E=mc^2$이라는 공식을 넣은 이유가 그것이었군. 아인슈타인의 발견은 우주를 구성하고 있는 물질세계의 근본원리에 대한 새로운 발견이었어. 그걸 막을 이유는 없지. 그런데 사람들이 질량이 곧 엄청난 에너지라는 사실에서 원자폭탄을 만들었어. 거기서부터는 다른 이야기지. 칼을 만들었다고 살인을 한 건 아니라는 말이지. 칼이 없었다면 살인도 없었을까?

좋은 의미와 목적을 지니고 있어도 거기에 폭력성이 내재되어 있다면 그리고 문명 자체가 그러하다면 근본적으로 다시 생각해 보아야 하는 것 아닌가? 물론 그 그림에서 아인슈타이든 누구든 어느 개인이든 비난하고 싶은 건 아니지. 단지 문명에 대한 회의를 표현하고 핵폭발을 상징하는 것으로 적용한 것뿐이야. 어쨌든 우리에겐 시간이 많지 않아.

좋아! 다 좋은데 너무 조급하게 몰고 가는 것 아닐까?

조급하다고? 종말의 설계도가 눈앞에 펼쳐지고 있어. 북극이 녹고 남극의 빙하가 떨어져 나가고 극지방의 기온이 올라가 모기가 극성을 부리고 또 순록들은 모기를 피해 먹이 없는 곳에서 굶어 죽고

1998년도에 에너지문제를 환기시키기기 위해 제작한 설치작품

있지. 그런데도 이 문명의 천재들은 소수의 권력이나 부를 위한 곳에 집중되어 있어. 기껏 오락거리를 만들어내거나 인간의 수명을 연장하는 기술에 매달려 있지. 줄기세포 연구도 영화 <아일랜드> 처럼 있는 자들을 위한 생명과학아냐? 조급한 것이 아니라 이게 현실이야. 알래스카가 지금 녹고 있다고 하잖아? 그곳의 에스키모들은 "이대로 살다 죽고 싶다. 순록하고 살다가 죽고 싶다."고 그러는데, 자본에 맛을 들인 사람들은 생각이 달라. 이들은 알래스카에 매장되어 있는 석유를 꺼내 팔아서 쓰고 싶은 것이지. 그곳의 엄청난 양의 석유도 기껏 미국에서 쓰는 양의 6개월치밖에 안 돼. 지금 알레스카에서는 매년 1, 2미터씩 얼던 얼음들이 30센티 밖에 얼지 않아. 그런데도 개발을 멈추려 하지 않지. 지금 당장, 정말 그들이 어떻게 사는 게 행복한 거지? 순록하고 행복하게 사는 거? 석유 팔아서 마음대로 물건 사는 행복을 누리는 거?

순록하고 행복하게 살아가야 한다고 말하고 싶다면 미국을 폭발시키는 게 낫지 않을까? 인구가 전 세계의 10분의 1도 안되면서 전 에너지의 3분의 1을 써대는 미국을 없애 버리는 게 인류를 위해서 좋지 않을까?

그러면 날더러 빈 라덴이 되란 말이야?

아니라면 생각이 달라져야 하거든. 그렇다면 이제 더 이상 분노는 아니지. 증오나 분노나 적개심은 무기가 될 수 있을지 몰라도 방법이 될 수는 없잖아?

그렇지. 분노가 아니지. 그렇게 결론을 냈을 때는 분노가 필요 없을지도 몰라. 그나마 나 자신은 아직도 희망을 품고 있기 때문에 행동을 할 수 있을 뿐이지. 처음에는 분노를 가지고 그림을 시작을 했어. 물론 그런 과정 속에서 운동방식이라거나 그 세상을 바라보는 틀이라거나 이런 부분에 어떤 변화가 있기는 했어. 과거에 고생한 것, 우리 집이 못 살고 내가 못 살고 설움 당한 것이 모순된 사회에서 비롯한 것이라고 생각해서 싸우기 시작했고 그 벽을 넘어가겠다고 운동을 하게 된 것인데 그러다 암까지 걸린 거지. 그리고 이제 죽지 않고 살아났기 때문에 한편으로 더 싸워야 되겠다는 생각이 앞서기도 해. 그게 조급함을 불러일으키는지도 모르겠어.

　지구가 망하기 전에 개인적인 이야기부터 먼저 하지. 최병수는 분명 사회적인 의식을 바탕으로 계속 몰고 나가는데, 그게 끝날 조짐이 안 보이는 거야. 물론 끝나야 한다는 말은 아니지. 하지만 아프잖아? 운동 좀 그만하고 집 안 깨끗이 치워놓고 편히 앉아서 그림 그리는 거. 난 그런 거 좀 봤으면 좋겠어.

때가 되면 그래야지. 내가 생각했던 <컨베이어 벨트> 그림을 끝내놓으면 마음이 편해질 것 같아. 그게 <성장한 야만> 시리즈의 마지막이 될 거야. 그다음에는 편한 그림을 그릴 거야. 먼지 같은 세월 속에 지지고 볶고 하지 말고 좀 멀리 보면서 살자는 이야기를 담고 싶어. 그리고 이제 아이들하고 캠프나 열면서 놀고 싶어. 환경 캠프. 지금 아이들 교육은 완전히 로봇 교육이잖아. 아이들하고 텐트도 만들고 집도 짓고 그림도 그리고 그런 캠프를 열고 싶어.

민중미술을 한다는 그 밑바탕은 모두 다 같아. 사람과 자연에 대한 생각에 흔들림이 없어야 하는 거지. 환경미술을 하면서 자연과의 상생을 많이 생각해. 삶의 토대인 대지를 많이 생각하게 되었어. 예전 <장산곶매> 그릴 때는 갈등이 심했을 때였어. 지금 생각해 보면 땅을 알고 나서야 날아다닐 수 있었던 것이었거든. 하지만 <장산곶

매>는 미래의 내 희망이었지. 지금 그림을 그릴 때도 인간한테 남은 희망과 같은 바람이 있어. 그런 걸 그려보고 싶어.

이쯤해서 끝내야 할 것 같은데 더 할 얘기 있어?

작업을 하면서 느끼는 게 너무 많았고 배우는 것도 많았지. 내가 언제 이런 작업 할 줄 알았겠어? 내 나름대로 점점 시야가 트이는 희열이 있었어. 그런 것 하나 없이 "나는 투사다." 이런 생각으로만 사는 건 아니란 말이지. 그렇게 살면 죽어, 살 수가 없어. 농사꾼이라고 만날 허리 휘게 일만 하는 것이 아니라 벼이삭 패고 나서 바람이 휘익 부는 걸 즐길 줄도 안다는 거지. 어느 순간 들판에 불어오는 바람처럼 나의 시야가 더 넓어지는 희열이 있지. 그런 건 누구한테나 있다고 생각해. 노동일을 하던 보일러일을 하든 전기일을 하든 누구나 자기의 삶이 있잖아? 나는 그런 일을 하는 사람들의 마음을 느낄 수 있어. 때로 사람들이 힘들고 고된 노동을 하는 사람들 보고 저런 거나 하다가 죽을 인간이지 하고 말해. 잔인하지. 적어도 나는 그들처럼 바라보지는 않는다고. 그런 사람이 있어서 내가 지금 옷도 입고 밥도 먹고 따뜻한 집에서 살잖아? 그러는 거 아냐? 내가 가지고 있는 능력은 이미지를 만들어낼 수 있다는 것이잖아? 나는 그걸로 그 사람들과 대화를 해 보고 싶은 거였지.

나는 많은 일을 해온 것 같지만 결국은 내 자신을 지키려는 것이 컸어. 스스로도 처음 내세웠던 가치들을 무너뜨리고 싶지는 않았지. 요정, 룸살롱을 비난한 자들이 요정, 룸살롱 간다든가, 돈되는 일이면 앞뒤 안 보고 달려가는 무늬만 진보인사가 된 자들, 비정규직 피눈물은 외면하고 도박골프 치러 다니는 국회의원들, 진보가 보수

평택 대추리 대추초등학교 운동장에서 만난 대안학교 학생들과 선생님들

로, 진보가 보수로 계속 이러면 작든 크든 희생해서 좋은 세상 만들기에 동참하려는 사람들을 정신적 공황상태로 빠트리는 행위는 용서할 일이 아니지.
지구촌 역시 무차별적인 자연파괴로 허리케인, 쓰나미, 가뭄으로 10억 이상의 인구가 고통받고 있는데. 돈 벌다가 죽자는 것이 노선인가? 한심해. 핵무기로 전쟁하면 그것이 전쟁일까? 아니야. 자살이야. 문명의 자살이자 인류의 자살이지.

<장산곶매> 그림을 보면 산맥이 있어. 그걸 볼 때마다 드는 생각이 있어. 나는 어디에 머물러야 할까? 내가 죽을 곳은 어디일까? 이 골짜기 아니면 저 끝? 그런 걸 가늠해 보곤 해. 근현대사의 굴곡 속에서 모든 산들은 줄기차게 이어져 왔어. 동학운동에서 3.1운동 그 사이에 8 · 15해방과 6 · 25라는 골짜기도 있지. 또 4 · 19와 80년 광주민주화운동이라는 봉우리도 있었고. 나는 4 · 19때 태어나 87년이라는 곳에서 커다란 산을 만나게 되었지. 그렇게 나와 역사가 결합한 거였어. 그렇게 시작된 이 일의 끝은 어디일까? 나는 몇 개의 봉우리를 넘을 수 있을까?
나는 혁명의 정상을 밟아보고 죽을 거라는 생각을 하지 않았어. 중간 어디쯤에서 쓰러지겠지. 그렇다고 패배할 거라는 생각도 하지 않았어. 변혁의 과정 어디쯤에서 멈추었다고 실패한 거라고 말할 수는 없겠지. 현대는 아니 자본주의는 엄청난 물질과 문명을 축적해 놓고 있지. 그것을 향해 내가 정말 혁명을 일으킬 수 있는 능력이 있다고는 생각지 않아. 개인적으로 보면 미술의 역할이란 아주 미미하잖아. 나는 이 사회의 이 문명이 저질러놓은 현상을 보여 주

고 싶었어. 그게 내 역할이라고 생각했어. 그게 투쟁일 수도 있고 운동일 수도 있고 예술일 수도 있지만 결국은 사람들과 함께 세상을 보고 싶었던 것뿐이지.

뒷이야기

그와의 이야기를 다섯째 날로 끝낼 수는 없었다. 여섯째 날도 있어야 했고 일곱째, 여덟째 날도 있어야 했다. 그리고 그 뒤로도 나는 몇 차례 그를 더 찾았고 그가 나의 작업실로 온 적도 있었다. 글을 끝내기 전 마지막으로 최병수를 만난 곳은 여수였다. 그는 따뜻한 남쪽나라에서 정착하기로 작정하고 여수에 내려가 있었다.

과거 한때 흥청거리던 도시는 어딘지 쓸쓸해 보였다. 공단의 굴뚝에서는 흰 연기를 내뿜었고 고만고만한 건물들이 거리를 메우고 있었으며 70년대를 떠올리게 하는 산동네가 향수를 자극했다. 여느 지방도시와 다를 것 없는 풍경이었지만 푸른 바다 위에 무수히 떠 있는 섬들은 여전히 아름다웠다. 그는 여수에서 머물 곳을 알아보고 있는 중이었다. "백야도쯤이 좋겠어." 그가 말했고, 우리는 지도를 펼쳤다. 점점이 푸른 바다에 흩어진 섬들 사이에서 육지 끝에 매달린 섬 하나가 보였다. "백야(白也)라, 하얀 이끼. 앞으로 당신 호(號)로 삼기로 하지." 나는 정말 그가 백야가 되어 그곳에 오래 머물러 있기를 바랐다.

그와 이야기를 나누다 보면 늘 너무 많은 불만에 쌓이게 된다. 그가 분노를 표현하거나 이끌어내기 때문은 아니다. 그의 말을 듣다보면 그를 곁에 둔 나와 내가 속해 있는 사회의 무책임과 불합리가 너무 두드러져 보여서였을 것이다. 아니면 거칠 것 없는 그의 말과 행동에 나의 소시민적인 일상이 부끄럽게 드러났기 때문이었을지도 모르겠다. 그는 자신의 일에 자부심에 넘칠 정도로 오만하지만 스스로에게 겸손하다. 그는 자신이 해놓은 일을 어린아이처럼 자랑 섞어 말하는 버릇이 있지만 정작 자신을 내세우는 데는 수줍어한다. 그는 불의를 향해 불처럼 화를 내지만 자신을 이용하는 손길에 스스로 덜미를 잡힌다. 그는 누구에게나 거침없는 불만을 쏟아놓지만 자신의 이익을 내세운 적이 없다. 적어도 내가 아는 한 그는 누구보다 어리석고 누구보다 현명하며 누구보다 성마르고 누구보다 온화하다. 그가 가지고 있는 모든 품성을 거꾸로 가지고 있었다면 적어도 그를 대하는 나의 태도가 그렇게 불안하지는 않았을 것이다. 그에 대한 나의 불만은 그런 것이다.

이 사회에서 그가 머물러 있는 자리는 불안하다. 그는 20년을 줄곧 미술을 해왔지만 미술계에서 그의 자리는 없다. 그는 줄기차게 운동을 해왔지만 그 후광을 어깨에 두르지 않았다. 그건 그에게 향하는 아니 그를 보는 사회를 향하는 나의 불만이기도 했다. 나는 80년대 미술운동이 있었다면 반드시 최병수를 말해야 한다고 생각한다. 80년대 미술운동의 정신이 있었다면 그것을 지금까지 펄펄 살아 있는 시대정신으로 지니고 있는 화가가 최병수다. 전 세계에서 활동하고 있는 작가들 중에서 인류 공통의 가치를 추구하는 행동주의 미술가이자 실천적인 화가의 한 사람이 최병수다.

굳이 세속적인 잣대로 어느 작가를 내세우고 그의 손을 들어주는 어리석은 짓을 할 필요는 없을 것이다. 하지만 어쩌면 우리는 우리 곁에서 끊임없이 펄럭이며 큰바람을 일러주는 깃발 하나를 그저 스스로 나부끼는 몸짓으로만 바라보고 있는지도 모른다. 꺾일 줄 모르던 행동주의 작가 한 사람이 지금 서울을 떠나 남쪽 바닷가를 돌고 있다.

다시 여수에서 그를 찾았을 때 그는 정말 백야도에 머물러 있었다. 그가 새로 머물게 된 집은 폐교가 된 작은 학교 앞의 작고 낡은 집이었지만 어찌된 일인지 그의 방안은 깔끔하게 정리가 되어 있었고 이부자리 밑의 방바닥은 따뜻하게 덥혀 있었다. 그가 해안에서 주섬주섬 주어와 끓인 미역국은 일품이었다. 꼬박꼬박 밥을 해먹는 그가 대견스러웠다. 그는 '나도 이런 것쯤 잘할 수 있단 말이야.' 그러면서 어린애같이 우쭐해 했다. '이제 사람 사는 것 같네.' 그렇게 말하고 나서도 나는 또 이것저것 시시콜콜 잔소리를 늘어놓았다.

그는 난생 처음으로 주민등록을 옮길 것이라고 했다. 그동안 수십 차례 주거지를 옮기면서도 한 번도 주민등록을 하지 않았다는 사실에 나는 놀라움을 감추지 못했다. 이를테면 그는 그동안 거주가 불분명한 자였다. 당연히 의료보험이니 연금보험이니 세금이니 하는 것조차 그와는 관련이 없었다. 그가 국적이나 가지고 있는지 의심스럽다. 그런 그가 어떻게 수십 차례나 외국을 들락거렸는지도 나로서는 이해가 안 되는 부분이다. 어쩌면 그는 말 그대로 무정부주의적으로 살아왔다고 할 수도 있었다. 그런 그가 처음으로 주소지를 옮기고 정착을 하겠다고 마음먹은 것은 정말이지 새로운 변화였다.

그와 함께 섬 곳곳을 돌아다녔다. 그림같이 펼쳐지는 해안선을 따라 차를 몰며 우리는 간간히 바다를 마주하고 앉아서 쉬며 이야기를 나누었다. 나는 그에게 몸을 추스르면서 그동안 해온 작업과 운동의 외연을 확장시킬 수 있는 새로운 방식을 제안했다. 거리와 광장에서 집회와 행사를 뛰어다니는 투쟁의 전선에서 벌어지는 운동의 소중함을 버리지 않은 채 그가 생각해 왔던 가치들의 내면을 다지고 외연을 넓히는 또 다른 활동영역이 필요할지도 모르겠다는 말을 했다. 그 역시 나의 생각에 동의했다. 그가 여수에 자리를 잡은 까닭도 그것이었다. 다그치듯 움직여야 하는 상황 속에서 거칠게 몰아쳤던 활동의 숨을 고르는 일이 그에게는 절실했다. 나는 그가 머무는 곳이 어디든 그곳이 환경과 생태운동의 메카가 될 것을 의심하지 않는다. 최병수가 있는 곳이 바로 그런 곳이 아니라면 다른 어디가 될 것인가?

그의 이야기는 여기가 끝이 아니다. 그는 더 많은 이야기를 우리에게 들려줄 것이다.

처음 이 글을 시작할 때는 대담으로 꾸릴 생각이었다. 그러나 대담은 불가능했다. 아니 그런 형식이 필요하지 않았다. 그는 할 이야기가 많았고 나는 그에게 던져줄 이야기가 많지 않았다. 결국 이 책의 꼴은 그가 그 자신을 말하는 방향으로 선회하게 되었다. 책의 제목도 그렇게 정해졌다. 노동자였던 목수 최병수가 화가가 된 최병수 자신에게 들려주는 이야기 말이다. '목수, 화가에게 말을 걸다'는 그런 뜻이다. 그를 만나 그의 이야기를 들으며 나는 되도록 내 목소리를 내지 않으려 했다. 그의 이야기를 끌어내기 위해 짐짓 침묵하고 때로 화를 돋우며 때로 맞장구를 치며 거든 게 내 일이었다.

둘이 대화를 나누며 글을 만들고 엮어가면서 우리는 적지 않은 또 다른 이야기를 나누었다. 그 과정에서 그는 조금씩 자신을 돌아보는 여유를 갖게 되었고 자신을 객관화시키는 태도를 받아들였다. 어쩌면 처음으로 그 스스로 객체화된 자신을 바라보는 두려움에

사로잡혔을지도 모르겠다.

이 책을 마무리하면서 그는 그가 내뱉은 말들 중에서 거두어들이고 싶어 하는 이야기들이 적지 않았다. 혹시 자신의 말 때문에 다른 사람들이 상처받거나 함께 일해 왔던 사람들에게 누가 될 것을 두려워했기 때문이었다. 나는 그런 부분에 대해서도 짐짓 모른 척했다. 나는 그의 말을 다듬고 내 글을 덧붙이면서 하나의 원칙을 적용하려고 했다. 그건 솔직함이다. 때로 사실과 감정과 논리가 거칠게 드러나고 논리적 모순과 감정의 충돌이 그대로 표출될 수도 있다. 또한 솔직함은 객관적이지 않을 수도 있다. 그러나 객관을 앞세워 논리의 균형을 맞추고 시각의 틈을 조정하며 주변의 정황이 고려되는 타협은 이 글의 원칙에서 벗어난다. 그러니 너무 많은 분노를 드러내고 험악스러운 말이 많았다고 하더라도 그것은 어쩔 수 없는 일이다. 이 글에 허물이 있다면 그가 아니라 그를 바라보는 원칙을 허물고 싶지 않았던 나의 탓이다. 하지만 적어도 최병수를 사랑하는 사람들이 이로 인해 그에 대한 신뢰를 벗어버리는 일은 없을 것이라고 믿는다. 왜냐하면 최병수의 투명하고 솔직한 행동거지가 그를 미워하고 동시에 사랑하게 되는 이유라는 것을 우리 모두는 알고 있기 때문이다.

책을 엮으며 1년 가까이 지루하고 번거로운 작업을 참아준 출판사에 감사 드린다. 그리고 최병수의 주위에서 그를 진심으로 아끼고 도와주었던 많은 사람들이 없었다면 이 책은 나오지 못했을 것이다. 무엇보다 자신을 이야기하는 곱지 않은 시각마저 넉넉히 보아준 작가 최병수에게 고마움을 전한다.

목수화가 최병수 연대기

〈현장작업〉

1960년 평택에서 태어나다.

1972년 한광산업 전수학교를 중퇴하다.

1986년 정릉벽화사건으로 화가의 길에 들어서다.

1987년 <연대100년사 > 제작에 참여하다.

1987년 <한열이를 살려내라!> 판화를 제작하고 걸개그림을 공동제작하다. <이한열 영정> 판화를 제작하다.

1988년 <백두산>을 제작하다. 연세대학교 만화사랑과 <민중방송국> 제작하다.

1988년 <반전반핵도>를 제작하다. 일본 히로시마.

1989년 메이데이 100주년을 맞아 <노동해방도>를 제작하다.

1990년 <쓰레기들>을 제작(10x7)하여 [지구의 날] 행사에 걸다.

1991년 '장산곶매' 제작(15x10)하다. [자우리 손을 잡자]

1992년 <쓰레기들>을 들고 브라질 리우 환경회의에 가다.

1995년 <9680>을 제작(7x5)하여 뉴욕 유엔본부에서 내걸다. <아담의 창조>, <성장한 야만>을 제작하다.

1996년 <투명한 야만>을 제작(4x7), 터키 이스탄불 세계주거회의에서 걸다.

1997년 <펭귄이 녹고있다>(얼음조각 0.4X0.6X1.2)를 일본 교토 제3차 세계환경회의장 앞에서 깎다.

1998년 <쓰레기들> 전시, [지구의 날] 행사

1998년 <장산곶매> 전시, [98 통일이여 오라] (임진각)

1998년 아르헨티나 부에노스아이레스 COP4에 <지구반지>, <문명의 끝>을 들고 참가하다.

1999년 <장산곶매> 전시, [99 통일이여 오라] (여의도)

1999년 '꿩 먹고 알 먹으면 멸종이다'는 어린이 환경캠프(무주)를 열다.

2000년 3월 <바다로 간 장승>을 새만금 장승벌에 세우다

2000년 4월 23일 [지구의 날] 행사(광화문)

2000년 5월 5일 어린이날 반딧불이 솟대(용산가족공원)를 만들다.

2000년 7월 새만금 해창 갯벌에 배 솟대 <새만금호>를 설치하다.

2000년 8월 [분단을 넘어 화해와 평화의 새시대로] 무대 제작(광화문)

2000년 [지구의 날] 행사에 <미국의 환상>을 설치하다.

2000년 헤이그 COP6(기후변화협약 당사국총회) <펭귄이 녹고 있다>를 깎다.

2001년 새만금 갯벌 살리기 <하늘마음 자연마음> 제작(새만금 장승벌)

2001년 독일 본(기후변화협약 당사국총회) 부시 퍼포먼스와 얼음펭귄을 깎다.

2001년 6월 최병수 기획전(관훈갤러리)을 개최하다.

2001년 7월 '부시와 고이즈미가 빙하를 녹이고 있다'를 주제로 퍼포먼스를 열다.

2001년 4월 [지구의 날], 광화문에 <NMD 미국의 환상>을 전시. 최병수전(조계사)을 열다.

2001년 8월 뉴질랜드에 가서 마오리족과 함께 <생명솟대>를 설치하다.

2002년 3월 북한산 관통도로 저지를 위한 망루, <NO TUNNEL>을 설치하다.

2002년 4월 지구의 날(광화문) 행사에서 <북한산> 설치 전시를 하다.

2002년 5월 새만금(군산 내초도)에 조형물 <갯벌>을 설치하다.

2002년 8월 '리우+10', 남아공 요하네스버그에서 <떠도는 대륙>을 설치하다.

2002년 10월 베트남 평화공원에 <미안해요! 베트남> 조형물을 설치하다.

2003년 2월 광화문에서 '오일깡패 부시' 퍼포먼스를 벌이다.

2003년 4월 이라크에서 <야만의 둥지> 를 전시하고 반전 평화활동을 하다.

2003년 5월 <너의 몸이 꽃이 되어>를 전시하고 이라크 아동돕기 활동을 벌이다.

2003년 7월 평택 대추리에 <생명 그리고 희망>을 설치하다.

2005년 터키 이스탄불에서 부시-블레어 전범 기소 국제재판에서 <너의 몸이 꽃이 되어>를 전시하고 퍼포먼스를 벌이다.

2005년 일본 히로시마에서 <성장한 야만>을 전시하다.

2005년 7월 매향리에 <무거운 땅 한반도 매향리>를 설치하다.

〈전시활동〉

1987년 '대동미술잔치' 출품(그림마당 민)

1988년 '반(反)고문전' 출품(그림마당 민)

1988년 뉴욕 ART SPACE 주최 '반고문전' 출품(그림마당 민)

1989년 '통일전' 출품(그림마당 민)

1989년 일본 '잘라전' 출품, 황토현에서 곰나루까지(예술마당 금강) 출품

1990년 '문제작가전' 출품(서울미술관)

1991년 '우리 미술의 단면전' 출품(그림마당 민)

1992년 제1회 최병수 개인전(그림마당 민)

1995년 '민족미술 15년전' 출품(국립현대미술관)

1996년 '조국의 산하전' 출품(대학로 문예회관)

1999~2001년 세계개념미술전(미국 퀸스 뮤지엄 전시)

2002년 3월 관훈갤러리 '생명솟대' 전

2003년 7월 최병수 현장전(문화일보 갤러리)을 열다.

2003년 제5회 교보생명환경문화상 환경문화예술부문 대상 수상

2004년 한국민족예술인총연합 민족예술상 개인상 수상

목수, 화가에게 말 걸다

최병수 말하고 김진송 글을 짓다

펴낸곳_ 현실문화연구
펴낸이_ 김수기

편집_ 좌세훈 이시우
디자인_ 권경 강수돌
마케팅_ 오주형
제작_ 이명혜

초판 1쇄_ 2006년 4월 5일
초판 2쇄_ 2007년 3월 23일
등록번호_ 제22-1533호
등록일자_ 1999년 4월 23일
주소_ 서울시 서대문구 충정로2가 190-11 반석빌딩 4층 현실문화연구
전화_ 02)393-1125 팩스_ 02)393-1128
전자우편_ hyunsilbook@paran.com

값 12,800원
ISBN 89-87057-49-6 03800